Benito Pérez Galdós

Episodios nacionales III
De Oñate a la Granja

Barcelona **2024**
Linkgua-ediciones.com

Créditos

Título original: Episodios nacionales III. De Oñate a la Granja.

© 2024, Red ediciones S.L.

e-mail: info@Linkgua-ediciones.com

Diseño de cubierta: Michel Mallard.

ISBN tapa dura: 978-84-1126-441-9.
ISBN rústica: 978-84-9007-296-7.
ISBN ebook: 978-84-9007-212-7.

Sumario

Créditos _____ **4**

Brevísima presentación _____ **9**
   La obra _____ 9

I _____ **11**

II _____ **17**

III _____ **21**

IV _____ **27**

V _____ **32**

VI _____ **39**

VII _____ **46**

VIII _____ **51**

IX _____ **57**

X _____ **62**

XI _____ **70**

XII _____ **78**

XIII _____ **83**

XIV _____ **89**

XV _____ 96

XVI _____ 101

XVII _____ 108

XVIII _____ 116

XIX _____ 124

XX _____ 129

XXI _____ 135

XXII _____ 141

XXIII _____ 147

XXIV _____ 152

XXV _____ 159

XXVI _____ 164

XXVII _____ 169

XXVIII _____ 174

XXIX _____ 180

XXX _____ 184

XXXI _____ 191

XXXII _____ 196

XXXIII_____ 202

XXXIV_____ 208

Libros a la carta_____ 215

Brevísima presentación

La obra

De Oñate a la Granja es la tercera novela de la tercera serie de los *Episodios Nacionales* de Benito Pérez Galdós, relata incidentes relaciones con el motín de La Granja de San Ildefonso o motín de los sargentos de La Granja. Esta fue una sublevación que tuvo lugar en España en mayo de 1836, durante la Regencia de María Cristina de Borbón. Durante el motín, un grupo de sargentos obligó a María Cristina de Borbón a que volviera a poner en vigor la Constitución de 1812 y a que nombrara un gobierno liberal progresista presidido por José María Calatrava con Juan Álvarez Mendizábal de nuevo en la cartera de Hacienda.

En la primera parte del libro, Fernando Calpena e Hillo están en la cárcel de Madrid, donde van a tener la suerte de toparse con otros presos políticos como ellos. De estas fuentes conoceremos las últimas noticias políticas que nos hablan del fracaso del gobierno Mendizábal y del estado de la guerra Carlista en el norte.

Una vez libre, el protagonista Fernando se debatirá entre el amor inflamado y romántico con Aurora (Aura) Negretti y el aprecio fraternal (o así al menos lo cree) con Demetria, una joven a quien, junto con su hermana y su padre, ha ayudado a escapar de los «facciosos», tal como los constitucionalistas llamaban a los tradicionalistas. Mientras tanto, continuamos con la incógnita de quién es la benefactora y protectora del joven, que ha acabado aceptando, aunque de mala gana, la pasión de Fernando por Aura. Incógnita que ya no lo es para don Pedro Hillo, el cura que se ha convertido en el mentor de Fernando y puente entre la secreta benefactora y nuestro héroe.

Esta última parte del libro es una epopeya muy del estilo de Pérez Galdós, en la que se suceden los encuentros con desconocidos y donde nos recorremos las comarcas vascas en una escapada hacia los llanos riojanos.

I

Debemos dar crédito a los cronistas que consignan el extremado aburrimiento de los reos políticos, don Fernando Calpena y don Pedro Hillo en sus primeros días de cárcel. Y que los subsiguientes también fueron días muy tristes, no debe dudarse, si hemos de suplir con la buena lógica la falta de históricas referencias. Instaláronse en una habitación de pago, de las destinadas a los presos que disponían de dinero, y se pasaban todo el día tumbados en sus camastros, charlando si se les ocurría algo que decir, o si juzgaban prudente decirse lo que pensaban, y cuando no, mirábanse taciturnos. El aposento, con ventana enrejada al primer patio, no hubiera sido más desapacible y feo si de intento lo construyeran para hacer aborrecible la vida al infeliz que morara en él. Componíase el mueblaje de dos camas jorobadas, de una mesa que bailaba en cuanto se ponía un dedo sobre ella, de una jofaina y jarro en armadura de pino sin pintar, de cuatro sillas de paja y una percha con garfios como los de las carnicerías, clavada torcidamente en la pared. Depositario Hillo de los dineros de la incógnita, podían permitirse aquel lujo, propio de conspiradores, que les apartaba de la ingrata compañía de ladrones y asesinos. Otros presos políticos habíanse aposentado en iguales estancias del departamento de pago; en ellas han comido el pan del cautiverio, generación tras generación, innumerables héroes de los clubs y del periodismo, que desde tales cavernas se han abierto paso, ya por los aires, ya por bajo tierra, hacia las cómodas salas del Estado.

Días tardó el señor de Hillo en salir de su cavilación silenciosa; no estaba conforme, ni mucho menos, con el papel que forzosamente se le hacía representar en aquella comedia lúgubre, y una noche, después de cenar malamente, quiso romper ya el freno de la reserva o cortedad que le impedía dar suelta a las turbaciones de su alma; mas no encontrando la formulilla propia para empezar, se arrancó con unos versos de don Francisco Javier de Burgos, a quien tenía por el primer poeta del siglo, y en tono altisonante recitó:

De cera en alas se levanta, julio,
Quien competir con Píndaro ambicione;
Ícaro nuevo, para dar al claro

Piélago nombre...

«No me recite versos clásicos, don Pedro —le dijo Calpena—, si no quiere que yo vomite lo que cené... ¡Vaya con lo que sale ahora!

—O al púgil claro que la elea palma
Al Cielo eleva, o rápidos bridones
Inmortalice...

—Que se calle usted, hombre, o allá le tiro una bota.

—Ya no me acordaba de que nos hemos hecho románticos. Así estamos. Hemos caído, *nuevos Ícaros*, derretidas las alitas de cera, y nos hemos roto el espinazo...

—Y no en un *claro* mar, sino en esta cárcel nauseabunda, ha venido usted a purgar el pecado de meterse a redentor... Yo me alegro; créalo, me alegro como si me hubiera caído la lotería... Porque todo lo que le pase se lo tiene usted bien merecido.

—Es verdad; lo reconozco. Y con toda la honradez de mi carácter, declaro que la conducta de la señora invisible con este su humilde servidor, es la conducta de un sátrapa de Oriente.

—¿Lo ves, clérigo, lo ves? —dijo riendo Calpena, que empezó a tutearle con familiaridad desdeñosa—. ¿No me oíste protestar del despotismo de *la velada*?... Ahora que sientes el palo sobre ti, lo reconoces...

—Ahora sí, pues si considero natural que la señora incógnita desee que una persona grave y sesuda custodie al niño en este encierro donde ha sido forzoso meterle, no me parece bien que arroje sobre mí el vilipendio de la prisión, sin acordarse de que soy sacerdote, aunque indigno...

—Las incógnitas, mi querido clérigo, suelen ser desmemoriadas. Esta que ahora nos ha metido en el *estaribel*, no se para en pelillos; va a su objeto, caiga el que caiga. A los que se prestan a servirla, les convierte pronto en esclavos.

—Bien sabe Dios —dijo don Pedro suspirando—, que me metí en este negocio de tu corrección con alma y vida, llevado de un sentimiento fraternal... Ningún sacrificio me parecía bastante. Olvidé hasta mi dignidad, vistiéndome de seglar y metiéndome en los clubs, donde he contrariado mis gustos y perdido el estómago, oyendo *de ciega plebe el vocear insano...* Por amor al bien y a ti, por respeto de esa señora deidad, hice mil desatinos y ridiculeces. ¿Merecía yo que se arrastrara por la inmundicia de una cárcel la sagrada orden que profeso? Dime tú ahora con qué cara me presento yo en una iglesia pidiendo misa. ¿Más qué digo, si a estas horas ya me habrá retirado el diocesano las licencias? Verdad que yo ahorqué los hábitos; pero me proponía volver a ponérmelos cuando lograra mi santo propósito de echarte el lazo y traerte a la virtud y a la honestidad. ¿Y ahora, quién me quitará la tacha de clerizonte renegado? ¡Preso por conspiración jacobina, envilecido mi nombre, pues aunque todo resulte de mentirijillas, a la opinión no le consta, en lo que me queda de vida ¡ay! he de pasar por un sacrílego, por uno de esos desdichados monstruos, como el organista de Vitoria en Zaragoza, el infame Fr. Crisóstomo de Caspe, que de fraile se trocó en masón, y de revolucionario en asesino!

—Yo creo —indicó Fernando con sorna—, que la señora maga, si ha tenido poder para meternos en *chirona* con tanto salero, lo tendrá para darte a ti ¡oh venerable capellán! la reparación que te debe. ¿No dices que todo esto es pura comedia? Pues luego se te darán satisfacciones: resultará que te han preso por equivocación, que eres un sacerdote ejemplar, un santo misionero que ibas a las logias a predicar el amor al despotismo y la mansedumbre de los carneros de Dios... Como esta es luz, ten por cierto que la invisible no se quedará corta en la compensación. Para mí, en cuanto suban los nuestros, digo, los de ella, te largan una mitra, clérigo, una mitra, y no veo que se puedan tasar en menos los sofocones que te han dado.

—¡Mitra! No te burles.

—Bien te la has ganado, hijo: ya estoy viendo a *Tu Ilustrísima* echando bendiciones. Por de pronto, para quitarte el amargor de la cárcel, te tendrán dispuesta una canonjía... Eso seguro, como si lo viera... A estas horas tendrá firmado el nombramiento el señor Álvarez Becerra...

¿Crees tú...? Hombre, no puede ser... Pues mira, en justicia... No es que yo lo pretenda, que soy, como sabes, desinteresado hasta la pazguatería... Pero...

—Pero tú debes renunciarlo; debes mantenerte en tu forzado papel de presbítero de armas tomar, y rebelarte ahora contra la incógnita y contra todos los poderosos que nos oprimen... Pásate a mi partido; unámonos contra ese poder oculto que nos trata como a parias; persigámosle hasta dar con él, y asaltemos esa Bastilla hasta no dejar piedra sobre piedra.

—Fernando, no disparates más, o quien tira la bota soy yo, y te rompo con ella las narices.

—Ahora pienso, mi buen clerizonte, que, en efecto, desvarío, porque la estoy llamando *incógnita*, y para ti no debe de serlo ya... para ti, afortunado mortal eclesiástico, se ha quitado la careta...

—¡Por San Blas, por San Críspulo, tanto la conozco como a mi tatarabuela! No, hijo, no se ha quitado la careta: lo que hizo aquel día fue señalarme los medios perentorios de comunicación con su escondidísima y siempre encapuchada persona, y por tal medio pude participarle lo emperrado que estabas en el mal, para que tomara, si quería, las medidas heroicas... que... ya sabes... ¡Cuán lejos estaba yo que de la tal medicina heroica me había de tocar a mí esta toma, más amarga que la hiel!...

—¿Y en los días que llevamos en este infierno, no has recibido la cartita de letra menuda?»

Don Pedro, clavados en el techo los aburridos ojos, denegó con la cabeza; y como el otro insistiese, denegó también con los pies, y por fin, con la boca. «Puedes creer que no ha venido carta. Lo que trajo ayer *Edipo* fue recado verbal, que me dio en el rastrillo. No hizo más que preguntarme si estábamos bien asistidos y si necesitábamos algo: ropa, dinero y comida buena. Yo contesté que todo lo comprendido en estos tres sustantivos nos vendrá muy bien, mientras no nos devuelvan la preciosa libertad.

—¡De modo —dijo Calpena echando por delante de la frase un sonoro y descarado terno—, que no sabemos cuándo nos sacarán de aquí! Esto es horrible, criminal. Si en España hubiera justicia, ya veríamos en qué paraban estas bromas horripilantes. Alguien había de sentirlo... Y ahora ¿a quién, a quién, San Cacaseno bendito, hemos de endilgar nuestros chillidos de rabia y desesperación? ¿Es esto un país civilizado? ¿Así se prende a las personas; así se priva de libertad a un ciudadano, aunque sea enchique-rándole en calabozo de preferencia y pagándole la bazofia? También a los que están en capilla se les da de comer cuanto piden. ¡Qué sarcasmo! ¡Qué indigna y cruel farsa!... Ya ves que no ha parecido por aquí ningún cuervo jurídico a tomarnos declaración. ¿Y aquellas terribles conjuras en que estábamos metidos? ¿Y los delitos de lesa majestad, dónde están? Un país que tal consiente, merece ser gobernado por mi jefe de oficina, el patriarca de los mansos, don Eduardo Oliván e Iznardi.»

No dijo más, y se volvió hacia la pared, donde se proyectaba su sombra, a la macilenta luz del quinqué. La situación psicológica del antes protegido y después encarcelado mozo no era fácilmente apreciable y definible a los pocos días del encierro. La primera noche de prisión fue terrible: acometido Calpena de violentísimo frenesí, no cesaba de blasfemar, clavados los dedos en el cráneo; y se arrancaba los cabellos mostrando su ira en formas destempladas y tremebundas. Trabajillo le costó a don Pedro contenerle: si no es por él, sabe Dios lo que habría ocurrido, y a qué extremos de furor y barbarie hubiera llegado el pobre Fernandito. Vino al siguiente día la sedación, y lentamente fue cayendo el preso en un estoicismo melancólico. Su pensamiento tejía sin término el monólogo doliente, inacabable: «¿Qué habrá sido de Aura? ¿Qué pensará de mí? ¿Sabe acaso que estoy preso?» Conocedor del temple arrebatado y de la fogosa fantasía de su dama, no podía menos de temer los efectos de la desesperación. Aura tenía instintos trágicos: misteriosas querencias la llamaban a los desenlaces fatalistas, puestos en moda por la literatura... La casa, la infernal cueva de la Zahón no se apartaba de su mente. ¿Habría llegado el tío carnal para llevarse a la infeliz huérfana? Y esta, ¿se habría dejado conducir sin oponer siquiera resistencia pasiva, que es la fuerza de los débiles? Sin duda pasaban o habían pasado tremendas cosas, y el no saberlas le abrumaba más que le abrumaría el conocimiento de las mayores desdichas. «Es seguro —pensaba entre pensamientos mil—, que esta farsa de mi prisión concluirá cuando esté conseguido el objeto; cuando Aura, si es que aún vive, haya salido de Madrid... Habrán tomado precauciones para que yo ignore el punto a donde se la llevan, y quizás me tengan aquí más tiempo, pues transcurriendo días entre su partida y mi libertad, me será más difícil averiguar a dónde tengo que dirigirme para encontrarla... O quizás confían en la acción del tiempo, en mi cansancio. Esperan que me dé por vencido, que desmaye mi voluntad... ¡En qué error están, Dios mío! Mi voluntad con el castigo se crece... Como ignoro a quién debo la vida, digo que mi padre es el *No importa*, y mi madre el *Más vale así*.»

El tiempo, que en aquel cautiverio tristísimo centuplicaba su extensión, le llevó a donde menos podía pensar. Es el tiempo un Océano de aguas hondas y corrientes insensibles, que lleva los objetos flotantes a playas desconocidas y los arroja donde menos se piensa. Si en las primeras horas de su encierro, veía Calpena en la desconocida gobernadora de su vida un tirano insoportable, lentamente fueron ganando otras ideas el campo de su turbado espíritu. Sin dejar de creerse víctima, sin que se amenguaran los dolores del tremendo garrotazo que había recibido, la figura ideal de la persona designada con el vago nombre de *mano oculta*, fue perdiendo aquel aspecto de deidad inexorable con que se la representaba su imaginación... Como se manifiestan indecisas por Oriente las primeras luces del alba, apuntaron en el alma de Fernando sentimientos más benignos respecto a la desconocida. Y aumentada de hora en hora la intensidad de estos sentimientos, se modificó su criterio en aquel punto, llegando a ver en el acto de la prisión algo que podía ser comparado a los procedimientos de la cirugía, la crueldad y la piedad juntas. La tiranía no podía negarse; pero ¿cómo dudar que el móvil de ella era un sentimiento tutelar, intensísimo?... Determinaron estas razones el ansia vivísima de descubrir a la invisible y arrancarla el velo, para comunicarse con ella, en la esperanza de llegar a la paz, conciliando las ideas de una y otro. Tal idea fue la verdadera medicina de su grave turbación, y acariciándola y fomentándola en su alma, llegó a soportar resignado la sombría tristeza de la clausura. La idea de que se restableciese pronto la comunicación con el mundo, donde había dejado sus afectos más vivos, le alentaba, y deseando diariamente el mañana, esperándolo con fe, parecía que las horas eran menos pesadas, menos lentas. Viniera pronto noticia del exterior, aunque fuese mala; viniera pronto carta, papel o cifra que revelasen el negro misterio de lo sucedido en los días de cautividad. Que alguna voz sonara en aquella sepulcral caverna, aunque fuese la fingida voz de la mascarita, de la piadosa tirana.

No estaba menos inquieto Hillo por la tardanza de algún papel con explicaciones que confirmaran el carácter inofensivo de aquel bromazo, pues recelaba verse empapelado para toda su vida, y metido en deshonrosos líos policíacos o judiciales. Por fin, en la mañanita que siguió al coloquio que referido queda, fue llamado al despacho del sotaalcaide el señor don Pedro, y allí recibió de manos del señor *Edipo* un voluminoso pliego. *¡Hosanna!...* La conocida letra del sobrescrito le colmó de júbilo. Para mayor satisfacción, Fernando, que había pasado la noche en vela, dormía como un tronco, y así pudo el buen clérigo entregarse a sus anchas a la lectura, reservándose el dar cuenta o no a su amiguito del contenido de la carta, según fueran comunicables o secretas las instrucciones que contenía.

II

«¿Con qué palabras, mi buen Hillo —leyó este—, pediré a usted perdón por el ultraje que de esta pecadora por caminos tan ocultos ha recibido? No hay términos para expresar mi pena, como no puede haberlos para la expresión de su inaudita paciencia y bondad. Porque no solo ha sabido usted sufrir a Fernando en su demencia, sino que me sufre a mí en esta locura que padezco, y que voy soportando con ayuda de las almas caritativas, como el señor don Pedro Hillo... Sí, mi excelso amigo y capellán: obra mía y de mis artes infernales es el paso audacísimo, la temeraria estrategia de su detención y encierro. ¿Verdad que usted aguanta ese atropello y esos sonrojos por amor al prójimo, por amor a Fernando? ¿Verdad que usted, como buen sacerdote, sabe padecer por los méritos de Nuestro Señor Jesucristo? ¿Verdad que en su conciencia siente el gozo del bien obrar, y desprecia las opiniones humanas? Me consuelo pensando que tales son sus sentimientos, caro señor mío, y si me equivoco, que Dios me confunda. Las atrocidades que la demencia de Fernando proyectaba, yo no podía impedirlas sino encerrándole en una cárcel, único sitio de donde no se sale a voluntad. Yo no podía dejarle solo en ese antro sombrío; su desesperación y su abatimiento me daban más miedo que sus ignominiosos amores. ¿A qué persona en el mundo, como no fuera usted, podía yo confiar su custodia en tan peregrinas y nunca vistas circunstancias? ¡Qué hacer, Dios mío! Calcule usted mi ansiedad y discúlpeme. "A Roma por todo —me dije—, y que Dios y el señor de Hillo me perdonen", ¿Hice mal?... Aún no he podido determinarlo en mi conciencia: solo sé que no podía hacer otra cosa.

»Pues bien: dicho lo más amargo, voy a manifestar lo que estimo triaca de tanto veneno. ¿Soy mala, señor mío? Quizás lo haya usted pensado así. ¿Podré algún día destruir esa desfavorable opinión, apartando de mi pobre cabeza las maldiciones que arrojado habrá sobre ella la indignación de mi noble víctima? Lo veremos. Por de pronto, sepa el señor don Pedro que sobre su respetable persona no recaerá ningún oprobio por esta prisión; sepa que su nombre figura en los registros de la cárcel de tal modo desfigurado, que no le conoce ni el cura que se lo dio en el bautismo; sepa que saldrá sin mácula de ese muladar, y que sus delitos políticos se cargarán a cualquiera de los cándidos masones comprendidos en la última redada. No quedará rastro, señor de Hillo, ni nadie ha de vituperarle. Solo me resta decirle que, siendo de estricta justicia que mi víctima tenga la compensación que por su extraordinario desinterés le corresponde, le doy a escoger entre los dos métodos o caminos para alcanzarla. ¿Se decide por colgar el manteo, renunciando a la ventaja que pueda ofrecerle su carácter eclesiástico? Pues no vacile en secularizarse, y junto a Fernando tendrá usted siempre una posición, no digo de tutor, sino de amigo, de esos amigos que igualan a los hermanos más cariñosos. ¿Que no quiere usted renunciar a la carrera sacerdotal? Muy bien: pues yo le garantizo que tendrá la que más le acomode, y ya puede ir pensándolo mientras llega la anhelada libertad... Por hoy, mi buen presbítero, le recomiendo otra pequeña dosis, o toma, como usted quiera, de aquel precioso elixir que llamamos paciencia, y que corre en el mundo con la bien acreditada marca de Job. Entre paréntesis, hay marcas mejores, aunque no son del dominio público. Yo las conozco... y las uso, ¡ay!»

Al llegar a este punto, tuvo Hillo que suspender la lectura para respirar. Sentimientos diversos agobiaban su espíritu y oprimían su corazón. «¡Extraordinaria mujer! —pensaba—. ¡Cuánto sabe!... Que quieras que no, Pedro Hillo, perteneces a ella en cuerpo y alma. Con su garra enguantada te tiene cogido... ya no escapas, no. Si Dios así lo quiere, adelante. Sigamos la lectura.

»Ya estoy viendo la cara que me pone mi bendito don Pedro al llegar a este párrafo de mi carta. "Pero esta mujer estrafalaria, ¿hasta cuándo nos va a tener encerrados aquí?... ¿Me ha tomado a mí por instrumento de sus artimañas y enredos?... ¡Vive Dios, que ya se me está subiendo a la coronilla el tal Fernandito! ¿Qué tengo yo que ver con que se le lleven los demonios o los Zahones y Negrettis, que es lo mismo? ¿Ni qué me va ni qué me viene a mí con que esta dama incógnita quiera o no quiera resguardar al niño y apartarle de la perdición? ¿Por qué no lo hace ella? ¿Por qué no le llama a su lado?...". Esto dice usted, y yo respondo: "Espérese un poco carísimo maestro y capellán. Usted es muy bueno, y no se me enfadará si le digo que puesto ya en el camino del sacrificio y la abnegación, no hay más remedio que recorrerlo hasta el fin. Todavía, siento decírselo, tienen ustedes Saladero para un rato, más claro, para unos días. ¿Qué significa esa corta esclavitud si la comparamos con la de los infelices magnates que estuvieron encerraditos en la Bastilla veinte y treinta años? ¿Y los que en otras prisiones o fortalezas, sin más culpa que la de usted en este caso, entraron jóvenes, rebosando vida, y salieron encorvados y llenos de canas? Hay que conformarse, y esperar días, señor don Pedro, porque usted imagínese si suelto a Fernando hoy o mañana, poco habremos adelantado, encontrándonos ante los mismos peligros y cuidados graves de aquella tristísima noche".

»Si son ciertas, como creo, las noticias que me traen, hoy o mañana debe partir con su tío Negretti, a quien la endosa Mendizábal, la muñeca romántica por quien ha enloquecido el niño. Pásmese usted, don Pedro: en su desesperación, creyéndose abandonada de su amante, hizo el paripé de querer quitarse la vida. Bajo la almohada le encontraron un cuchillo carnicero. Han tenido que ponerle centinelas de vista... En fin, que se la llevan con mil demonios, no sé aún a dónde. Creo que al Norte. Me dicen que ese Negretti es hoy armero de don Carlos, contratista de cartuchos, y fundidor de cañones para la Causa. Nada de esto me importa: que le hagan a don Carlos cien mil piezas de artillería, con tal que me tengan por allá a esa calamidad de niña hasta el día del Juicio... Ahora conviene que el prisionero no esté libre hasta que le pase la calentura. Podría volver a las andadas; podría antojársele correr tras ella. No, no: que no sepa dónde está. De eso nos cuidaremos oportunamente... Entre paréntesis, señor cura: tengo que decirle que he comprado el famoso abanico que vio usted en casa de la Zahón. Era gusto mío, capricho, disculpable vanidad. Fue allá una persona de toda mi confianza, que conoce la joya, y se hizo trato por ochocientos duros. Ya lo tengo en mi poder. Es cosa lindísima, de gran mérito: me paso algunos ratos contemplándolo. Cuando usted salga, me hará el favor de volver allá, y comprará unas perlas que necesito, ya le diré cuántas, para emparejar con otras que poseo... También quiero unos brillantes superiores. Le preparo una sorpresa a Fernando para cuando sea bueno, y se nos entregue arrepentido y bien curado de su demencia. Pero es prematuro hablar de esto.

»Repito, mi querido capellán, que deseche todo recelo, pues no figurará usted ni como conspirador, ni como clerizonte renegado... Las buenas disposiciones de la policía las habrá comprendido usted por el hecho de no haberle registrado ni retenido sus papeles. Bien guardaditas habrán quedado allá mis cartas y el aljófar comprado a la Zahón. Y si se pierde, que se pierda. Volverá usted a casa de Méndez con la *verídica historia* de que ha estado ausente por una misión electoral que le confió el Gobierno... O misión eclesiástica, lo mismo da...»

Hillo tomó segunda vez aliento, y se dijo: «¡Pero qué enredadora es esta madama oculta, y qué cosas discurre! Verdad que arma sus tramoyas con suma gracia, movida de un elevado y nobilísimo sentimiento. No hay más remedio que bajar la cabeza, y decir a todo *amén*. Adelante, y déjeme yo querer hasta que vea en qué paran estas misas.» La carta concluía con varias advertencias:

«Si tiene usted algo que decirme, escríbalo y dé la carta a *Edipo*. Pero mucho cuidado, amigo mío: este recurso no debe usted emplearlo sino en caso urgentísimo y perentorio. No siendo así, vale más que se guarde sus pensamientos para mejor ocasión. Acompañan a esta tres pliegos, que son para Fernando. Ya sé que la estancia de pago en que viven ustedes no es de las peores... ¿Y qué tal les dan de comer? Supongo que será malísimamente. Veré si puedo mandarles algo superior... Adiós, mi buen amigo y capellán. Que Dios le asista en su santa obra; que vigile usted la salud, la vida, el honor de esa criatura, no por demente menos adorada... Adiós.»

Por los tres pliegos escritos a Calpena pasó rápidamente su vista don Pedro, y aguardó a que despertara para entregárselos. Dormía el joven profundamente: en su rostro demacrado advertíanse huellas de los pasados insomnios, de la cólera y tribulación de aquellos días. Contemplole el clérigo con entrañable piedad, creyéndole digno de los extremados sacrificios que por él se hacían. En la sangre juvenil, en los hervores de la imaginación, en la misma inteligencia soberana de Fernando, hallaba disculpa de su desvarío, que esperaba sería sofocado pronto por las hermosas prendas de su alma. «Todo te lo mereces, hijo —decía—, y andaremos de cabeza hasta llevarte a puerto seguro... Y que no es floja tarea... *Tantæ molis erat...*»

En esto despertó Calpena desperezándose, y al verle abrir los ojos, le dijo Hillo con risueño semblante: «¡Lo que te has perdido, hombre, por dormilón!...

—¿Qué hay... Clérigo maldito? ¿Ha llegado carta?

—¡Qué carta, ni qué niño muerto! ¡Si ha estado aquí la señora deidad, y te miró dormidito...!

—¡Aquí!... No fuera malo. Pues mira tú: yo soñé que venía, que entraba la máscara, con su careta puesta... y...

—¿Y qué? ¿No te enteraste de que dejaba para ti estos tres pliegos?

—¡Me ha escrito!... A ver —gritó Calpena, arrojándose del lecho—. ¿Quién lo ha traído? ¿Qué dice? ¿Y a ti no te escribe? ¿Hasta cuándo nos va a tener en este panteón?

—En esta cripta funeraria estaremos hasta que a Su Señoría le dé la gana. Somos románticos, y la nueva escuela manda que nos tengamos por felices en la tumba, máxime si hay ciprés. Quédanos el recurso de tomar un filtro narcotizante que nos haga parecer difuntos, para que nos lleven a enterrar, y así salimos... Luego le damos una bofetada al sepulturero y pegamos un brinco... Toma, entérate...

III

«¡Buena la has hecho, niño; buena la has hecho! —leyó Fernando medio vestido y sentado en la cama—. No te faltaba más que ser preso por masón y revolucionario, por vociferar en los clubs como el último de los patriotas hambrones. ¿Te parece que está eso bien? Ya ves, ya ves a dónde conducen las fogosidades políticas, ¡oh mancebo inexperto y desatinado! ¿Creías tú, nuevo Mirabeau, o Danton en ciernes, que ibas a traernos con un gesto una revolucioncita a la francesa, con degollina, Convención y su poquito de *derechos del hombre*? Vamos, tal vez piensas que el Trono de la *angélica Isabelita* se tambalea con el aire que hacen tus discursos. ¿Crees que halagando las orejas de los patrioteros, milicianos y demás alimañas *libres*, se puede alcanzar otra cosa que vilipendio, cárcel y coscorrones? Todo te lo tienes muy bien merecido. ¡Vaya que hablar horrores del *paternal Gobierno que nos rige*, y confundir en un mismo anatema al Gabinete Toreno, al Gabinete Martínez, al Gabinete Cea, y a todos los gabinetes y camarines que hemos tenido desde que Dios llamó a su seno al angélico Fernando! Ahora te fastidias, y si esperas que yo te saque, estás en grave error, pues quiero que recibas el duro pago de tus delitos contra la patria, contra el orden santísimo, contra la religión pública, y la libertad de nuestros mayores. De todos esos sagrados objetos hiciste escarnio, y es justo que caiga sobre tu cabeza*democratista* la cortante espada de la ley. No, no te saco: podría hacerlo con una palabra, y lo que siento es que no haya en esa Bastilla mazmorras muy oscuritas y muy románticas donde no veas la luz del día, y sayones que te atormenten, y un fiero alcaide que te ponga a pan y agua hasta que te quedes diáfano, transparente, con la melena larga como esclavina, bien enjutito y en los puros huesos, conforme al ritual de la escuela... Para que tus ensueños sean reales, quiera Dios que te visiten espectros, que te rodeen telarañas, que tengas por ropita un sudario y un capuz, que oigas responsos y *Dies iræ*, que a las rejas de tu cárcel se asomen los simpáticos murciélagos, y por las grietas del suelo penetren los diligentes ratones para cantarte la*pitita* y el *trágala*, únicas trovas que cuadran a la insulsa canturria de tu romanticismo. Dime una cosa, niño: ¿qué pensarán de esto Víctor Hugo y Dumas? Llámalos para que vayan en tu ayuda. ¿Y Robespierre, Saint-Just y Vergniaud, los románticos de la política, qué hacen que no te sacan? Buena es la cárcel, buena, buena, buena... Como diría tu amigo Miguelito, porque en ella han tenido fin las inauditas aventuras de nuestro inflamado caballero.»

—Puedes creer, amigo Hillo —dijo Fernando, sonriendo por primera vez desde que estaba en la cárcel—, que me gusta esta señora, quien quiera que sea, por el donaire que pone en sus burlas despiadadas. ¿Y sostiene que esto es cariño? No diré que no. Sigamos leyendo, que el cartapacio parece que trae miga.

«Soy justa; pero no soy inhumana: no he de acortar el castigo que mereces; pero quiero y debo hacértelo menos penoso, proporcionándote algún esparcimiento en tus horas tristes. Te contaré diversas cosas buenas y malas que van ocurriendo en Madrid durante tu prisión, para que la soledad no te abrume; para que tus ideas se acompañen de otras ideas, enviadas a tu calabozo por el mundo de fuera, a que ahora no perteneces. La noticia, dulce amiga del hombre, te visitará y te consolará.

»¡Lo que te has perdido, badulaque, por meterte a politiquear en tonto! Si hubieras seguido formal y obediente, habrías asistido al estreno de *El trovador* en el príncipe. ¡Qué bonito drama, qué versos primorosos! Pocas veces ha estado nuestro gran coliseo tan brillante como aquella noche... ¡Qué selecto gentío, qué lujo, qué elegancia! La obra es de esas que hacen llorar en algunos pasajes, y en otros encienden el entusiasmo. Quizás tú la conozcas; el autor es un jovencito de Chiclana que andaba contigo y con Miguel de los Santos. Cuentan que la presentó a Grimaldi hace unos meses, y que este la estimó en poco, determinando que fuese estrenada en la Cruz. Carlos Latorre fue el primero que vio en *El trovador*, por la lectura, una obra de éxito probable, y algo de esto hubo de olfatear Guzmán, porque la escogió para su beneficio. La primera escena, en prosa, pasó bien; las siguientes en verso gustaron: todo el acto fue bien acogido; el segundo, con las escenas de la gitana, cautivó al público; el tercero le entusiasmó, y el cuarto le arrebató. Me parece a mí que este drama esconde una médula revolucionaria dentro de la vestidura caballeresca: en él se enaltece al pueblo, al hombre desamparado, de oscuro abolengo, formado y robustecido en la soledad; hijo, en fin, de sus obras; y salen mal libradas las clases superiores, presentadas como egoístas, tiránicas, sin ley ni humanidad. ¡Vaya con lo que sacan ahora estos niños nuevos! El hecho que constituye la patética emoción del final de la obra, aquello de resultar hermanos los dos rivales, también tiene su miga: no es otra cosa que el principio de igualdad, proclamado en forma dramática. Bueno, bueno. Si he de manifestar lo que pienso, no creo en la igualdad, digan lo que quieran poetas y filósofos. La prosa y el verso nos hablarán de igualdad sin lograr convencerme... Pero ello no quita que en el fingido mundo del teatro admitamos todas las ideas cuando el artificio que las expone es de buena ley: por eso aplaudimos a rabiar a ese inspirado chico, después de haber mojado los pañuelos con nuestras lágrimas... Cree que en uno de los mejores pasajes me acordé de ti. Al Trovador me le tienen encerradito en una torre, y allí coge el laúd y se pone a cantar. ¡Pobrecito! Y esto lo hace cuando ya le tienen en capilla y andan pidiendo por su alma los agonizantes. Pensaba yo si tendrás ahí guitarra o bandurria con que acompañar las trovas que eches al viento por la reja, y si habrá por la calle alguna naranjera que te oiga, y, compadecida, riegue con sus lágrimas el feo muro de tu cárcel... Por fortuna, no estás condenado a muerte, aunque por menos de lo que tú haces le cortaron la cabeza al sin ventura Manrique... En fin, que *El trovador* gustó de veras, y no contento el público con aplaudir frenéticamente al autor, pidió que compareciese en las tablas. ¡Ay, qué paso y cuánto siento que no lo hubieras visto! ¡Cómo salió allí el pobre hijo, casi arrastrado por la Concha Rodríguez! Es una criatura; cayó soldado en la quinta de 100.000 hombres, y se hallaba de guarnición en Leganés, de donde ha venido a gozar este ruidoso triunfo... ¡Cómo estaría aquella pobre alma! digo yo. No sé si tiene madre... Cuentan que en el teatro estaba vestidito de soldado, y que para salir a las tablas le quitaron el uniforme y le pusieron una levita de Ventura de la Vega. Esto me parece una tontería. Véase cómo los partidarios de la igualdad la contradicen en los actos corrientes de la vida. ¿Por qué no salió el hijo del pueblo con su verdadero traje a recibir el homenaje de las clases altas? ¿A qué esa levita, que es una nueva y postiza ficción? En fin, no hagas caso; no sé lo que digo. Continúo no creyendo en la igualdad.

»Me han dicho que en los pasillos no se hablaba más que del drama, y de los alientos que se trae este chico. Todo era elogios, congratulaciones, calor de simpatía, y esperanzas risueñas de días luminosos para la literatura. Pero no faltaban ratoncillos que entre los grupos se deslizaran, hincando el envidioso diente. Para que fuese completo y redondo el éxito de *El trovador*, los roedores, mordiendo el laurel, lo hicieron más fragante. Uno de los que morían, *sotto voce*, era ese amigo tuyo y compañero de oficina, que está tísico pasado. Para él no hay nada bello, como nada hay puro ni honrado. Quisieran estos que el Universo se volviese tísico, como ellos; que el Sol enflaqueciera, y escupiese con horribles toses la pálida Luna. Ahora me acuerdo: se llama Serrano. ¿No sabes? De ti cuenta horrores. Tan pronto dice que eres pariente del verdugo, como que desciendes del moro Muza, y que fue tu nodriza una princesa del Congo. Asegura que estás preso por haber hociqueado en un complot para asesinar a Mendizábal... ¡Ya ves qué desatinos! Lo gracioso es que él habla de su jefe peor que tú, y está libre. Ha dicho que don Juan y Medio lleva *señoras* a su despacho ministerial, por las noches, y que allí trincan y retozan, derrochando el *champagne*. ¡Qué infamia! ¡Dios mío, en qué repugnante atmósfera de hablillas indecentes viven nuestros pobres políticos! ¡Con qué armas tan viles les atacan! No sé cómo hay quien se resigne a ser hombre público en este país. Ya ves la que le armaron al pobre Toreno el año pasado con la hermosa gallega, cuyos favores le disputaban él y el Embajador de Inglaterra, Williers... Como que este asunto, y los catálogos que armaron las lenguas viperinas, contribuyeron no poco a que el conde saliese del Ministerio. La chismografía se ha tomado en esta desdichada tierra las atribuciones que en otros países corresponden a la opinión. Y que la manejan bien los españoles. Esto y las guerrillas, son las dos manifestaciones más poderosas del genio nacional.

»Quiero hablarte de Mendizábal, para que veas la injusticia con que le has denigrado en logias y cafés. El hombre está ya con un pie fuera del poder, aunque crea o aparente creer otra cosa. Es indudable que *Palacio* le ha hecho la cruz, y que se aguarda la apertura del nuevo Estamento para que el puntapié sea parlamentario, parodiando ridículamente la política inglesa. Está el buen señor tan ciego, tan penetrado del carácter providencial de su papel político, que no hace caso de las advertencias de los amigos más leales. Con todo, creo que la procesión le anda por dentro. Su amor propio no le permite declararse vencido, fracasado (¡como todos, niño, como todos!); pero en su *forro interno*, como dice mi peluquero, se siente enfermo del mal político más grave: del desafecto de *Palacio*. ¡Abajo, pues, y otra vez será! Esto le decimos, y su cara se pone sombría. Es realmente hombre de gran mérito por sus cualidades morales, que no abundan en la gente política de acá. Quiere hacer el bien; su ambición es espiritual; anhela que perpetúen su nombre los bronces de la Historia... Cree, tal vez, que lo de los frailes le valdrá una estatua. Podrá ser; pero por de pronto, su ambición de gloria estorba a otras ambiciones menos desinteresadas, y es forzoso quitarle de en medio. La prensa se ha desatado en denigrarle. En los corrillos se pondera su ignorancia, su falta de lecturas, como si nuestros políticos fueran prodigios de ciencia y erudición. Salvo dos o tres, la turbamulta no es más que un cúmulo de ignorancia; el craso de todas las cosas, envuelto en una cascarita de latín, y con tropezones de abogacía indigesta.

»Si es injusto tildarle de ignorante, aquí donde hay ministros que creen que La Habana es camino para Filipinas, la injusticia sube de punto cuando le tachan de interesado, de poco escrupuloso en la administración de los dineros del pro-común. Tal juicio es absurdo, villano: no ha gobernado a España hombre más puro, menos picado de la codicia. En él la pasión patriótica es una verdad, no un papel, como los que otros desempeñan, mejor o peor aprendido. Por venir a salvarnos, por la ilusión de implantar en su país ideas nuevas, este hombre, este niño grande, tiró una fortuna por la ventana. De aquellas ideas solo ha podido realizar una pequeña parte. Lo demás... No le han dejado ni siquiera planearlo. Le tiran de los pies, de las manos, del cabello, de los faldones, y le imposibilitan todo movimiento. Lo que le falta a don Juan de Dios no es entusiasmo ni voluntad recta: fáltale coordinación en las ideas, madurez, método. Quiere hacer muchas cosas a la vez; se encariña demasiado con sus proyectos, y en su viva imaginación llega a persuadirse de que es un hecho consumado lo que no es más que deseo ardiente. No conoce bien el personal político, ni tampoco el país que gobierna. Ha vivido largo tiempo fuera de España, medio seguro para equivocarse respecto a cosas y personas de acá. El hombre de Estado se forma en la realidad, en los negocios públicos, en los escalones bajos de la administración... No se gobierna con éxito a un país con los resortes del instinto, de las corazonadas, de los golpes de audacia, de los ensayos atrevidos. Se necesitan otras dotes que da la práctica, y que, unidas al entendimiento, producen el perfecto gobernante. Aquí no hay nadie que valga dos cuartos. Todos son unos intrigantes en la oposición y unos caciquillos en el poder.»

—Para, hombre, para —dijo el clérigo echándose atrás en la silla, para poder expresar más vivamente su entusiasmo—, y déjame que estático admire ese talento sin par... ¿Pero quien esto escribe es una mujer o un monstruo compuesto de los siete sabios de Grecia? ¿Has visto, has conocido quien con más arte y donosura exprese la triste realidad de nuestras pequeñeces políticas?... No, nuestra incógnita no es una dama. Estamos en grave error... Es Séneca redivivo, quizás con faldas... ¿Y tú, gaznápiro, no te admiras, no te deleitas, no pierdes el sentido ante los esplendores de ese entendimiento, y ante las gallardías de esa pluma, que sí, sí... Es de mujer, ahora lo veo, por el claro análisis, por la gotita maliciosa que pone en sus conceptos? Créelo, este amarguillo me sabe a gloria. Sigue, hijo, sigue, que esto es oro molido.

IV

—Pues si me tomas juramento —dijo Calpena—, declaro que estoy pasando un rato delicioso con lo que se ha servido escribir para nuestro recreo la señora tirana. Quien esto escribe es persona corrida, que ha visto mucho mundo, y adquirido en él fino trato de gentes. Sigo: "Como en la cárcel no tendrás periódicos, yo me encargaré de contarte lo que dicen, y bien puedes agradecérmelo, que no es tarea fácil ni breve echarse al coleto todo este fárrago. Fuera de *La Abeja*, que en extremo me agrada, todo el periodismo me resulta enfadoso, indigesto y de escasa sustancia... Se escribe para los sectarios, no para la gente pacífica y neutral. Me encantan, eso sí, las letrillas políticas de Bretón, poniendo en solfa los acontecimientos de la semana con donaire decoroso, sin tocar jamás en la grosería, empleando extraños ritmos y consonantes endiablados, de extraordinario efecto cómico. Se pegan al oído ferozmente estas coplas; hace tres días que no ceso de repetir:

Así, beodo como un atún,
Marat hablaba del pro-común.
¡Trun, trun, trun!...

»No puedo resistir los artículos que llaman serios, escritos por jóvenes ilustrados. No negaré su mérito; pero que los lea quien quiera. Han tomado ahora la muletilla del *espíritu del siglo*, y a todo sacan el argumento espirituoso. Los del grupo templado encuentran *anárquico* cuanto dicen y hacen los de enfrente, y los *libres* denigran a los otros, echándoles en cara el *despotismo*, el *oscurantismo*, las *ideas retrógradas* y otras cosas muy malas. *El Jorobado* ha roto el freno, y no respeta ya ni la vida privada: a tal extremo llegan su desvergüenza y procacidad. *El Eco del Comercio*, con buenas formas, reparte navajazos a diestro y siniestro, y sus biografías continúan dando disgustos. El lance entre el general Bretón y Fermín Caballero, no ha curado a este de sus mañas: continúa mordaz, agresivo, y no dice cosa alguna sin intención aviesa. Un artículo de la semana pasada parece que dará lugar a la dimisión de Córdova, lo que algunos estiman como la única calamidad que faltaba para consumar la perdición del país. Háblase de un nuevo periódico que fundará Carnerero, y que será agridulce, como todos los suyos; pastelero y anfibio, sin contentar a nadie. En la *Revista Española*, *Mensajero de las Cortes*, continúa el anónimo articulista sacudiendo zurriagazos a Mendizábal. Parece que es Galiano el autor de estas fraternas. ¡Y eran íntimos amigos! No en vano dice Martínez de la Rosa, en las tertulias a que asiste, que vivimos *en el caos*, y propone como único remedio que traigamos, aunque sea embotellado, el *espíritu del siglo*. Que lo traigan, y en barricas el *justo medio*.

»Aumentan las desazones por la censura de la prensa. Quién afirma que de todo este *caos* tienen la culpa los censores del Gobierno, que no cortan y rajan todo lo que deberían; quién abomina del demasiado rigor, pidiendo que se permita mayor desenfreno, para que la libertad, así dicen, cure y cicatrice las mismas heridas que abre; más claro, que el palo de la libertad es un palo medicinal como la quina, el regaliz y la cuasia. A los censores les juzga la opinión, mejor será decir la chismografía, con variados criterios: a unos, como Ángel Fernández de los Ríos, Lorenzo Feijoo y Miguel Vitoria, les ponen en el cuerno de la Luna, por su tolerancia, por no prestarse a los rigores extremados, y *dejar correr* algunos escritos de solapada oposición. En cambio, ponen cual no digan dueñas a don Juan Nicasio Gallego, a don Jerónimo de la Escosura y a Cipriano Clemencín, a quienes llaman *los inquisidores de la prensa*. Estos son los que aprietan las clavijas. Les acusan de que, por conservar sus puestos, han hecho escarnio de la sacrosanta libertad de la imprenta, contraviniendo... *El espíritu del siglo*. Me consta que a don Juan Nicasio le tiene sin cuidado todo lo que de él se dice. Por nada se altera, y continúa muy amigo de todo el mundo, con aquella imperturbable pachorra y aquel cinismo de buen tono. Es un Diógenes ordenado *in sacris*, que ha tomado la vida por el lado práctico, aprovechando las bonanzas que nos ofrece, y presentando a las tempestades el murallón de una filosofía pasiva, de que son emblema su corpulencia, su sonrisa bonachona y sus epigramas flemáticos. Como aquí los literatos y poetas no pueden vivir de la pluma, porque todos los españoles leen los libros prestados, y las ediciones se hacen cortitas, para regalar, este, como los más, vive al amparo del gran Mecenas de ogaño, que es el Gobierno. Habrás observado que todas las obras maestras de nuestros tiempos están escritas en papel de oficio, y con la excelente tinta de las oficinas. Pero hay alguno a quien no le sale la cuenta, pues a Ventura de la Vega acaban de limpiarle el comedero en *Lo Interior*, por si escribió o dijo no sé qué. Hoy tienen que tener cuidado esos señoritos con el chiste, y ponerse el bozal para ir de café en café. A Espronceda le solicitan para el nuevo periódico que van a publicar los allegados de Mendizábal (*El Liberal* creo que se llamará); pero se resiste: está preparando un folleto que arde. Cuentan también con Larra; pero éste se arrima a los moderados, y ahora proyecta su viaje a París para sacudirse las murrias. Es de los que no caben aquí, según dice, y tiene razón. Yo sé de otras personas, no ciertamente del gremio literario ni político, que se hallan en el mismo caso. No caben, no encajan, y sin embargo, aquí envejecen, porque a ello les obligan afecciones sagradas o deberes que cumplir. *Inteligente paca*, como dice mi peluquero.

»Ea, niño, que me canso. Tres pliegos llevo escritos, y me parece que es bastante por hoy. Mi objeto no es otro que crearte con esta dulce conversación escrita una atmósfera plácida, que sirva de lenitivo a tu alma enferma. De este modo te voy infiltrando las ideas sanas, te adormezco en el *justo medio*, calmo tus locas ansiedades, te reconcilio con el mundo en que estás destinado a vivir, y voy poquito a poco restableciendo en ti el equilibrio de humores, y templando, hasta ponerlas en el son debido, las harto tirantes o harto flojas cuerdas de tus nervios. Ya no escribo más, que también yo necesito equilibrio. Otro día continuaré... Espero salvarte. Aún no has comprendido bien de cuánto es capaz una... Chitón.»

Quedáronse ambos meditabundos, ensimismados, y comentaron luego la sabrosa carta, leída segunda vez por Hillo. Dos días después la incógnita escribía: «¿No sabes? La belleza marmórea tiene otro novio, Ramón Narváez, no sé si te acordarás, coronel de ejército, cara dura, dejo andaluz, carácter de hierro, más propio para manejar soldados y ganar plazas que para la expugnación de mujeres. Me consta que a la familia de ella agradan estas relaciones, porque el mozo, según dicen, va para general: tales condiciones ha demostrado, y fiereza tanta contra los *anárquicos* de aquí y los *serviles* de allá. Pero como sale dentro de unos días para el Norte a mandar el *Infante*, es fácil que sea sustituido por otro, quizás perteneciente a la clase civil, a esa echadura de abogados habladores que la Nación empolla para sacar ministros. Así andará ello. Todos estos niños zangolotinos que hablan de Benjamín Constant, de Thiers y Guizot, del Parlamento inglés y del *bill de indemnidad*, me apestan. La petulancia militar, con ser grande, ofende menos que la de los juristas, por lo que voy sospechando y temiéndome que los generales han de ser los principales mangoneadores políticos, cuando lleguemos a la paz. ¿Qué te parece esta observación? En tiempos de guerra mandan los civiles; en tiempos de paz mandarán los espadones... No será floja empolladura la que nos dejará la guerra civil...

»Me dicen que en el Prado empieza el calorcillo primaveral. El tiempo delicioso favorece la aparición de esas humanas flores que se llaman María Cimera, las dos Malpicas, Pepa Parsent y Encarnación Camarasa. ¿Qué piensas de esto, niño? ¿Has perdido de tal modo el gusto y las aficiones de caballero, que no anhelas la libertad para rendir homenaje a la belleza noble y honrada? ¿No te acuerdas ya de las ilustres casas que no necesito nombrar? ¿No conociste allí damas finísimas, cuya conversación tan solo, honesta y graciosa, te enseñaba las buenas formas, te sugería pensamientos felices, y educaba tu voluntad y tu inteligencia para un porvenir noble y hasta glorioso? ¿No se te ha pasado por las mientes, loco de remate, que podrías hallar, andando el tiempo, y prosiguiendo en el seguro camino que se te trazó, una compañera de tu vida tan bella, tan virtuosa y distinguida como la que hoy es marquesa de Selva-Alegre? ¿Ya no tienes aspiraciones hidalgas? ¿Te has encariñado tanto con las violencias, con el colorido chillón, con la nota discordante, con el contraste duro, que eres ya insensible al buen tono, a la gracia, a la armonía? No, no puedo creerlo... De fijo sientes ya en tu alma la reversión a los pasados gustos. ¿Verdad que deseas ver el *Prado por abril de flores lleno*? La novedad de este año es que se presentarán tres pimpollos, recién salidos del colegio; tres chiquillas monísimas. ¿No aciertas? Son las de Oñate: Juliana, Matilde y Carolina... Rabia, que ninguna ha de ser para ti; y si ante ellas te presentaras, con tu aire jacobino, y esos modales *anár-*

quicos que has adquirido ahora, las pobres niñas se asustarían, y echarían a correr chillando: "que se lleven de aquí a este pillo, y le vuelvan a meter en la cárcel". Ya ves, ya ves a lo que has venido a parar... Me figuro que arrugas el ceño por esta fuerte peluca que te estoy echando, y casi, casi sientes impulsos de estrujar la carta y arrojarla sin concluir su lectura. Pues no señor: aguántese usted y lea hasta el fin, que aún falta lo mejor.

»Corren voces de que dimite Córdova. Se comprende que el hombre esté volado. Aquí se le censura porque no da una batalla por la mañana y otra por la tarde, creyendo que el dar batallas es tan fácil en el campo como en las mesas de los cafés. Y al paso que se hace una crítica estúpida de las operaciones militares, no se le mandan al general los recursos que solicita. Con un ejército descalzo, mal comido, y sin pagas, quieren campañas victoriosas. Oyes en un café a cada instante esta opinión impertinente: "¿Por qué no se ocupa el Baztán?... ¿Por qué no se fortifican los pueblos de la orilla derecha del Arga?...". "Sí, hombre, les diría yo: vayan ustedes a posesionarse del Baztán, a ver si ello es tan divertido como hacer carambolas en el billar". Yo mandaría al Norte a los carambolistas de Madrid y a los vagos que por matar el aburrimiento se dedican a la estrategia... A todos les pondría el chopo en la mano y les diría: "Hijos míos, id a la guerra y desfogad vuestro bélico ardor, y no volváis sino trayendo la cabeza del último faccioso...". La prensa no hace más que denigrar al general en jefe. *El Jorobado* le llena de injurias; el *Eco* le mortifica con malignas reticencias. Los demás, o le defienden tibiamente, o callan hipócritas, haciendo más daño con su silencio que los otros con su procacidad. Esto es indigno: toda injusticia me subleva, y si en mi mano tuviera yo los rayos, como dicen que los tenía Júpiter, no haría más que repartirlos a diestro y siniestro, aniquilando tontos y malvados.

»¿No piensas tú como yo, pobre iluso?... ¿No ves en Córdova la gran figura militar y política? ¿Has pensado alguna vez en ese hombre, que no nos merecemos, no, que se sale del cuadro de nuestras mezquindades y pequeñeces? Aquí somos miniaturas; él retrato de gran talla. ¿No lo ves así? ¿Por ventura tu inteligencia no se recrea en estos ejemplos vivos? ¿Los hombres culminantes que sobresalen en este hormiguero, no te cautivan ya, despertando en ti la admiración, ya que no el deseo de imitarlos? Medita un poco; y si tus devaneos no te han privado de la facultad de discernir, verás

31

en Córdova la representación más alta de la inteligencia y la voluntad en tres órdenes distintos, el militar, el político y el diplomático. De ese ilustre soldado digo lo que ya te indiqué a propósito de Larra: es de los que no caben aquí. Se me ocurre una comparación, que me parece que no es mía: es de algún poeta, no sé cual... En fin, puede que sea mía, y allá va. Córdova es un roble plantado en un tiesto. El árbol crece... Naturalmente el tiesto se rompe...»

—Quien esto escribe —dijo Calpena con gravedad, suspendiendo la lectura—, no es mujer... No veo aquí a la mujer.

—Pues yo —replicó Hillo, no menos grave y caviloso que su amigo—, te aseguro que ahora... En este pasaje... Se me representa más mujer que nunca. Sigue, sigue.

V

«No pretendo echármelas de Plutarco... Esto sería ridículo. ¿Y qué podré decirte yo que tú no sepas? Si sigo hablándote de Córdova y haciendo la debida justicia a sus altas prendas, quizás me digas tú: "¿Para qué se me ponen ante la vista ejemplos que no he de poder seguir? Yo no soy militar". En efecto, militar no eres, porque... No es ocasión aún de que sepas este *por qué*: a su tiempo lo sabrás. ¿Acaso no se abren a tu inteligencia otros caminos que el de la milicia? La Política y la Diplomacia ofrecen ancho campo al talento, si es asistido de dos cualidades preciosas: la honradez y la independencia. No me digas que hace falta el paso por las Universidades. Eso sí que no: detesto a los leguleyos. Lo que hace falta es el paso por los libros, y esa Facultad, todo chico aplicado y con posibles la tiene en su casa. Te pongo ante los ojos el ejemplo de Córdova, para que veas que los grandes hombres que descuellan en la humanidad se lo deben todo a sí propios, y son hechura de su mismo espíritu. La desgracia de este hombre es haber nacido aquí. En el suelo ancho y fecundo de otro país, habría sido árbol corpulento. Bonaparte y él se parecen como dos gotas de agua. El hecho heroico de la Cortadura es hermano gemelo del estreno de Bonaparte en Tolón. El 7 de julio debía ser otra página como la de Brumario en las calles de París: si no lo fue, no le culpemos a él, sino a la estrechez de tierra en el maldito tiesto. Mendigorría es otro Marengo: si no concluyó la guerra después de aquel brillante hecho de armas, fue por la misma causa... El tiesto, niño, el tiesto... Como diplomático, Berlín, París y Lisboa le conocen. Sus escritos de cancillería, como sus proclamas militares, son un modelo, aquellos de precisión y sagacidad, estas de calurosa elocuencia... ¿Y dónde me dejas al político? Observa cómo, aplacados los ardores liberales de la juventud, vino a profesar y sostener el realismo en su noble pureza. Este no es de los que se encastillan en las ideas de la primera edad, quedándose para toda la vida, como unos bobos, en *Las ruinas de Palmira*; este es de los que aprenden a vivir en la realidad, en los hechos. La Monarquía tradicional tuvo y tiene en él un acérrimo defensor; pero no quiere el brutal absolutismo, con su siniestro cortejo de verdugos e inquisidores, como lo soñaron don Víctor Saiz y Calomarde, no. Ya sabrás que declaró la guerra al sistema de *Purificación* y a las Comisiones Militares hasta acabar con tanta barbarie... Es liberal sin morrión, monárquico sin cogulla. Cree que el despotismo mata a los pueblos por parálisis, como el estado continuo de revolución los mata... por el mal de San Vito.»

No pudo refrenar Calpena el comentario que de la mente al labio le salía, y dijo, apartando los ojos de la carta: «Lo que noto yo aquí es una gran incongruencia. ¿A qué viene este panegírico del general Córdova? En ninguna de sus cartas se ha dedicado mi señora incógnita a trazar vidas plutarquinas. Casi siempre trata con dureza o con desdén a los contemporáneos célebres. Las únicas excepciones son Mendizábal y don Luis Fernández de Córdova; pero a este me le pone por encima de todos... Sin venir a cuento... Digo sin venir a cuento, mi querido Hillo, porque yo y mi prisión, y los motivos de ella, ¿qué relación pueden tener?...

—Hijo, la relación quizás no la veamos nosotros; pero que alguna hay, aunque escondida, no lo dudes. Adelante.

—Sigo: "Te he pintado la figura, antes de decirte que corre por ahí muy válida la idea de investir a Córdova de las facultades de *dictador*, para salir del atolladero en que estamos metidos. Asumiría las atribuciones de general en jefe del Ejército y de presidente del Consejo de ministros; la Corte se trasladaría a Burgos, y los Estamentos... probablemente a esas logias legales y públicas se les echaría la llave hasta que la guerra quedase definitivamente concluida. ¿Sabes quién ha lanzado esa idea, quién la patrocina y está catequizando a Córdova para que se deje querer? Pues Serafín Estébanez Calderón, auditor en Logroño. No te acordarás: es un malagueño muy despabilado a quien has visto en casa de Puñonrostro...".

—¿Pero yo, por vida de Quinto Curcio y de las once mil vírgenes —dijo Calpena en la mayor confusión—, qué tengo que ver con todo esto?»

Hillo meditaba, la barba apoyada en los dedos, la vista fija en el tapete mugriento y agujereado de la mesa.

«¿Qué piensas, clérigo?

—No, hijo, no pienso nada; no digo nada. Pero en tanto que se nos descubre el hondo pensamiento de la autora de ese escrito apologético, hagamos nuestras sus ideas, participemos de su ardiente devoción del afortunado caudillo. Aquí estamos para la obediencia, y no hemos de tocar nosotros el pandero, sino ella... Y a fe que está en buenas manos. A ver, ¿qué más dice?

—Pues sigue el panegírico del santo. "Córdova tiene todas las cualidades de César... Es guerrero y político... Si él no hace de esta tribu de alborotadores una nación, perdamos la esperanza de redimirnos. Mendizábal ha fracasado, porque no ha sabido rematar la suerte... Córdova la rematará... Es el hombre único... Esperar nuestra salvación del Estatuto o de la Constitución del 12, es vivir en el reino de las pamplinas... Córdova es el Bonaparte sin ambición, bello ideal de los dictadores... Una espada que piense: esto es lo que nos hace falta...".

—¿Y no dice más?

—Dice también que me pone ante los ojos esta noble figura militar y política, para que me familiarice con la grandeza del personaje, aprendiendo en él a juntar la gallardía caballeresca con los primores intelectuales. La caballería, aun con un poquito de romanticismo, encaja, creo yo, dentro de la perfecta disciplina social...

—Ya, ya voy viendo algo...

—Pues yo no veo nada...

—¿Y qué más dice?

—Nada más.»

Miráronse los dos largo rato, como si cada cual quisiera leer en la cara del otro un pensamiento, una conjetura, una sospecha... Suspiraron luego casi al unísono, y algo se dijeron, sin que ninguno diera a conocer lo que pensaba. «Fernandito —indicó Hillo, poniendo término a sus cavilaciones—, ¿no te parece que debemos pedir que nos den de comer? Porque con estas cosas de dictaduras, y de generales de la cepa de los Césares y Bonapartes, se le despierta a uno el apetito de un modo horroroso.

—Soy de la misma opinión, clérigo insigne, y comeré lo que nos traigan, aunque sean los hígados de Chaperón, conservados en vinagre.»

El señorito se encontraba en un estado de ánimo favorable a las picantes bromas. Mientras comían un cocido de caldo flaco y de garbanzo duro, dijo a su mentor y capellán: «En vez de dedicarse con tanto ahínco a la literatura plutarquina, podía decirnos cuándo piensa sacarnos de aquí. Si esto es una humorada, que venga Dios y me diga si no es ya insostenible.

—Dame tu palabra de que irás conmigo a donde yo te lleve, y mañana mismo estamos en la calle.

—No puedo dar esa palabra, y si la diera no la cumpliría. Mi voluntad es libre, ya que mi cuerpo no lo es hoy, por causa de un bárbaro atropello... Pero esto no puede durar, y si durara, sería preciso creer que la justicia es aquí un nombre vano.

—¡Y tan vano!

—Y la política una farsa.

—Un sainete que hace llorar a algunos.

—Y la policía un hato de bandoleros, vendidos a la intriga o a la venganza... Bien, Señor: murámonos aquí.

—Morirnos no, porque todo es broma, y por mi cuenta, no han de pasar las semanas de Daniel sin que se nos eche, por no resultar nada contra nuestras honradas personas.»

Fernando no dijo más. Antes de concluir de comer abandonó la mesa, y se puso a medir con febril paseo la habitación, así a lo largo como a lo ancho. Luego, a media tarde, propuso que dieran una vuelta por los patios. Esto no le hacía maldita gracia a don Pedro, temeroso de ser visto de la canalla, y con prudentes razones intentó quitárselo de la cabeza. Mas tanto machacó el joven prisionero, que no pudo disuadirle su amigo del propósito de salir. Verdaderamente, tal vida de quietud no era para llegar a viejo. Deseaba moverse, estirar las piernas, respirar otro aire, aunque no fuera menos infecto que el de su cuarto; y como no le importaba nada codearse con la chusma del patio, bajó a dar una vuelta por aquella triste región. Don Pedro no quiso acompañarle, y se quedó en el corredor alto, paseando en corto, sin alejarse de la puerta de su madriguera, para escabullirse dentro en caso de sentir pasos de carceleros o visitantes.

Vio Calpena en el patio diferentes tipos de presos y detenidos, algunos chicos vagabundos, y un cabo que cuidaba del orden en el departamento. Cuatro hombres de aspecto mísero, las carnes bronceadas del Sol, los vestidos hechos jirones, robustos, con calañés terciado sobre la oreja, eran los únicos que tenían aspecto de criminales. Hallábanse sentados en ruedo, jugando con piedrecillas blancas y negras sobre un tablero trazado con carbón, y no apartaban de su juego la mirada más que para fijarla en el cabo, que iba de un lado a otro, las manos a la espalda, y a ratos se aproximaba familiarmente a un grupo de presos pacíficos, que parecían gente habituada a tal vida y a tal sociedad. El tono de su conversación, su aire y modos reposados eran como de quien no siente la menor extrañeza de hallarse donde se halla. Miroles Calpena, y ellos le miraron, sin denotar curiosidad ni interés alguno. Algo les dijo el cabo, y siguieron charlando de cosas que debían de ser amenas, plácidas, quizás de lo buena que es la vida y de lo acertado que estuvo Dios al criar al hombre, y este al hacer las leyes y las cárceles.

Después de pasear un rato, se fijó Calpena en tres individuos que permanecían inmóviles, arrimados a la pared junto al portalón cerrado del segundo patio, que ya en aquel tiempo se llamaba *de los micos*. Eran jóvenes, mal vestidos; el uno parecía no tener camisa, y se había levantado el cuello del levitín para disimularlo; otro llevaba por sombrero una gorra como las de cuartel, y el tercero botas de montar, zamarra muy ceñida con cordones, y un sombrero de ala ancha. Observó Fernando que ninguno de los tres le quitaba los ojos desde que le vieron, y le seguían con la vista por dondequiera que fuese, demostrando, no solo que le conocían, sino que algo y aun algos tenían que decir de él. No era ciertamente hostil ni burlona la mirada de los tres desconocidos, por lo cual se le despertó a Calpena la curiosidad, y después las ganas de entrar en coloquio con ellos. Encendió un cigarro, y este fue el incidente feliz que determinó la aproximación. Destacose del grupo el de la gorra de cuartel, y con donaire campechano pidió a Fernando candela; diósela este, y al devolver el otro el cigarro, todo con los mejores modos, le dijo: «señor de Calpena, muchas gracias, y que no sea esta la última vez que tengamos el gusto de verle por este patio.

—¿Me conoce usted? —dijo Fernando vivamente—. Pues yo a usted... No recuerdo.

—Zoilo Rufete... No se acordará. Soy hermano de un valiente militar perseguido por sus opiniones *libres*.

—En efecto: ese nombre...

—Nos conocemos de la logia, señor de Calpena; solo que está usted trascordado... En una misma noche hablamos los dos, y fuimos aplaudidos bárbaramente.

—Ya, ya voy haciendo memoria.

—Usted habló de la responsabilidad ministerial, y de la manera de hacerla cumplir; yo de la intervención extranjera, sosteniendo que los españoles nos bastamos y nos sobramos para defender la libertad contra todos los déspotas de la Europa y del Asia... Después me metí con los frailes, y probé que entre ellos y los palaciegos nos han traído la guerra civil...

—Es verdad, sí... ¿Y qué hacemos por aquí?

—Pues esperar... Creen que por prendernos adelantan algo... Yo me río de las prisiones... ¿Qué es ello? *Maquiavelismo*... y si me apuran, miedo... Es la cuarta vez que me traen aquí, y aquellos dos compañeros llevan ya nueve encerronas... Si patriotas entramos, más patriotas salimos. Hoy más *libres* que ayer, y mañana más que hoy. ¿No piensa usted lo mismo?

—Exactamente lo mismo. Y dígame, ¿nos soltarán pronto? Porque la verdad, este es un bromazo...

—No creo que nos suelten hasta que se abran los Estamentos. Están locos... Créame usted, amigo Calpena: prenden a treinta o cuarenta por aquello de que vea *Palacio* que miran por el orden, y mientras usted y yo, y otros mártires del despotismo, nos aburrimos en este *pandemonio*, cientos y miles de compañeros trabajan fuera de aquí por la causa del pueblo, sin meter bulla. Yo soy de los que dicen: revolución, revolución, y siempre revolución.

—Siempre, siempre. Vengan terremotos, y encima... El diluvio.

—Lo que es ahora no tardará en estallar el trueno gordo. ¿Y qué me dice de la guarnición? ¿La tenemos ya bien catequizada?...

—¿Sé yo acaso...?

—¿Que no sabe...? ¡Bah, señor Calpena, misterios conmigo! Si aquí todos somos unos... todos *apóstoles* de la revolución, y cada uno trabaja en su terreno.»

Comprendiendo que aquel tipo le tomaba por un conspirador de oficio, Fernando siguió la broma: de algún modo le convenía justificar ante el vulgo su permanencia en la cárcel. Prisión por *patriotismo*, antes enaltecía que deshonraba.

«Pues sí —dijo tomando el tonillo y los aires de un perfecto muñidor de motines—, el Ejército es nuestro.

—Ya lo sabía yo... ¿Pues por qué está usted aquí sino por ser el que pone los puntos a la Guardia Real?... Yo se los pongo a la Milicia, y puedo asegurarle que toda ella respira por la santísima libertad...

—Así tiene que ser... ¡Buena se armará!

—¿De modo que la Guardia...?

—Como un solo hombre.

—Chitón... El cabo viene para acá. Disimulemos. Si tiene usted cigarrillos, señor de Calpena, le agradeceríamos que nos prestase media docena. Andamos mal de tabaco.

—Tome usted... Coja más. Arriba tengo para muchos días.

—Basta con diez. Muchísimas gracias. Esta tarde han de traernos tabaco, y yo pondré a su disposición buenos puros... El cabo nos mira... Me temo que me diga algo con la vara... Disimulemos... Es muy bruto ese cabo. Ha sido lego de convento y voluntario realista.

—Yo me vuelvo a mi cuarto.

—Usted allá y nosotros aquí... *Meditemos*... El triunfo es cosa de días. Bájese acá mañana, y hablaremos: tenemos mucho que hablar... Conviene que nos pongamos de acuerdo...

—Enteramente de acuerdo...

—Sobre este y el otro punto... ¿Usted qué opina? ¿Constitución del 12?

—Hombre, pues claro está...

—No deje de correrse al patio mañana... Antes de la comida, de diez a once. A esa hora tenemos un cabo muy bueno: Francisco, de apodo *Resplandor*, uno que estuvo con Porlier... Podremos hablar... Mi compañero Canencia desea echar con usted un parrafito, para quedar también de acuerdo...

—¿Quién es Canencia?

—El del sombrero ancho y botas. Ahora nos mira y se sonríe. Ha llegado hace días de Zaragoza. Ese es un lince para los de Artillería. Les tiene sorbido el seso.

—¿Y el otro quién es?

—¿Pero no le conoce? Si es Fonsagrada, primo hermano de los amigos de usted.

—¿Los Fonsagradas... Dos mocetones muy guapos, sargentos de la Guardia?

—Cabal. Este chico vale más que pesa. Tiene minada la Caballería por dentro, por donde no se ve... Como la carcoma.

—Conozco a sus primos.

—Eleuterio, el mayor, estuvo ayer a vernos... y hablamos de usted... y encargó a Zacarías... Así se llama este... que le diese a usted memorias, y...

—¿Y qué más?

—¡Oído!... que viene el cabo... Compañero Calpena, hasta mañana.

—Hasta mañana, compañero Rufete.»

VI

Subió Calpena a su cuarto, muy dichoso de haber hecho aquel conocimiento, no solo porque rompía el monótono y acompasado tedio de la vida carcelaria, sino porque del trato de aquella desdichada hez de la plebe turbulenta, esperaba obtener noticias de sucesos exteriores para él muy interesantes. Encontró a Hillo muy embebecido en la lectura de un librote que el segundo alcaide le había prestado, y era nada menos que la *Vida de Carlos XII de Suecia*, del amigo Voltaire.

«¿No sabes, clérigo —le dijo gozoso—, lo que me pasa? Pues sin sospecharlo, ni tener de ello la menor noticia, he sido un conspirador terrible... Mi especialidad es seducir a los cabos y sargentos de la Guardia Real, encariñándoles con la libertad y con el *venerando código* del 12.

—Hijo, de algún modo se ha de justificar tu prisión. ¿Y de mí qué se dice?

—¿De ti? Que armabas un complot tremebundo para implantar una republiquita a estilo ateniense... poniendo de protector o de *tirano* democrático...

—¿A quién?

—Al espejo de los caballeros, general Córdova...

—Pues mira, no estaría mal... Me satisface haber tenido esa idea —dijo Hillo siguiendo la broma—. Pero en mi calidad de eclesiástico, más cuerdo sería proponer para cabeza de esa república a fray Cirilo de Alameda y Brea.

—¡Si ese está con don Carlos...!

—Pues entonces... Crearíamos una Tetrarquía que representara los cuatro brazos, o las cuatro patas del cuerpo social. Yo por el Clero; tú por la Aristocracia; por el Ejército pondríamos a Rufete, y por el Pueblo al gran Aviraneta.»

Toda la tarde la entretuvieron con estas bromas. Durmió Calpena intranquilo, y al despertar sobresaltado, no se apartaba de su mente la imagen de los dos Fonsagradas, a quienes conocía por las relaciones de aquella familia con la Zahón. El más joven de ellos era novio de una de las chicas de Milagro. Lo que le turbaba el sueño era que Eleuterio, el mayor de los dos hermanos sargentos, le hubiese mandado memorias con aquellos perdidos del patio. Y según el dicho de Rufete, habían hablado largamente de él. ¿Qué dirían, santo Dios; qué dirían de Aura? Ansioso esperaba el día siguiente para entrar en palique con los tres presos, en quienes vio acabados tipos de *jamancios*, o sea la variedad política y revolucionaria de los que conspiraban por hambre, metiéndose en mil trapisondas con la mira de pescar algo de lo que repartían las logias en vísperas de motín.

Por la mañana, al salir a dar una vuelta por el pasillo, se encontró a Iglesias, que al cuarto de un preso de pago se dirigía, y hablaron, no maravillándose Nicomedes de verle en tal sitio. «No todos los corifeos de la Libertad —le dijo con cierta vanagloria—, hemos disfrutado las delicias de un cuchitril de pago... Las dos temporaditas de prisión política que tengo en mi hoja de servicios, amigo Calpena, me las cargué en el patio y cuadra correspondiente, en amigable cohabitación con barateros y asesinos... Usted es de los privilegiados de la fortuna. También en esta región del martirio patriótico, hay aristocracia, jerarquías...

—Dígame, querido Iglesias, ¿cuándo se arma? ¿Ha caído Mendizábal... Se ha sublevado el Ejército, al grito mágico... De... vamos, a cualquier grito mágico?

—La cosa está muy madura... No puedo decir más.

—¿También ahora secretos...? ¡Amigo Nicomedes, si me parece que estoy en la logia! Baja uno a ese inmundo patio, y en cada tipo de calañés y zamarra le sale un compañero.

—Naturalmente, la masonería tiene en la cárcel sus ramificaciones. Aquí se conspira lo mismo que en cualquier otra parte. Comandante he conocido yo aquí, que nos delató porque no quisimos hacerle *Venerable*; y entre los cabos hay muchos que hasta hace poco cobraban la peseta diaria que se daba por ciertos trabajos. En los días que estuvo aquí don Eugenio Aviraneta, el primer genio del mundo en el conspirar, era este el centro de todos los Orientes, grandes y chicos, y aquí venían comunicaciones cifradas de los institutos armados, de las cancillerías extranjeras, y hasta de los ministros... En fin, no puedo decir más. Paciencia, amigo, que pronto, muy pronto ha de cambiar la faz de la Nación...

—¡Qué gusto! Dígame: será cosa tremenda, desquiciamiento total, confusión, ruinas...

—Poco a poco, amigo mío: los que hoy somos *corifeos* de la Libertad, nos creemos llamados a gobernar a la Nación, no a destruirla. Trabajamos contra los malos gobiernos, contra las instituciones opresoras; pero queremos el bien del país.

—Yo también... pero el bien del país exige un cataclismo.

—Lo habrá, hijo, lo habrá... Cataclismo prudente, en beneficio de la Libertad y de los *libres*... Paciencia, calma, patriotismo.

—Sea como fuere... ¿será pronto?

—¡Oh, eso sí! No puedo decir más. Y usted, mártir ahora de la causa, esté muy orgulloso y alégrese de su suerte, esperando el día del triunfo... Pero no me pregunte cuándo será, pues si yo lo supiera, no se lo diría... Adiós, adiós. Mi enhorabuena.»

Y se metió en el cuarto, donde sufría larga y enfadosa detención, según Calpena supo luego, un tal Civit, compinche en otros días de Aviraneta, y que después se lanzó a trabajar por cuenta propia. Jamás salía de su cuarto. El cabo que servía a los de preferencia, contó a Fernando que el señor Civit se pasaba todo el día y parte de la noche escribiendo. ¿Qué hacía? ¿Fabricaba constituciones, formaba listas de proscripción o listines de empleados nuevos? Nunca se supo.

A la hora señalada por Rufete bajó Fernando al patio, y si él fue puntual, más lo fueron los otros: en el mismo sitio del primer conocimiento les encontró, y apenas le vieron, abalanzáronse a recibirle, alentados por la presencia del más benigno de los cabos, el tal *Resplandor*, hechura de la Masonería del año 20.

El jaquetón de sombrero ancho y botas, con patillitas de *boca e jacha*, quiso distinguirse por lo cariñoso y expresivo. Saludó con acento andaluz, que a Calpena le pareció afectado y mentiroso. En efecto: el señor Canencia, vástago de una dinastía de conspiradores que venía alborotando desde la *francesada*, era un andaluz muy *crúo*, natural... De Candelario. Pero habiendo rodado por Sevilla y Cádiz, algo también por Melilla, adoptó la pronunciación de aquellas tierras, por creerla más en armonía con sus pensamientos audaces, revoltosos y su natural pendenciero. Ceceaba por presunción de guapeza; su *andalucismo* era más de cuarteles madrileños que de sevillanos bodegones. Lo mismo servía para enseñar a los pobres pistolos la buena doctrina constituyente, que para dirimir las contiendas de juego, *mojando* en el primero que se le ponía por delante. Pero si le apuraban a reñir de verdad, y se encontraba frente a un rival *poeroso*, se llenaba de prudencia, y decía: *No quiero espuntar la navaja en er güeso de un amigo*. Era el abanderado de todos los motines, y el que más bulla metía, el más arrastrado y avieso si en el motín corría sangre; desplegaba un valor heroico siempre que en la asonada hubiese tropa *fraternizando* con el pueblo. En un tiempo en que las cartas motinescas venían mal dadas, metiose a contrabandista, allá por Huelva; pero le salió mal la cuenta, y el bromazo le costó dos años de andar en malos pasos, con *calcetas de Vizcaya*, que pesan como un demonio.

Pues señor, después del primer despotrique de Canencia, que se declaró comilitón de don Fernando en la obra grande de exterminar el despotismo, tomó la palabra Fonsagrada, el que para ocultar la falta de camisa o por defenderse del frío, llevaba subido el cuello del levitín, con todos los botones prendidos, y además refuerzo de alfileres allí donde los botones faltaban. El paño que de sobra lucía en su pescuezo escaseaba en los codos, no siendo estas las únicas claraboyas por donde se le ventilaba la carne. Cubría su cabeza con una elegante cachucha, prenda nuevecita, que formaba vivo contraste con las demás de su atavío.

«Pues sí, señor de Calpena, ayer cuando le vimos a usted nos dieron ganas de hablarle; pero la verdad, yo no me atrevía... Ahora que estamos juntos, congratulémonos de fraternizar aquí, y bendito sea este martirio, pues por él la igualdad... *Es un hecho.* Henos aquí confundidos sufriendo la misma pena, usted, aristócrata, y nosotros, que nos orgullecemos de ser pueblo.

—Hoy más pueblo que ayer, y mañana más pueblo que hoy —dijo otro, no consta cuál.

—Las masas no son tales masas sino cuando en ellas se mezclan las clases todas... *Hermanados* grandes y chicos en una masa, la revolución... *Es un hecho.* Pues a lo que iba, señor de Calpena: mi primo Eleuterio le conoce a usted mucho, y *antier* me dio memorias para usted.

—Siento no haberle visto. Quizás me diera noticias de personas que me interesan, y de las cuales nada he sabido desde que esta pillería del Gobierno me prendió.

—*Es un hecho* —dijo Rufete—, que el Gobierno, por venganza, le ha desterrado a la novia. Lo mismo hicieron conmigo el año 34. *Maquiavelismo...* pero no les vale, no les vale.

—No les vale —repitió Calpena—, porque yo, en cuanto me suelten, revolveré toda la tierra hasta encontrarla... ¿Ha dicho Eleuterio si mi novia vive, si se la llevó aquel tío que ahora cuida de ella, por disposición de Mendizábal?

—Pero, señor, ¿hasta en eso se meten los ministros?... ¿En quitarle a uno su *jembra*?

—Sí señor: vive y está buena; solo que un poco desmejorada. Ya van en camino de...

—¿De dónde?

—Pues mire que no me acuerdo. Pero es cosa de las provincias, allá por donde anda el Pretendiente con toda su facción.

—¿Será Fuenterrabía, Tolosa...?

—Me parece que no... Yo se lo preguntaré a mi primo cuando vuelva. Mi familia lo sabe todo por Lopresti, a quien despidió la Jacoba, y en casa le tenemos.»

Tal impresión causaron a Calpena estas noticias rápidamente comunicadas, que disimular no pudo su alegría. Maquinalmente estrechó las manos de los tres conspiradores, los cuales atribuyeron demostración tan cariñosa al entusiasmo de sectario, a una viva efusión de fraternidad. Contestaron unánimes con igual calor, diciendo el que ceceaba, en confianzudo y jovial estilo: «*Zeñó Carpena, España pa loj españole. Diaquí a poco naide noz toze. Cuente zumerzé con ezte amigo pa cualziquiera coza de poer.*

—¿Creen ustedes que estallará pronto el trueno gordo?

—Ya se le oye retumbando lejos; ya viene la tormenta —aseguró Rufete.

—Y cuando triunfemos —afirmó Fonsagrada asegurando los alfileres que cerraban su ropa—, podrá uno comer como buen ciudadano, y vestirse, y apalear a toda la canalla que nos ha quitado la libertad... Ya verán esos *maquiavélicos* lo que es el pueblo, y la soberanía de nuestra *masa*.

—Amigos, adiós —dijo Fernando, deseoso de perderles de vista—. Bajaré mañana para que me den más noticias, pues Eleuterio volverá.

—Para servirle, don Fernando.»

Pretextando ocupaciones, se alejó Calpena del patio, y la expansión de su alegría le llevaba por aquellas escaleras arriba como un pájaro. ¡Aura vivía! ¿Qué más podía desear por el momento el desconsolado amante? Aura vivía; el mundo recobraba su placidez luminosa; el Sol alumbraba placentero, y la cárcel misma era un lugar risueño y hermoso. Renovadas en él con súbito incendio las energías de su pasión, comprimidas, que no sofocadas, por el cautiverio, pensó que ante el hecho de existir Aurora, carecía de importancia su salida de Madrid bajo el poder del tío carnal. Ya la buscaría y la encontraría su fiel amante, aunque España fuese diez veces mayor de lo que es... ¡Aura no había sido víctima de su desesperación!... La catástrofe romántica, ya con puñal, ya con braserillo de carbón o con veneno, aquel espectro que había sido espanto del galán en sus noches de insomnio, ya no era más que un temor disipado. Aura vivía; y en camino para su destierro, se confortaba con la seguridad de que volaría tras ella su caballero libertador.

¡Bonita empresa, singular aventura se preparaba, digna de los Amadises y Esplandianes, por donde había de resultar que las hermosuras morales de la edad de la caballería, en la nuestra prosaica y materialista gallardamente se renovaban!

Tan alegre entró en su cuarto, y con tal brillo de los negros ojos, que Hillo entendió que algún feliz encuentro habla tenido en el patio. Y al verse abrazado por su amigo, no pudo menos de interrogarle inquieto.

«Estamos de enhorabuena, mi querido clérigo. ¿No adivinas por qué? Porque se armará pronto... La *cosa* está madura. La Milicia como un solo hombre, el Ejército como un hombre solo.

—¡Que nos coja confesados, hijo!

—No, que nos coja libres... y si no, caerán los muros de esta infame Bastilla. El rugido popular ya se oye, clérigo mío; la indignación de la masa ya pronto estallará...

—¿Quién te ha llenado la cabeza, ¡oh joven inexperto! de ese viento malsano?

—¿Pero no sabes? La masonería invade el Saladero; se mete aquí con los presos políticos, y hace prosélitos de los cabos de vara... Y ahora, ¿no te parece que debes pedir a nuestra incógnita que nos saque pronto de este infierno? Si sigo aquí, conspiro, te lo anuncio; haré la propaganda del degüello de ministros, y créeme que hay en esos patios gente abonada para merendarse un par de Ministerios, y los dos Estamentos si fuese menester.»

Perplejo y un tanto temeroso, cerró Hillo pausadamente el libro de Voltaire, y fijó la atención y los ojos en su amigo: «Sí, sí, Fernando —dijo tras breve pausa—. Paréceme que ya para bromazo basta. ¿Qué hacemos aquí? Y si esto es un hervidero de conspiraciones, como dices, podría resultar que algún pillo nos comprometiera, y que la humorada se convirtiese en chanza pesadísima.

—Que yo he de conspirar, liándome con los patriotas calzados y con los jacobinos descalzos que he tenido el honor de conocer aquí, no lo dudes. Entré inocente de toda culpa política, y saldré para el motín o para la horca.

—¿Y qué quieres que haga yo, Fernandito de mi alma —dijo Hillo cruzándose de brazos—, si la mascarita no resuelve nuestra libertad, y da en guardarnos aquí hasta que nos convirtamos en cecina o bacalao? Y me inquieta que van ya cuatro días sin que el *señor Edipo* nos traiga algún consuelo. Desde que recibimos el refuerzo de lengua ahumada, dátiles de Berbería y vinito blanco, no ha vuelto el tal a parecer. Y yo digo: ¿si se habrán olvidado de nosotros, y acabaremos por ser empapelados inicuamente?»

Breve rato permanecieron los dos mirándose. Lo que con sus ojos se decían no es para traducido en palabras. Con ellas, y bien expresivas, manifestó Calpena que él discurriría con sus amigos del patio alguna sutil tramoya para escaparse. Hillo, caviloso y triste, no supo qué responderle, ni tuvo ánimos para contradecirle.

Transcurrieron tres días, en los cuales llegaron a Calpena, por el mismo Eleuterio Fonsagrada, nuevas importantísimas. Primero: que Aura iba camino de las Provincias Vascongadas con su tío el señor Negretti, y que entrarían en Francia por Canfranc, para tomar luego la frontera. El señor Negretti era contratista y constructor de armas de fuego en el campo carlista. Agregó a estas nuevas el sargento que *Palacio* preparaba un cambio político, dando el pasaporte a Mendizábal y sustituyéndole con Istúriz; que al reunirse los nuevos Estamentos, Procuradores y Próceres se tirarían los trastos a la cabeza; que Lopresti contaba mil donaires del furor de la Zahón, y de las dramáticas, ruidosas escenas que presenció la casa y gozó el vecindario al partir la bella Aurorita, desolada y fuera de sí.

Con estos interesantes informes coincidió carta de la incógnita, que llegó inopinadamente cuando los presos comían. ¡Ay, era muy triste; revelaba inquietudes, aprensiones, amargura y desaliento!

VII

«Estoy enferma —decía la carta—. He pasado unos días crueles, privada del placer de escribir a mis buenos amigos. Ya estoy mejor; pero no ha sido, no, mal de mimo, que tan fácilmente padecemos las señoras. Aquí han creído que me moría. Gracias a Dios, de esta me parece que no caigo. Y no me mortificaban poco en mi enfermedad la idea y la imagen de mis prisioneritos. "¡Buena la hemos hecho! —me decía yo, en mis horas de febril insomnio—. Si ahora me muero, ¿qué va a ser de mis pobres conspiradores, Dios mío? ¿Quién les amparará, quién cuidará de ponerles en la calle?..." Hijos míos, dad gracias a Dios por mi mejoría, que si llegáis a perderme, trabajillo os habría costado deshacer el bromazo y recobrar vuestra preciosa libertad.

»Al volver en mí, no ceso de pensar en vosotros... Mi soledad, mi tristeza, el miedo a la muerte, cuya descarnada mano he visto tan próxima, me han sugerido la idea de que debo dar por terminada la encerrona de mi capellán y de su amiguito. El primer objeto que se quería lograr con este ingenioso golpe de mano, bien cumplido está. El objeto segundo, que era extinguir la demencia en el turbado cerebro de mi señor don Fernandito, no sé si lo hemos conseguido. Presumo que no. Se hace lo que se puede: no debemos ir más adelante, so pena de incurrir en crueldad y despotismo. Dispongo, pues, ¡oh capellán mío, y tú, incauto jovenzuelo! que se os abran prontito las puertas de esa mansión de tristeza. Tendreislo entendido, y os cuidaréis de tomar las medidas conducentes a vuestra próxima libertad.»

—¡Oh, bien, bien, y viva la incógnita! —exclamó Calpena batiendo palmas—. Ya somos libres. Clérigo, abrázame.

—Despacito: veamos lo que dice después... Prosigo. «Escribo a los dos, porque deseo abreviar, y porque no hay nada que Mentor deba reservar de su extraviado Telémaco. Con los dos hablo a la vez. Estenme atentos. Si después de esta reclusión, que ha sido barrera contra los malos deseos, castigo de la temeridad, y garantía del honor, no se da Fernando por limpio y curado de su mal de aventuras deshonrosas, entiendo que es locura proseguir mi empresa. No puedo más. Hice cuanto de mí dependía para levantar un valladar entre su presente ignominioso y el brillante porvenir que he soñado para él. Le he brindado con la paz, le exigí sumisión. ¿Quiere someterse y poner su existencia totalmente en mis manos? Me dará con esto la más grande alegría de mi vida. ¿No se somete, no se da por vencido, no quiere la paz que le ofrezco, y que para él representa el bienestar, la posición, el honor y la regularidad de la vida? Pues yo lloraré sobre su ingratitud; a mí, entonces, me corresponderá darme por vencida. Llena el alma de dolor, renuncio a proseguir esta ruda batalla.»

La emoción que el clérigo sentía le cortó la lectura. «Fernando, Fernando, hijo mío: ¿este noble lenguaje no hará profundo surco en tu alma? ¿Eres capaz de rebelarte aún?... ¿No ves cuán grande es su pena, al suponerte contumaz?...

—Sigue —dijo Fernando, que ávido de mayor conocimiento, leía por encima del hombro de su amigo—. Aún falta lo principal.

—A ello voy: «En la puerta de la cárcel, la voz amiga, la voz tutelar dice a Fernando: "Te ofrezco el destino de Cádiz, adonde partirás con tu mentor y capellán sin pérdida de tiempo". ¿No quieres? Pues no volverás a saber de mí. Y por mi parte procuraré que a mí no lleguen noticias tuyas. Uno a otro nos extenderemos la partida de defunción... No están los tiempos para vivir en plena zozobra, añadiendo por nuestra voluntad nuevas tristezas a las que ya nos rodean, y que pertenecen a la vida común, al conjunto de males colectivos. La disminución de nuestros sinsabores bien merece la pérdida de un afecto, aunque al arrancarlo nos duela. Con que ya sabes. Libertad... Decide ahora de tu suerte.»

Quedose Fernando pensativo, dejando vagar sus ideas por el insondable espacio que las últimas frases de la carta abrían ante él. Hillo le sacó de su abstracción con severo lenguaje: «Ya sabes: a Cádiz conmigo o solito al Infierno.

—Salgamos, salgamos pronto de aquí —dijo Calpena, paseándose inquieto, con las manos en los bolsillos—. Dentro de esta cisterna, es imposible el discernimiento... Salgamos, y al respirar el aire libre decidiré.»

Comprendiendo el presbítero que la resolución de la incógnita había hecho profunda impresión en su amigo, no quiso desvirtuarla con razonamientos y nuevas admoniciones. Mejor era dejarle solo con su conciencia, en la cual la verdad iba labrando el hondo surco. Después de la enseñanza y severo castigo de aquel encierro; ausente ya la que había sido causa de su locura, ¿no era razonable esperar que el joven adquiriese la serenidad suficiente para medir y pesar el pro y el contra de las acciones humanas?... Confiado en una victoria decisiva, Hillo recreaba su espíritu en la esperanza de libertad; mas no se veía totalmente libre de zozobra con las seguridades de que no sufriría menoscabo en su dignidad ni en su reputación. Por cierto que en la carta recibida en la cárcel el penúltimo día (en ocasión que Calpena rondaba por el patio), iba un pliego reservado para don Pedro, en el cual se le daban nuevas instrucciones, previniendo todo lo que pudiera ocurrir. Si Fernando, sometido incondicionalmente, aceptaba el destino de Cádiz, las cosas marcharían sin ningún tropiezo, y la situación de Hillo sería la de mentor o*caballero de compañía*, liberalmente remunerado. En caso de rebeldía, la señora no pensaba desentenderse ni abandonarle, como le había dicho, empleando una ficción argumental, de la que esperaba gran efecto sedativo. A donde quiera que fuese el descarriado joven, le seguiría el pensamiento y la acción tutelar de la deidad misteriosa que le protegía. Pero no atreviéndose a comprometer en empresas tan arriesgadas a su bondadoso capellán, se manifestaba dispuesta a desprenderse del incógnito, para él solamente, en plazo no lejano. La señora y el buen don Pedro celebrarían una conferencia, en la cual la primera le entregaría la llave de su confianza, el segundo prometería solemnemente guardar sobre cuanto oyese reserva absoluta, y entre los dos determinarían los planes más convenientes para ulteriores campañas.

Muy bien le parecieron a don Pedro estas resoluciones, sobre todo la de arrojar la careta, enseñando el rostro verdadero, pues la lealtad y abnegación que él en tan delicado asunto mostraba, bien merecían la supresión del disfraz. Otra cosa sería ya denigrante para él, ofensiva de su decoro. Tanto se penetró de esta idea el buen presbítero, que hizo firme propósito de *renunciar el cargo* si la señora no le daba prueba palmaria de su confianza abandonando el misterioso disfraz. Pareciole asimismo muy conveniente y grato lo del viajecito a Cádiz y el establecerse en aquella ciudad, pues no del todo tranquilo respecto al efecto moral de su prisión, deseaba perder de vista a Madrid y a sus conocimientos de acá. Así nadie le haría preguntas impertinentes acerca de su cautiverio por motivos políticos, ni tendría que dar explicaciones del error de la policía, de la torpeza del Gobierno... Sí, sí, a Cádiz; lejos, lejos, pues lo de la prisión, peor era meneallo.

Subió Calpena del patio, muy excitado, con informes fresquecitos; pero se guardó bien de comunicárselos a su mentor. Pusiéronse a tratar de varios asuntos relacionados con su próxima libertad, y lo primero que dijo Hillo fue que ni él volvería a la casa de Méndez ni Calpena a la calle de las Urosas, debiendo ambos instalarse juntos en una fonda, de donde partirían para Cádiz lo más pronto posible. Convino en ello Fernando, y eligió la *fonda de Genieys*. Designó esta casa, como hubiera designado la *Posada del Peine* o el *Parador de los Huevos*, porque de nada podía enterarse: tan violenta era la tempestad que desató en su cerebro el reciente coloquio con Eleuterio Fonsagrada. Estupendas noticias le dio este del martirio de Aura, y de los dramáticos resortes que fue necesario emplear para llevársela, pues hasta hubo intervención de la policía, y qué sé yo qué... Con esto, recayó Calpena en la gravísima dolencia de sus amores furibundos, se encendió en su cerebro un hirviente volcán de ideas peregrinas, y en su voluntad resurgieron los estímulos más osados y caballerescos.

Llegó por fin el ansiado día de libertad, que les fue notificada sin explicación del motivo por qué entraron y por qué salían, ni de los términos del sobreseimiento. Entregaron a Calpena un papel, y a Hillo otro papel, en el cual se le llamaba don Pedro Timoneda; y si esta burla de las leyes fue del agrado de ambos, no dejaba de inspirarles profundo desprecio del poder público. Aunque vestido de seglar, no gustaba Hillo de recorrer la calle en pleno día, y mandó traer un coche simón donde metieron su escasa impedimenta, y se fueron a la fonda simulando que venían de Leganés.

Las mejores habitaciones de Genieys, calle de las Infantas, estaban ocupadas por el célebre banquero don Alejandro Aguado, que había llegado de París dos días antes. Viajaba este prócer de la alta banca con gran aparato, en sillas de postas de su propiedad, y acotaba para sí, su familia y servidumbre la mejor parte de la única fonda decente que había en Madrid. Los dos licenciados del Saladero tuvieron que acomodarse en una celda interior, oscura, con vistas al húmedo patio donde los cocineros desplumaban las aves y arrojaban los desperdicios de la cocina. Poco grata era tal residencia, y clamaron por otra mejor; mas el encargado, un italiano injerto en catalán, les notificó que no podía mejorarles de cuarto hasta que saliera para Andalucía el señor Banquero, añadiendo por vía de consuelo que en otras ocasiones había este señor tomado mayor espacio. El año 29, cuando vino con Rossini, los huéspedes habituales de la casa habían tenido que dormir en los pasillos.

Instalados al fin de mala manera, se descolgó por allí Fonsagrada, que había convenido con Fernando en verse aquella misma noche. No le hizo gracia a don Pedro tal visita, temeroso de las trapisondas de marras, y mayor fue su disgusto cuando Fernando le anunció la presentación del capellán del segundo regimiento de la Guardia, don Víctor Ibraim y Coronel, que deseaba reanudar una amistad antigua. A Ibraim le conocía don Pedro de la sacristía del Carmen Descalzo, donde ambos celebraban años atrás, y nunca hicieron buenas migas, por ser de encontrada índole y gustos diferentes. A Hillo le cargaba el tal clérigo por andaluz, por charlatán, entrometido y farfantón.

Pues, señor, cenaron los tres (convidado Fonsagrada por Calpena), y cuando estaban en las almendras y pasas, vieron entrar en el comedor, metiendo bulla y bastoneando fuerte, en traje de paisano, al tal don Víctor Ibraim, que se fue derecho a Hillo, y previo palmoteo en los hombros, le dijo: *Grasiaj a Dios, amigo Jiyo, que noj echamo la vista ensima.* Y al punto pegada la hebra, por cada palabra de don Pedro pronunciaba doscientas el otro: era una taravilla *seseosa* que agradaba un rato, y después aburría. De pronto, el señorito Calpena, con la incumbencia de tener que proveerse de tabaco, guantes y otras cosillas, salió a la calle con Fonsagrada, dejando a su amigo en las astas del toro. ¡Bonita noche le esperaba al pobre clérigo, aguantando el jeringazo continuo de la charla de Ibraim, que hablaba de lo propio y lo ajeno, sin medida ni pausas, eliminando las zedas de su pronunciación, y usando voquibles gigantescos! Pero lo que le requemaba a don Pedro era que el pillo de Calpena, confabulado quizás con Fonsagrada, le había traído al castrense para que estuviese al *quite*, entreteniendo a Mentor con su capote, mientras Telémaco hacía un quiebro, y tomaba bonitamente el olivo. «¡A dónde habrá ido ese tunante!... —pensaba el capellán, sin sosiego, oyendo a Ibraim como se oye el zumbido de un abejón—. ¡Y a qué horas volverá...!»

VIII

¿Y qué le decía el castrense andaluz? Nada que pudiese interesarle. Empezó declarándose liberal, atribuyendo el radicalismo de sus ideas a la influencia de las clases y oficialidad del *ilustrado* regimiento de la Guardia en que servía. Refractario al despotismo, Ibraim sostenía que la Iglesia de Cristo y la Libertad podían comer en un mismo plato. El clero regular no servía más que para desacreditar con su holganza la santa religión. Con el clero parroquial, el catedral y el castrense bastaba para esplendor de la Iglesia, y conservar la pureza del dogma. Por no enredarse en disputas que excitarían más la verbosidad del capellán, Hillo daba su asentimiento a las estolideces que oía. Y algo dijo el otro después que le cargó soberanamente, por ejemplo: que entre los clérigos amigos de ambos criticaban a Hillo por meterse en belenes revolucionarios, arrimándose a las logias; y aunque su prisión había sido, según se contaba, un error de la policía, no le hacía favor el paso por el Saladero. Por lo demás, le veía con gusto entre los pocos eclesiásticos que hacían ascos a la facción, y se agarraban a las falditas de la *angélica Isabé*, pues el carlismo no habla de triunfar, y el porvenir era de los de acá, conforme al *ejpíritu der siglo*. Él iba siempre con *er siglo*, y por ver en su compañero iguales ideas, *simpatisaban*. Debía don Pedro mirar con desprecio las murmuraciones oscurantistas y seguir adelante, procurando ingresar en el cuerpo castrense, pues convenía formar un plantel de capellanes, *gente güena*, que diera la norma del futuro personal eclesiástico; y si venía una ley (que sí vendría), abriéndole el caminito de los cabildos catedrales, como descanso y premio del militar servicio, la carrera *de tropa* era una *bendición*. Cierto que la vida de campaña tenía sus trabajos y penalidades; pero todo se compensaba con lo divertido de andar entre gente ilustrada y de humor alegre, y con lo que *uno se sola sa* cuando le toca la *sircustansia* de un buen alojamiento.

Seguía Hillo dando a todo su aquiescencia, por ver si paraba un poco el molinillo de la palabra de Ibraim; pero ni por esas. Mientras más conforme aparecía don Pedro, el otro apretaba más en su despotrique, y, por fin, se metió en la política palpitante. A Mendizábal no le podía ver, aunque eran casi paisanos (don Víctor había visto la luz en Coria del Río, *a la verita e Seviya*). Mil ejemplos podría citar el clérigo hablador del detestable Gobierno de *don Juan y Medio*; pero como para muestra bastaba un botón, denunciarla la incapacidad del ministro con este solo caso. A poco de sentarse en la poltrona el gaditano, llegó él (Ibraim) de la propia Sevilla con buenas recomendaciones. No pretendía cosa mayor: el arcedianato de Morón o la Rectoral de Osuna. Trabajó el asunto; ayudáronle los Procuradores sevillanos Don Juan Morales Díez de la Cortina y don Francisco Javier Osuna. Pero cuando ya creía tener bien trincado lo de Morón, quedose como *er gayo der mismo*, sin pluma y cacareando, porque el *arrastrao don Juan* dio la plaza a un pariente suyo, un tal Méndez, de Chiclana, que en su vida las había visto más gordas, pues ni latín sabía, y se pasaba el tiempo derribando vacas. Gestionó luego don Víctor lo de Osuna, y quedose también *per istam*. Se lo llevó uno que en sus sermones llamaba a los liberales *loj alurnoj e Lusifé*. Así estaba todo... lo mismo que en tiempo de Calomarde. ¡Y para esto traían de *Londón un ministro santiguaor que iba a poné la justisia!*... Gracias que el pobre clérigo andaluz, después de *aquer feo que le hiso* el ministro, pudo encontrar alguna protección en su paisano Joaquín Francisco Pacheco, que le metió en lo castrense con no poco trabajo.

Deseaba, pues, ardientemente el rencoroso Ibraim que cayese y reventara pronto *ese tío campanero*, que no era más que un *jormiguiya*, mucho moverse, mucho proyectar *de fantasía*, y poco *chapitel*. Y seguramente, sus días estaban contados: abierto el nuevo Estamento, se armaría la gran *saragata*, y adiós mi don Juan para toda la vida. No recataba el castrense sus instintos revolucionarios, diciendo: *Debemo poné en la caye a ese sopenco, y hasé un Ministerio de libres, con Argüeyes a la cabesa*. También con esto hubo de manifestarse conforme D Pedro, dispuesto a decir amén a las mayores atrocidades; y no pudiendo aguantar más, indicó con bostezos y pestañeo sus ganas de dormir, por ver si Ibraim se *najaba*. Lo que este hizo fue invitarle a ir un ratito al café, con lo cual vio el cielo abierto don Pedro, porque negándose cortésmente a gandulear tan a deshora, el otro, que debía de ser un gandul de primera, se marcharía solo. Pero no quiso Dios que tan a gusto de Hillo pasaran las cosas, porque Ibraim, lejos de parecer contrariado por la negativa de su colega, se mostró muy satisfecho, y dijo que mejor y más *desahogaos* estarían allí. Al punto tiró de la campanilla, y al mozo que vino le mandó traer copas y cigarros.

En vista de esto, no le quedaban a Hillo más que dos partidos que tomar: o coger una silla y estampársela en la cabeza al enfadoso castrense, o resignarse y hacer cuenta de que Dios le aceptaría sufrimiento tan grande en descargo de sus culpas. Prefirió este último partido, y se recargó de paciencia, invocando mentalmente la Misericordia divina. «*Laj onse* —dijo Ibraim mirando su reloj—. ¡Qué temprano!»

Era el castrense un mocetón como un castillo, bien plantado, esbelto, de poco más de treinta años, morena y agitanada la tez, los ojos negros, desmesurados, que habrían podido surtir dos caras, sobrando todavía un poco de ojos; temple sanguíneo muy acentuado; el testuz con remolinos de pelo que el corte frecuente hacía más ásperos; el morrillo formidable, bocado exquisito si cae en manos de antropófagos; no grande ni fea la pezuña, la mano fuerte, el entrecejo tenebroso por la enorme cantidad de ceja, la fisonomía poco atractiva, el aire total como de contrabandista o mayoral de diligencias. Hombre de poquísimas letras, fue metido en la carrera eclesiástica por no servir para otra cosa. De muchacho, era el primer gallina del pueblo, y jamás se querelló con nadie; ni siquiera era fachendoso. Tenía su fuerza en la palabra, en el hablar sin término, almacenando con prodigiosa retentiva todos los chismes de cuatro leguas a la redonda. Se hizo cura sin esfuerzo, no viendo en las pasiones obstáculo grande para tal carrera. Luego fue adquiriendo vicios con el contagio de la vida de tropa. Midiéndolo por el nivel medio moral que comúnmente usamos, no fue un mal sacerdote antes de ser castrense, y hasta llegaron a contarse de él actos de virtud de los más vulgares. Para el púlpito no servía por su mala pronunciación y su falta de luces; para el confesonario, tal cual; era largo en las misas, y algún malicioso dijo que por el afán de hablar, añadía latines de su cosecha al formulario litúrgico. En funciones de ceremonia lucía por su gallarda estatura, y como siempre tuvo sonora y vibrante voz, aunque poco afinada, cantando la Epístola era un hermoso becerro con dalmática.

No le clasificó entre los rumiantes el bueno de Hillo, que la noche aquella, tediosa cual ninguna, hubo de hacer en su mente, para encontrar el símil de Ibraim, una chabacana combinación zoológica, fundiendo en una pieza el atún de las almadrabas de Huelva y la cotorra de las selvas africanas.

Las once y media, y Fernando no parecía... En el hueco que la ausencia de Telémaco dejaba en el espíritu del triste Mentor, Ibraim arrojaba sin cesar conceptos incoherentes, sin conseguir llenarlo. Entre los diversos temas que iba tomando y dejando al compás de los sorbos de ron, nada le cargó tanto a Hillo como el impertinente y avieso comentario que de la conducta de Fernando hizo. Notó don Pedro que su hablador colega quería fisgonear, enterarse de lo que no sabía, adoptando el desleal sistema de las preguntas capciosas, y de soltar mentiras para sorprender verdades. Pero a buena parte iba: Hillo solo contestaba con vagas expresiones. Entre otras chismografías, Ibraim soltó la especie de que a Calpena no le habían preso por conspirador, sino porque se había metido a enamorar a la *hija de Mendizábal*. Echose a reír el otro clérigo, sin ganas, por dar tono de burla a su respuesta, y el andaluz insistió en que lo había oído, apelando al testimonio de personas conocidas de entrambos. «*La chica e Mendisába*, hombre; una hija de extranjis, cuarterona de inglesa, que estaba en *poer* de una tal que *yaman la Sayona*, prendera o marchanta de piedras... El *Gobierno ha tenido que escondé a la chavala y prendé a Carpena*. Ya ve en qué se ocupa mi don Juan.» Negó todo esto resueltamente don Pedro, calificándolo de absurdo y ridículo; el otro, deseoso de inquirir el origen de don Fernando, afirmó que alguien le tenía por nacido de altas personas. Hizo Hillo el papel de quien guarda un secreto, y no sabiendo nada, puso en mayor curiosidad a Ibraim, que terminó aquel tratado asegurando que él lo averiguaría.

Al filo de las doce se descolgó Calpena en la fonda, mostrando en su rostro aburrimiento y fatiga, como quien ha pasado las horas en pasos e indagaciones ineficaces. Hillo no le pidió cuentas de su tardanza, conociéndole en el rostro que no estaba en disposición de darlas. Lo que dio fue un gran bufido a Ibraim, que a tales horas aún intentaba pegar la hebra. Tocando retreta, se despidió el hablador hasta el día siguiente.

Acostáronse Mentor y Telémaco sin pedirse ni darse explicaciones de nada, y don Pedro se pasó parte de la noche revolviendo en su mente nuevas inquietudes por la situación que se presentaba. Pensaba que no pasaría el día venidero sin que el señor *Edipo* recalase con una carta sustanciosa, y trajese, amén de instrucciones, los fondos necesarios para el viaje a Cádiz, si en efecto lo había; y anticipándose a lo que el papel dijera, fabricaba el capellán con loca fantasía estupendos castillos. Pero ¡ay! la anhelada carta no vino al siguiente día, ni al otro, ni al otro, lo que, unido a que Calpena salía y entraba sin dar cuenta de sus actos, puso al clérigo en un estado de nerviosa ansiedad, semejante a la pasión de ánimo. Al cuarto día el hombre no vivía; perdió el apetito, el sueño; fue atacado de una especie de histerismo, que llevaba trazas de trocarse en locura. ¿Por qué callaba la señora cuando más falta hacían su voz y su autoridad? Tan pronto a enfermedad lo atribuía, tan pronto a muerte; y hasta llegó a imaginar que en todo aquello no había más que una refinada burla, de que él era la primera víctima. La tutelar deidad desaparecía entre nubes cuando llegaba la ocasión de cumplir el compromiso de desenmascararse. ¿Acaso la autora de las donosísimas y tiernas cartas era una guasona de primera, que se había divertido con él metiéndole en la cárcel, ofreciéndole canonjías y volviéndole más loco que lo estaban los orates de todos los manicomios del Reino? Esto no podía ser, no, no... la protección a Fernando bien efectiva era, con el dinerito por delante, y en ello no cabían chanzas ni sainetes. Y ¿a quién, Por San Caralampio bendito, a quién dirigirse para salir de la horrible duda? ¿Qué camino tomar para llegarse hasta la incógnita y decirle: «Pues usted no se descubre, aquí vengo yo a descubrirla, que ya no puedo más, que estoy loco, que me muero de congoja, de confusión; me muero del mal de ignorancia, el peor de los males»? No sabiendo qué hacer, echose por las calles en averiguación de qué señoras de la aristocracia se habían muerto en aquellos días o estaban *in articulo mortis*.

Qué tal sería su trastorno, que hasta llegó a encontrar grata la compañía de Ibraim, y se aventuró a confiarle algo de sus cuitas, recibiendo de él consuelos y esperanzas, con la oferta de ayuda fraternal en el trabajo indagatorio. Ya Calpena le había dicho resueltamente que no contara con él para el viaje a Cádiz; y reiterándole su amistad franca y leal, le anunciaba que muy pronto habrían de separarse. Patético y grave estaba don Fernando; don Pedro acongojado y lívido, como si le acosaran espectros. El primero dábase por totalmente abandonado de la divinidad tutelar, el segundo por perdido en abismos de confusión y descrédito. No era fácil determinar si el eclipse de la incógnita causaba gozo a Calpena, pues a veces así lo parecía; pero de improviso se le veía meditabundo y apenado, como el que ha perdido una ilusión o un bien positivo. Por otra parte, de las averiguaciones de Mentor burlábase Telémaco, juzgándolas inútiles, y este a su vez, indagaba con febril actividad cosas de índole diversa. Tan loco estaba Juan como Pedro: don Víctor mediaba entre ellos, queriendo conciliar sus respectivas locuras; mas con tan poco arte, que solo consiguió aburrirles y embarullarles más de lo que estaban.

Y de las primeras requisitorias tocantes a la probable enfermedad o muerte de alguna señorona aristocrática, ¿qué había resultado? Nada. Atribuyéndolo don Pedro a que hacía sus pesquisas en un menguado círculo social, resolvió subir a más altas esferas. No estaban a su alcance más que las políticas, y a ellas se dirigió con ánimo resuelto y las entendederas bien aguzadas.

IX

Para ver *gente buena*, de esa que con un codo toca al pueblo, y con otro a la aristocracia, ningún sitio como el Estamento de Procuradores, que en aquellos días inauguraba la nueva legislatura, con Real discurso y todo el ceremonial de rúbrica. Según el famoso dicho de Larra, no se abría el Estamento; quien se abría era el señor don Juan Álvarez Mendizábal, elegido por diez provincias... La política entraba en honda crisis, resuelto *Palacio* a cambiar de Gobierno, y siendo el Parlamento, como era, no más que una sombra de régimen, tapadera de la arbitrariedad, del capricho y de las veleidades cortesanas. Bastó, pues, que tres hombres de fama, un gran orador, un político hábil y un eximio poeta, marcasen un magistral cambiazo, y se apartaran de Mendizábal declarándose devotos ardientes del *justo medio*, que por entonces, como en todo el reinado siguiente, era el barro de que se echaba mano para la fabricación de ministros; bastó, digo, que aquellos tres señores se lanzaran al campo *moderado*, para que los liberales se vieran mandados a sus casas, y el poder pasase a los otros, a los de la suprema inteligencia y finas artes de gobierno. ¿Quiénes eran los tres? Alcalá Galiano, Istúriz, el duque de Rivas. Este fue a la conjuración llevado por amistades más fuertes que sus convencimientos políticos, de ningún modo por ambición, pues un hombre que había hecho el *Don Álvaro*, bien podía conformarse con un papel incoloro y secundario en aquel teatro todo mentira y rencores. Los otros dos eran ambiciosos, con motivos para serlo, y su presente y su porvenir estaban dentro del escenario político.

La batalla política, dada en el terreno del mensaje, como ordenan la lógica y la costumbre, era de esas que, repetidas hasta la saciedad en nuestra historia parlamentaria, siempre con los mismos tonos y peripecias, resultan, vistas a estas alturas, absolutamente insípidas y sin ningún interés. Batallas son estas que, por el ruido que en ellas se hace, parece que entrañan alguna trascendencia; en realidad no interesan más que a las cuadrillas de desocupados que esperan destinos, o temen perder los que poseen. En estos oleajes, comúnmente todo es espuma; en el de abril de 1836, apuraban los oradores un asunto ya resuelto por el poder Real. Pero se creía necesario un simulacro de parlamentarismo, por aquello de que era *fashionable* vestir a la inglesa, imitando los debates políticos, como se imitaban los fraques.

«¿Qué hay por aquí?» —dijo Hillo, que con Ibraim, los dos vestidos de seglares, sin collarín ni ningún signo eclesiástico, brujuleaba por los pasillos del Estamento, llenos de gente inquieta, bulliciosa. Y enterado por Iglesias, que le salió al encuentro, de que Istúriz y Mendizábal se liaban en agrias disputas por un estira y afloja de conducta o principios... palabras, hojarasca, juguetería política de muchachos grandes, expresó con buen sentido esta opinión sintética: «¡Qué gana de perder tiempo y saliva! ¿A qué disputar un poder que ya se sabe está destinado a la *moderación*? Yo que el señor don Juan, no me prestaría a esta farsa, y cogiendo mi sombrero, les diría a los procuradores: "Compadres: ya sé que estoy de más aquí. Ahí tienen ustedes el poder, las carteras, y las actas y credenciales, que yo me voy al corral por mi pie, antes que me arrastren las mulillas". Y a la señora reina le diría: "Señora: para quitarnos los collares y ponerlos en otros pescuezos, no es preciso que estemos aquí, como rabaneras, días y más días, apurando el vocablo. Si la opinión no tiene influencia efectiva, ¿a qué fingirla con nuestros deslavazados, interminables despotriques? Hoy decimos lo mismo que ayer, y mañana eructaremos lo de hoy. Con que... Ahí tiene Vuestra Majestad la confianza que me dio. Puesto que ha resuelto quitármela, se la devuelvo, y así le ahorro el disgusto de despedirme como a un criado. Yo soy un hombre serio y formal, que amo a mi patria. No he logrado hacerla feliz, como me propuse y prometí. Mi voluntad ha podido menos que las intrigas y obstáculos con que desde el primer día han embarazado mi camino los políticos de profesión, y las camarillas parlamentarias y palaciegas. Si no hice más fue porque no me dejaron... De todo se le echa la culpa al pueblo. El pueblo es el gato, el pueblo es el niño mal criado, mocoso y llorón que trastorna la casa. Pues si quieren que el pueblo aprenda a desempeñar su papel político, enséñenle los de arriba con el exacto y honrado cumplimiento del suyo. Con que... A los Reales pies, *etc.*, que yo me voy a mi casa, de donde veré pasar las revoluciones...". Esto diría yo a ser don Juan de Dios, y me marcharía cantando bajito, dejando a los Istúriz y Galianos desenvolverse como pudieran, bajo los auspicios de Doña María Cristina y de sus tertuliantes del Pardo y la Granja. Caballeros...»

No parecieron mal a los circunstantes estas ideas, y alguno, al comentarlas, extremó la amargura y escepticismo que revelaban. En aquellos días, la opinión de la gente que politiqueaba y de los ciudadanos pacíficos empezó a mostrarse favorable a Mendizábal. Todo el mundo veía el juego que se traían palaciegos y estatuistas para plantarle en la calle, sustituyéndole con el que había sido su amigo íntimo, don Javier Istúriz. Hasta Nicomedes Iglesias, que meses antes echaba de su boca sapos y culebras contra el buen gaditano, reconocía la injusticia con que se le trataba, y casi casi se inclinaba a defenderle. Verdad que no era todo generosidad en esta conducta, pues el infatigable pretendiente, desairado por tercera vez en las elecciones, había adquirido pruebas de que no fue Mendizábal el causante de su desventura. Le constaba de un modo indudable que el ministro, ocho días antes de la elección, había querido sacarle *por los cabellos* en la provincia de Gerona; pero le marró la suerte, por confabulación de intrigas entre moderados y patriotas catalanes. Viéndose nuevamente detenido en el camino de su ambición, se tragó sus hieles, deplorando la doblez de algunos amigos, que habían trabajado en contra suya, y empezó a sentirse minado por el desaliento y la falta de fe. Pues no se le daba el honroso puesto que en la política creía merecer, lo asaltaría. Cuando no se puede avanzar ordenadamente con la ley, se avanza saltando con los motines, y pues se le marchitaban los ideales, daría un sesgo positivista a sus aspiraciones... ¿Con qué bandera conspiraría? He aquí el problema. Su despecho, a vueltas de largos insomnios y cálculos, le sugirió que la bandera que resueltamente debía seguir era la del Éxito. ¡Unirse a los que podían y debían triunfar! ¿Quiénes eran estos? Nadie sabría determinarlo hasta la solución de la crisis.

En esta situación de ánimo, su olfato finísimo le permitió apreciar que Mendizábal, caído tan a destiempo, víctima de sus propios amigos y de adversarios envidiosos, quedaría con fuerza moral no menos grande que la que tuvo al venir de Londres. En cambio, Istúriz y comparsa, al remontarse en la cucaña, empujados por *Palacio*, triunfaban en pleno estado de debilidad. «Los vencedores —se dijo Iglesias—, son gente muerta: en cambio, el vencido vivirá.» De aquí que se inclinara a formar en el partido del ministro desairado y aparentemente maltrecho. Pensaba que don Juan de Dios se lanzaría con resolución a la política de venganza, que soplando el cuerno revolucionario haría revivir su popularidad, para con ella, y los jirones que aún le restaban de sus desgarrados planes, causar terror y desconcierto en los estatuistas de viejo y nuevo cuño. El hombre de mañana era precisamente el ministro despedido y vilipendiado de hoy. Así lo presagiaba el instinto de Iglesias, y con esta presunción bastábale para saber a qué faldones agarrarse debía. «Me voy con todo el que apunte alto y sepa hacer blanco seguro —se decía—. ¿Qué bandera? Supongo que don Juan tremolará la Constitución del 12, para decirle a *Palacio* que *al que no quiere caldo, taza y media*. Presumo que nos apoyaremos en el elemento popular, la Milicia Urbana. ¡Ay del que toque a la Milicia!»

Revolviendo en su mente estas ideas, preparaba su probable, casi segura reconciliación con don Juan Álvarez, hablando de él, en aquellas críticas circunstancias, con una benevolencia compasiva, que sería precursora de las alabanzas una vez que el largo cuerpo del gaditano acabase de caer al suelo. «Sí, hay que reconocer que lo que se hace con este hombre es inicuo —decía en un apretado corrillo en que estaban Trueba y Cossío, Donoso y otros muchachos inteligentes—. Nadie le ha combatido como yo, cuando le he visto metido en transacciones peligrosas con el enemigo... Pero ahora que se le quiere atropellar... Ahora, ¡oh! nosotros, los patriotas de toda la vida, no tenemos vergüenza si no nos ponemos a su lado.» Olózaga, que en aquellos días hizo su estreno parlamentario, sentando plaza de orador de primer orden, sostenía lo mismo que Iglesias, aunque con menos ardor, porque su posición le imponía otros miramientos. López y Caballero aspiraban a formar grupito aparte, y los *santones*, con Argüelles a la cabeza, se mostraban fríos en la defensa de Mendizábal, cual si desearan su anulación, antes que pudiese adquirir la jefatura indiscutible del poderoso bando popular.

Indiferente a la marejada política; poco atento al drama de la sesión, en que unos y otros se peleaban por interpretaciones de conceptos, de poco valor práctico, don Pedro Hillo practicaba en aquel laberinto sus extrañas diligencias. Alguien encontró que podía darle luz: parásitos de las casas grandes; periodistas que democratizaban en las redacciones o en las logias, después de haber asistido a prima noche, vestiditos de fraque, a comidas aristocráticas; Procuradores noveles, fruto elegante del nepotismo moderado, que alternaban con lo más florido de Madrid. No tuvo que hacer don Pedro flojas combinaciones dialécticas para formular sus interrogatorios con la debida discreción, y al fin ¿qué sacó en limpio? Véanse por la muestra los informes que adquirió del mundo elegante: La condesa de S. A., una de las más bellas Montúfares, padecía de horroroso dolor de muelas, que privaba a los amigos del placer de admirar su hermosura. La marquesa de B., ya en meses mayores, no se presentaba en sociedad; se sentía horriblemente molesta. La duquesa viuda de H. iba saliendo de su pulmonía, que ofrecía cuidado por la edad de la señora: ochenta y cinco años. La Marquesita de A., la menor de tres hermanas célebres por su gracia y hermosura, estaba en cama, de sobreparto; pero iba bien: contaba veintitrés años y meses.

No satisfacían al buen clérigo estas gacetillas de sociedad, y en el ardor de su mente empezó a sospechar que quizás era error suponer a la incógnita perteneciente a la clase más alta de la sociedad. ¿Sería de familia de comerciantes acaudalados, de banqueros o asentistas? ¿Sería...? El hombre se volvía loco, y cada vez se ennegrecían más los horizontes que le cercaban, pues también fueron infructuosos los pasos que dio para buscar a *Edipo*. Este había sido destinado a una sección de vigilancia en pueblos cercanos a Madrid, y se ignoraba cuándo volvería. Mas no vencido Hillo con estas contrariedades, siguió metiendo el cuezo en los Estamentos, aficionándose más al de Próceres. Una tarde fue sorprendido por la candente noticia de que Mendizábal e Istúriz se desafiaban. ¡Y habían sido Pílades y Orestes, camaradas en la adversidad, amigos en la próspera fortuna! Istúriz dijo al primer ministro, en un arranque de franqueza oratoria, que *no desempeñaba su destino con dignidad*. Sensación, réplicas airadas de banco a banco, tumulto... Todo esto se lo contó a don Pedro, Luis González, y luego vino Ibraim a confirmarlo, dándole las proporciones que el asunto tomó en cuanto lo cogieron de su cuenta las lenguas de la populachería. Corrieron ambos al otro Estamento, donde ya era público y notorio que Mendizábal había designado a Seoane para que le apadrinara, pues estaba decidido a *lavar la afrenta*. Istúriz, a las primeras de cambio, se negó a dar satisfacciones, nombrando su representante al conde de las Navas. Este y Seoane trataron de arreglarlo. A eso de las diez, hallándose los dos clérigos en el café de Solís, agregados a una bulliciosa partida de periodistas, poetas y funcionarios públicos, supieron que no había componenda; que los dos insignes rivales se batirían a pistola, a las seis de la mañana siguiente, en una posesión del Señor de la Coreja, más allá del puente de Segovia; que el ministro estaba a la sazón en su despacho arreglando papeles, y dictando las disposiciones que el caso exigía: testamento político, testamento privado quizás; que las pistolas con que se habían de fusilar eran de don Andrés Borrego, armas construidas ex-profeso para lances de honor; que aún estaban discutiendo Navas y Seoane si la tragedia sería a veinte o a treinta pasos; que en las logias, los patriotas alborotados declaraban que armarían gran tremolina si el duelo resultaba una *tramoya moderada* para asesinar al ministro, *venganza de los frailes*, o *represalias del servilismo*... Con otras particularidades, y los mil fantásticos comentos que había de producir un caso tan emocional en aquella situación ya bastante dramatizada por las trifulcas políticas y militares. Para que el romanticismo, ya bien manifiesto en la Guerra civil, se extendiese a todos los órdenes, como un contagio epidémico, hasta los ministros presidentes iban al terreno, pistola en mano, con ánimo caballeresco, para castigar los desmanes de la oposición. En los campos del Norte, la cuestión dinástica se sometía al juicio de Dios. Los políticos, ciegos, medio locos ya, no pudiendo entenderse con la palabra que de todas las bocas afluía sin tasa, apelaban a la pólvora.

X

Despidiose Hillo de la sabrosa tertulia y del bruto de Ibraim, que aún permaneció en el café con otros zánganos, para irse desde allí sabe Dios a qué lugares vitandos y pecaminosos. Alguno de aquellos perdidos propuso a don Pedro una bonita excursión matinal: largarse todos temprano al sitio del lance, ya que no para presenciarlo, pues esto era difícil, para estar a la mira, oír los disparos, ver llegar y partir a los duelistas y a los padrinos, enterarse pronto del desenlace, y *acompañar el cadáver* si del encuentro resultaba, que todo podía ser... y hasta resultar podía que los dos contendientes quedaran patas arriba.

No quiso ser de la partida don Pedro, conformándose con que le contasen al otro día lo que diera de sí el tremendo lance; y se fue a coger la almohada, ávido de soltar sobre ella la balumba de sus graves pensamientos.

Quiso su mala suerte que aquella noche no pareciese por la fonda el don Fernando, lo que puso a su mentor en grande intranquilidad, privándole del sueño. Presumió que andaría de francachela con los chicos de la Guardia, por entonces su sociedad favorita, y que no dejaría de acudir con ellos o con otros, por la mañana, a las inmediaciones del lugar del desafío, para curiosear y traerse a Madrid las primicias informativas del extraordinario suceso, que lo mismo podía concluir en urbana comedia que en tragedia lastimosa. Véase por dónde tuvieron los propósitos de Hillo mudanza total; y no habiendo querido ir a la *feria del duelo*, allá fue, y no de los últimos, con esperanza de encontrar a su Telémaco y echarle el lazo.

No habiendo pegado los ojos en toda la noche, era su cerebro un horno, sus ideas lúgubres, de una melancolía intensa, como si en el alma se le fuera metiendo el romanticismo de la clase nocturna y sepulcral, ese que huele a tierra de osarios y a siemprevivas putrefactas. Caminito de la puente segoviana iba el hombre muy cabizbajo, revolviendo en su magín el grave conflicto que le abrumaba: la desaparición o eclipse inexplicable de la dama incógnita; el tenebroso porvenir del infeliz joven a quien amaba como a hermano, o como a muchos hermanos juntos, y su propia situación, que veía ya comprometida para siempre, por aquel *enredo de comedia de máscaras* en que tan mansamente y sin pensarlo se había metido. Recorrió todo el trayecto sin darse cuenta de su longitud, y hasta más allá del puente no empezó a volver en sí, fijándose en las personas que encontraba, algunas de las cuales venían ya de la *feria*. En un grupo de muchachos alegres vio a Miguel de los Santos, y le paró para preguntarle el resultado del lance. Afectado de negro pesimismo, creía don Pedro que de los dos combatientes no habían quedado más que *los rabos*, y su sorpresa fue grande cuando el guasón y maleante Miguelito le dijo que los curiosos volvían chasqueados, pidiendo que les devolviesen el dinero. «Luego, ¿no ha corrido la sangre?» dijo Hillo; a lo que contestó Álvarez que no, que lo que había corrido era bilis. «Ha sido un duelo a *primera bilis*, y ya está el honor satisfecho.» Siguieron los jóvenes su camino y don Pedro el suyo, sin ver a Fernando ni encontrar a nadie que de él le diera razón. Luis Brabo le contó que los duelistas habían cambiado un par de tiros a veinte pasos, sin tocarse; antes de repetir, Istúriz dio satisfacción, y todo quedó terminado, sin que fuese preciso usar el esparadrapo y tafetán. «Los dos se han conducido con dignidad y valor. Total, nada. Un escándalo más; un nuevo motivo para que este don Juan Álvarez se vaya pronto a su casa, y nos deje el campo libre.» Cuando esto dijo, pasaron los coches que conducían a los rivales, que acababan de recobrar el honor. El postrero, en que iba Istúriz con Las Navas, paró, por indicación de este, para recoger a González Brabo, quien se despidió del presbítero, dejándole en mitad de la carretera. No había concluido de saludar a los del coche, cuando se llegó a él un hombracho formidable, los zapatos y el pantalón blanqueados por el polvo: era Ibraim, que en tal facha, encendido el rostro por las múltiples mañanas que había tomado, parecía más bárbaro que nunca. Apartándose de un grupo que venía del *anfiteatro del suceso* (de este modo expresaba el capellán andaluz la proximidad del lugar dramático), se mostró gozoso de encontrar a Hillo. «¿No sigue usted con sus amigos?» le dijo don Pedro; y él respondió: «No: son unos locos que le comprometen a uno. Me quedo con *usté, selebrando* el encuentro; tengo que hablarle.»

—¿A mí?

—A *usté*. *¿Quié que entremoj antej en un merendero a tomá la mañana?*

—Hombre, yo no tomo mañanas ni tardes. Tómelas usted si quiere, aunque me parece que ya las tiene en el cuerpo. ¿Ha visto a Fernando?

—*No, señó... Der propio señorito hamos de platicá.*

Fue todo oídos don Pedro, sobresaltado por el tonillo misterioso que en sus palabras el otro ponía, y no tardó en escuchar de los labios gitanescos una interesantísima declaración. Don Víctor Ibraim, la noche anterior, después de las horas pasadas en el café, había tenido ocasión de ver absolutamente disipadas las tinieblas que rodeaban la persona de Calpena, su origen, sus padres... En fin, ya no había enigma. Todo estaba descubierto y tan claro como la luz del Sol. En su estupor, no pudo articular palabra don Pedro, y a la terrible sorpresa siguieron ansiosas dudas. O Ibraim se chanceaba, o alguien le había llenado la cabeza de mentiras. Hubo de insistir en sus terminantes afirmaciones el capellán de tropa, entrando en la explicación del cómo y cuándo de su portentoso descubrimiento. «¿De modo —dijo Hillo—, que ya sabemos quién es la incógnita dama... que...?»

Preparábase el buen presbítero a oír un retumbante título de princesa o duquesa, y notó con disgusto que su amigo retardaba la declaración final, poniendo una cara burlona y guiñando los ojazos del modo más impertinente. Exasperado Hillo de tal falta de respeto, le incitó a expresarse claro, pronto, y con la formalidad que el caso requería, pues la cuestión de parentescos y filiaciones de personas ilustres no era para tratada como los chismes de café. El demonio del clérigo gitano, mientras más serio se ponía su colega, más tentado parecía de la risa.

«La madre... la madre... ¡una gran señora!... —dijo don Pedro, cuya curiosidad se iba convirtiendo en coraje.

—Compañero, si *ej usté* un simple... Si no hay tal gran señora, ni *prinsesa*, ni archipámpana... Si es una grandísima *coima*...»

Don Pedro sintió que toda su sangre se le agolpaba en la cabeza... Se le nublaron los ojos... Se agarró a un árbol. Y el otro, con fiera boca y alma llena de vileza, continuó su terrible información. La madre de Calpena era mujer de historia, que había ganado mucho dinero con tratos nefandos, de esos que la sociedad consiente por una inexplicable aberración de la moral pública. Su casa era muy conocida en Madrid. Pronunció Ibraim el nombre, que aquí no se estampa. «La...» Para don Pedro fue el tal nombre como si le entrara un rayo por el oído. ¿Pero cómo, cómo había podido averiguar...? No, no tenía ni visos lejanos de verosimilitud tal infamia. La señora invisible revelaba en sus cartas una cultura que no podía existir en ninguna hembra de tal estofa... ¡No podía ser... No, mil veces no! A esto replicó Ibraim que la persona que había dado el ser a don Fernando Calpena, aunque de origen humilde y viviendo en la degradación de su comercio vil, era mujer de excepcionales dotes, de un talento superior no cultivado, y si no sabía escribir como los primeros literatos, secretarios tenía que le llevaban la correspondencia, distinguiéndose uno, el íntimo, el favorito, que era un célebre poeta...

Por un momento flaqueó la sólida convicción de Hillo; pero se rehízo al punto, diciendo con gran entereza: «Repito que no puede ser. Lo niego rotundamente. Aunque admitiéramos el engaño del estilo, hay algo en las cartas en que no cabe artificio ni fingimiento, y es la nobleza... Eso que da el nacimiento, la clase... No: repito que es un execrable embuste, y extraño mucho que un sacerdote, un caballero se preste a propalarlo.» Sin hacer caso de este arañazo, Ibraim prosiguió con fría crueldad, rebatiendo el argumento de la nobleza, y oponiendo a las razones de su amigo otras que le desconcertaron. «Además, nuestra buena incógnita es persona de posición, de riqueza» —dijo don Pedro creyéndose seguro en este terreno lógico. Pero el otro paró el golpe afirmando que la tal poseía un capitalito, que dedicaba en parte, tocada ya de arrepentimiento, a obras de caridad, y a sostener parientes pobres.

«No puede ser... Esto es una farsa injuriosa, una burla sangrienta —gritó Hillo en tal exaltación, que su amigo hubo de retirarse cauteloso—. Si usted, señor don Ibraim o don Diablo, no quiere que yo le tenga por un embustero, ahora mismo, sin perder un minuto, lléveme a la vivienda de esa mujer: quiero verla, quiero hablarla, quiero conocer por ella misma el oprobio del desgraciado Fernando, a quien miro como hermano querido... En otras circunstancias, habría creído deshonrarme entrando en esa casa, a donde usted me llevará; pero ahora más puede mi ansiedad que mis escrúpulos, y voy, sí señor, pero ahora mismo... Vamos.»

Y viendo que el otro vacilaba, se exaltó más, y cogiéndole por un brazo quiso arrastrarle hacia el puente. «No, si no tiene usted más remedio que llevarme. Quiero ir, quiero ver a esa persona, sea quien fuere, y aunque sus vicios sean tales que desaten el Infierno en derredor suyo, la he de ver, por San Judas Tadeo... ¿Pues qué, se dicen cosas de tal ignominia, sin probarlas al instante?

—Se probará, *señó Jiyo*, se probará —replicaba el otro, acoquinado, tratando de tomarlo a risa, y luchando con las contracciones de su rostro, que se le alargaba—. Si quiere *usté que vayamoj iremo*; pero sepa que la tal está de cuerpo presente. Ha *fallesido* anoche.»

Agregó a esto que le habían llamado sus amigos para prestar a una señora moribunda los auxilios espirituales; pero la muerte le había cogido la delantera. Subió a la casa, cuyas señas indicó. La difunta no se había enfriado aún. Las personas de ambos sexos que en la cámara mortuoria estaban, algunas de las cuales éranle a Ibraim bien conocidas, le contaron la historia. Cierto que no habían nombrado a Calpena; pero todas las referencias que del hijo de la muerta daban aquellas bocas deshonradas, concordaban con el individuo, circunstancias y calidades del don Fernando. Al llegar a este punto, se rehízo don Pedro, y vio que se desmoronaba el edificio lógico fabricado con podridos materiales por don Víctor; pero su curiosidad seguía siendo ardorosa, y le incitó a seguir narrando, a referir textualmente lo que en aquel lugar nefando y fúnebre le dijeron, las cosas y objetos que allí vio, todo, en fin, cuanto pudiera esclarecer el tremendo enigma, más inescrutable ahora, representado por una esfinge muerta.

Contó Ibraim lo que su frágil memoria recordaba, y lo refería mal, con torpeza y desorden. Las personas que rodeaban el cadáver de la *prójima* revelaban sentimiento de su muerte, y ponderaron sus buenas prendas y excelente corazón, que algo bueno puede existir en los seres más envilecidos. Mujeres eran cuatro; hombres, tres: una de aquellas debía de ser parienta de la difunta, pues tenía las llaves de las cómodas y alacenas donde guardaba sus riquezas la que no había de disfrutarlas ya. A eso de las dos de la madrugada empezaron a sacar cosas, para hacer examen y aproximada valoración de todo. ¡Dios, lo que allí sacaron!... Encajes, aderezos, tabaqueras, abanicos, joyas diversas, pedrería suelta, grandes cantidades de esas perlitas que llaman *arjofa*, y cartuchitos de onzas y ochentines. La mujer que parecía parienta, otra más joven que no cesaba de llorar por la muerta, y un señor de mediana edad, muy calvo, efectuaron el rápido escrutinio, alumbrados por una vela que hubo de mantener en sus manos el señor de Ibraim, quien más ganas tenía de largarse a la calle que de hacer el desairado papel de candelero. Entre tanto, las otras dos individuas, y los dos amigos de Ibraim (uno de ellos oficial de la Guardia), que le habían llevado a presenciar escenas tan desagradables, ocupábanse en amortajar a la que pronto había de vestirse de tierra y gusanos. Una de ellas dijo, besando el cadáver: «¡Pobre *tal*... parece que estás viva!

—¡Quién sabe si lo estaría! —dijo Hillo que echaba chispas de puro nervioso—. Otra cosa: Y ese señor calvo, ¿no sabe usted cómo se llama?» Respondió don Víctor que no había oído su nombre; mas por algo que habló el tal con las mujeronas, dio a conocer que era de la policía. «Bien. Pues ahora, procure usted recordar qué objetos vio en aquel escrutinio, a la luz del candelero que usted mantenía. ¿Vio retratos de familia, alhajas de precio...? ¿Y no había paquetes de cartas?» Contestó Ibraim que había visto sacar, ya de estuches primorosos, ya de envoltorios de papel, cosas lindísimas: un retrato de militar, joyeles de diamantes, hilos de perlas, y un abanico que los presentes alabaron como la mejor y más rara pieza que había en el mundo, tanto por su antigüedad como por su belleza.

La cara de Hillo parecía de cera; apenas respiraba. Pidió la descripción del abanico, y el otro, rascándose la cabeza y plegando los ojos, como si aquel juego muscular le sirviese para atizar el mortecino rescoldo de su memoria, refirió que la joya había sido adquirida poco antes por la difunta, a un alto precio. De la cifra no se acordaba. «¿Y el vendedor?» Creía recordar Ibraim que más bien habían hablado de vendedora; pero el nombre, si es que lo dijeron, no se le quedó presente. En cuanto al abanico, era en verdad cosa linda... varillaje de nácar caladito con mucho primor, y las figuras de señorío a lo pastoril, con sus borreguitos correspondientes. En fin, pintura más bonita no se podía ver. «¿Y no reparó usted si al extremo de la derecha, en la base de una columna decorativa —dijo Hillo, poniendo toda su alma en la pregunta—, había...? me refiero al país del abanico...

—Comprendido.

—¿No reparó si en ese basamento... A la derecha, junto a una pastora con peluca muy alta, había un letrero en latín, una divisa heráldica, que dice...?

—¿Qué *dise*?

—*Virtus in arduis.*»

Tenía don Víctor idea de haber visto unas letras, así como imitando inscripción en piedra jaspe, al modo de los epitafios... pero no se fijó en si expresaban aquellos u otros latines.

Oído esto, fue acometido el buen Hillo de un temblor epiléptico, y montando después en cólera, se fue derecho a Ibraim, le agarró de las solapas, y con tremebunda voz, acompañada de ademanes descompuestos, le soltó esta andanada: «Usted me engaña, usted se ha propuesto burlarme y escarnecerme, usted es un vil. Hasta aquí he podido oírle con paciencia; pero ya no sufro más, y le digo a usted que esas historias que me cuenta son fábulas de su grosera invención... ¡Yo, yo lo digo, y lo sostengo en el terreno que usted quiera!»

Desprendió el otro con no pequeño esfuerzo sus solapas de la furibunda garra de Hillo, y de un brinco se puso a seis pasos; de otro brinco a una distancia considerable, que bien querría fuese de un par de leguas. Con atropelladas frases protestó de su veracidad, presa de un terror convulsivo que la espantosa ira del buen don Pedro justificaba. Corrió este en seguimiento del andaluz, enarbolando el palo, y aterrándole más con estas roncas expresiones: «Sepa usted, mal caballero, que aquí está Pedro Hillo, el hombre pacífico y apocado, ahora dispuesto a volver por el decoro de una ilustre dama entre las más ilustres, y a no permitir que ese decoro sufra la menor mancilla en boca de quien ha intentado confundir su persona con la de una miserable cortesana. Ahora mismo se desdice usted de los embustes que ha contado, o de lo contrario, no volveremos los dos a Madrid: volverá uno solo.»

Echó a correr Ibraim, que era el primer gallina del mundo, con toda su estampa de perdona-vidas, y no hacía más que decir: «*¿Se ha güerto loco?... ¡Señó Jiyo... por lo clavoj é Cristo!*

—¡No hay clavos que valgan! —gritaba Don Pedro, que invadido se sintió inopinadamente de un ardor caballeresco, el cual en un punto hizo gran revolución en su alma—. No habla el sacerdote, no habla el amigo: habla el caballero, y sostiene que no debe consentir el ultraje que un deslenguado infiere a la madre de Calpena, a la señora entre todas las señoras del orbe, a la dama nobilísima...»

El otro, con más miedo que vergüenza, no hacía más que escurrir el bulto, tratando de calmar a Hillo con expresiones conciliadoras. Había referido hechos presenciados por él. No respondía de que fuesen una misma cosa lo que él había visto y oído y la historia de Calpena. Podía ser, podía no ser. Averiguáralo don Pedro si quería... Esto dijo en cortadas frases, temblando, casi lloroso, mientras su colega, cuya mansedumbre se había trocado en bravura, trataba de cogerle las vueltas y cortarle el paso. Habíanse metido en terrenos sembrados entre tapiales y casuchas, que debían de ser guarida de gitanos. Don Pedro gritaba: «¡Estamos solos... En el campo estamos, campo del honor!... ¡Yo te reto, Ibraim!... ¡No traemos armas!... ¡Oh, quién tuviera las que han usado hoy esos duelistas de engañifa!... Pero si no hay armas cortantes ni de fuego, tenemos bastones... ¡Dame satisfacción, menguado Ibraim, o te verás conmigo en duelo leal... En lid de caballeros... Aquí mismo, sin que nadie lo pueda evitar!

—*Satisfasión, Jiyo, satisfasión* —decía el clérigo de tropa, siempre a distancia.

—Pero no corras; mala bestia. Ten valor para sostener tus infamias... Y si no quieres admitir el duelo; si como caballero no sabes responder de lo que has dicho, estoy decidido a apalearte... ¡So embustero! ¡Ven acá! ¿Para qué quieres ese corpacho, y ese trapío, y ese testuz, y esos remos?...»

Despavorido, y sin malditas ganas de aceptar el caballeresco juicio de Dios que el otro le proponía, don Víctor no pensó más que en ponerse en salvo, y recogiéndose los largos faldones, apretó a correr con toda la ligereza de piernas que le permitía su robusta humanidad, de libras. Sin volver atrás la vista, brincó entre zarzales, franqueó zanjas de inmundicia, y hasta que no se puso a larga distancia, no tomó resuello. Don Pedro le persiguió furibundo, esgrimiendo el palo, hasta que rendida del colosal esfuerzo su máquina respiratoria, cayó en tierra como un tronco, rezongando: «Canalla, me la pagarás... ¡Decir que es tal!... ¡Difamar a mi señora!... O te desdices, o...»

XI

No pudo apreciar el desdichado presbítero el tiempo que tendido estuvo en aquel terreno, más parecido a muladar que a campo de sembradura. Harapientas mujeres le ayudaron a levantarse, y le limpiaron parte mínima del polvo y basura que decoraba su ropa negra. Apenas podía moverse de dolores agudísimos en todo el cuerpo; tardó un rato en recobrar el sentido de su situación, y en traer a su mente claras imágenes de lo que había hecho y dicho. Dudaba de la realidad de la escena que le reproducía su turbada memoria, y cuando trató de dar las gracias a las tarascas que le socorrían, su lengua torpe no acertaba a formular sus pensamientos. Sentáronle sobre una piedra para descansar; pidió agua; se la dieron, y reponiéndose poco a poco, se determinó al fin a emprender la marcha hacia el puente y calle de Segovia. «No quisiera topar con Ibraim, porque si le veo, me volverá la rabia... ¡Dios mío! ¿cómo he podido olvidar que soy sacerdote?... ¿Será cierto que hice y dije todo lo que me va repitiendo la memoria? ¿Y qué fue? Que perdí el sentido, que al oír los disparates de ese bruto me volví caballero... ¿Puede uno volverse caballero en momentos dados, aun siendo sacerdote? Se conoce que sí. He faltado a la moderación, a la humildad, a la paciencia que me impone el Sacramento; he faltado, y tendré que expiar mi culpa... Es que de algún tiempo acá, desde que la desconocida mamá de Calpena me fue metiendo con suavidad en este berenjenal romántico, no me conozco; no soy el Pedro Hillo de antes, de tantos años pacíficos y oscuros dentro de la paz sacerdotal... Me he convertido insensiblemente en otro ser, menos de Dios y más del siglo... Cuando he soportado que me encarcelaran, como un caso natural, ¿qué me queda ya que ver ni que sentir?... Soy hombre, sí; soy caballero, y no consiento que la llamen *coima*... Al que me lo diga, le enseñaré yo quién es *Señó Jiyo*, como dice ese bestia... No quiero, no quiero la deshonra de Fernando, a quien amo con todo mi corazón, y no le amaría más si le hubiera yo engendrado.»

En todo el trayecto hasta su casa, que fue lento y penoso, sus ideas sufrían una oscilación de balanza puesta en el fiel y empujada arriba y abajo por manos invisibles. Ya creía que lo dicho por Ibraim era falso, un embuste, una historia equivocada; ya veía en ello una verdad aterradora; y cuando esta idea de la posible veracidad del odioso cuento se clavaba en su magín, le entraba de nuevo la furia, y ganas de emprenderla a bastonazos con el primerito que encontrase... «¡Vaya, que si es verdad...! El polizonte, el abanico... El misterioso resplandor testifical que irradian de sí las cosas verdaderas...» Así pensaba un largo rato, y luego daba en creer que todo era mentira. «No puede ser... No, no. No se finge la nobleza; no hay arte que lleve el engaño a tal extremo de perfección.» Había olvidado las señas de la casa mortuoria que le diera don Víctor; dudaba si había dicho *Fuencarral* o *Arenal*: era cosa acabada en *al*. Por San Hermógenes bendito, debía buscar a Ibraim, pedirle perdón de las injurias, y recoger de su boca la exacta dirección de la difunta incógnita. ¿Pero qué noticias iba a pedirle a una pobre muerta? ¿Y quién le aseguraba que los adláteres, el de la policía, las mujeres malas, no tirarían a sostenerle en el engaño, a embarullarle más, y acabar de volverle loco?

Con estas dudas angustiosas llegó a Genieys, y agotadas sus fuerzas se arrojó en el lecho; no tenía ganas de comer: ningún alimento pasaría por su abrasado, seco y amarguísimo gaznate. No quería más que dormir, olvidar...

Calpena, que, según le dijo el mozo, había ido a las siete, marchándose después de tomar un copioso desayuno, volvió a casa por la tarde, y le acompañó largas horas. A ratos lloraba el buen presbítero, sin que su amigo obtuviese de él explicaciones sobre los motivos de su pena. A los dos días recobraba la tranquilidad externa; pero su cabeza sufría extraños accidentes, pérdida repentina de la memoria, seguida del fenómeno contrario, esto es, extraordinaria viveza de los recuerdos. Fue Iglesias a visitarle, y se alarmó del lastimoso estado cerebral de su amigo; y como notara que no se le atendía en la fonda con el esmero que su delicada salud requería, propuso llevársele otra vez a la casa de Méndez, lo que realizó aquella misma noche sin aguardar a que el enfermo lo decidiera. Pagada la fonda con los cortos dineros que a Hillo le quedaban, fue trasladado a su antiguo hospedaje, adonde le siguió también Calpena.

«Amigo Nicomedes —le dijo don Pedro una noche, hallándose solos, el clérigo en su lecho, el otro sentado, leyéndole periódicos—. Si usted no se enfada, le diré que no me interesa nada de eso que cuentan los papeles. Ahórrese el trabajo de leer en alta voz, y lea para sí, que yo me estaré aquí calladito, pensando en mis cosas.

—Precisamente, amigo Hillo, leo en alta voz para distraerle de esos pensamientos que le traen tan extenuado. Es preciso que usted se ponga en cura resueltamente.

—A eso voy, y de eso trato. Esta noche pensaba pedirle a usted un favor, en asunto pertinente a mi salud.

—Dígalo pronto, y si es cosa que está en mis facultades, delo por hecho.

—Pues usted, hombre de relaciones, conocerá a los señores de la Junta de Beneficencia. ¿No son estos los que han de dar licencia para entrar en las casas de orates?

—Seguramente. ¿Tiene usted que visitar a algún pariente o amigo que esté encerrado en el nuncio de Toledo, o en Zaragoza?

—Pregunto si hay que dirigirse a esos señores solicitando el ingreso de un enfermo de enajenación.

—En efecto: los individuos de la Junta, previo informe de profesores de Medicina, dan la cédula de ingreso.

—Pues consígame al instante una cédula.

—¿Tiene usted pariente o amigo que se halle en ese triste caso?

—Tengo un amigo íntimo, sí señor; tan íntimo, que usa mi nombre y apellido. El loco que deseo encerrar soy yo mismo, caro don Nicomedes, y dese usted prisa, porque los dineros se me acaban; yo no tengo ya posibles ni de dónde me vengan... y como me siento rematado, en ninguna parte estaré mejor que en el nuncio de Toledo.»

Trató el bueno de Iglesias de apartarle de sus melancolías con festivas bromas; pero Hillo se confirmó más en ellas, añadiendo estas alarmantes expresiones:

«Sí, lo digo a boca llena: estoy más perdido que don Quijote, y que cuantos locos hicieron disparates y simplezas en el mundo. Figúrese usted si lo sabré yo, que a todas horas no hago más que contemplar el barullo de mis ideas, los extraños sentimientos de que me veo acometido. Yo mismo he llegado a tomarme miedo, y quiero que me encierren, sí, señor, que me encierren y me aíslen...

—Don Pedro, ningún loco discurre así sobre su propio desvarío. Pues no me lo diga mucho, porque doy en sospechar si estaré yo también trastornado.

—Cuidado, amigo, que así empecé yo —dijo don Pedro incorporándose en el lecho bruscamente, y mirando a su amigo con refulgentes ojos—. Y no crea que soy tan pacífico; no se fíe usted de mi natural tranquilidad y manso... No, no, no se fíe. Que también me dan terribles arrechuchos, y se me mete en el magín la convicción de que no soy sacerdote, sino caballero, desfacedor de agravios, como quien dice; y cuando me da esa tremolina, hago y digo atrocidades sin número. Desafío a todo el que se me pone por delante, y me siento con ánimo de comerme a bocados al que no diga y confiese...»

Oyendo esto, y viendo cómo braceaba el clérigo al decirlo, Iglesias tuvo miedo y retiró hacia atrás la silla en que se sentaba.

«Confío en que su amistad y sentimientos humanitarios —agregó Hillo, calmada su excitación—, le inducirán a dar los pasos convenientes para meterme en el nuncio, antes hoy que mañana. Temo empeorar, ponerme más perdido... ¿Con que lo toma como cosa suya? Crea usted que se lo agradezco, y desde mi encierro pediré al Señor que no siga usted mi camino.

—Hombre, no... Allá me espere usted largo tiempo —dijo Nicomedes tomándolo a broma; pero con la pulga en el oído, más inquieto de lo que parecía.»

Viéndole tranquilo, Iglesias le manifestó que él se sentía también un poco trastornado por la maldita política. No sabía ya qué camino tomar, ni a qué aldabas agarrarse, porque ni los caminos conocidos ya le llevaban a ninguna parte, ni las aldabas, repicadas con furor, le abrían ninguna puerta. Su juego de acogerse a Mendizábal, casi en el suelo ya, no parecía resultarle eficaz, porque don Juan de Dios, en su orgullo, acababa de manifestar el deseo de *caer solo*, sin solicitar colchones ni paracaídas del partido en que militaba. No quería que los *santones* le echaran una mano, ni que le recibieran en las suyas las sociedades secretas. «¿Sabe usted, amigo don Pedro, lo que ha dicho hoy en los pasillos del *Casón*? Yo mismo se lo oí. "Me voy a una casita que tengo a noventa millas de Londres, y allí me estaré con mi familia, *viendo la marcha de las cosas de este país...*" Y luego en otro corrillo le dijo al propio Argüelles: "Sé vivir con *ochocientos reales mensuales* en Londres, con mi familia, y vivir feliz. Traje mucho, y nada me llevo. Que ustedes se diviertan".

—Gran filosofía es esa. El señor don Juan Álvarez merece toda mi admiración.

—Se retira... Al menos así lo asegura. Y henos aquí abandonados, los que no hemos querido hacer causa común con el *santonismo*.

—De modo que ahora se encuentra usted como el alma de Garibay —dijo don Pedro con una risa atronadora que puso muy en cuidado a su compañero de casa—. Pues decídase de una vez, Iglesias, y véngase conmigo.

—¿A dónde?

—Al nuncio de Toledo. Allá estaremos tan ricamente, y nos contaremos uno a otro nuestras cuitas: yo le diré por qué peno, y usted me hará la historia de sus desairadas tentativas. Créame no se puede luchar con el destino, y el mío, como el de usted, es no llegar nunca... Hemos nacido con desgracia: la obstinación en esta desigual batalla nos ha trastornado la cabeza. Aún estamos a tiempo, señor don Nicomedes; vámonos, encerrémonos antes de que salgamos por las calles tirando piedras. Corremos el peligro de hacer una barbaridad inesperadamente, y si no coincidimos en la ocasión de hacerla, es fácil que nos enchiqueren por separado, a mí en una parte, a usted en otra, y en este caso no hallaremos en la compañía el consuelo que deseamos.»

Al siguiente día repitió Hillo su cantilena del nuncio de Toledo, ya con verdadera reiteración monomaníaca, lo que puso en mayores cuidados a Iglesias. Conceptuando peligroso contrariarle, le aseguró que ya había pedido la recomendación para ingresar los dos en cualquier casa de orates; y a este propósito dijo don Pedro cosas tan oportunas y juiciosas, que Nicomedes hubo de enmendar su opinión respecto a él, teniéndole por la misma cordura.

«A usted y a mí, señor de Iglesias, nos pasan tantas desventuras por habernos salido de nuestra jurisdicción, del terreno en que por nacimiento, por naturales gustos y por ley del tiempo y de la vida debimos permanecer. En vez de mantenernos en jurisdicción, nos hemos ido por los cerros de Úbeda, y hemos aquí desorientados, *huidos*, en una palabra, sin saber qué rumbo tomar, pues ya no hay fin seguro para nosotros, como no sea el de la perdición. Yo, presbítero, me salí de mi terreno, arrastrado por un noble afán del bien, eso sí; y aquí me tiene usted castigado por Dios, que no ha visto con buenos ojos el abandono de mis deberes eclesiásticos, por meterme en caballerías impropias de la milicia cristiana a que pertenezco. Verdad que mi conciencia no me arguye ningún pecado grave; pero en religión, como en moral, no solo es menester ser bueno, sino parecerlo, y yo no parezco un buen sacerdote. La nobleza de los fines que me arrastraron a esta vida de sobresalto, no me exime de responsabilidad ante el clero; no señor, no me exime, y hoy todo mi afán es volver humilde y sumiso al rebaño eclesiástico, prosternarme ante el Sacramento y elevar a Dios mi alma, haciéndome digno de celebrar nuevamente el Santo Sacrificio... Pues expresada mi situación, voy a la de usted, que estimo muy semejante a la mía, aunque a primera vista no lo parezca. Por lanzarse a este vértigo de la política, donde esperaba satisfacer legítimas ambiciones, abandonó usted el bienestar y la paz rústica de su casa manchega; dio usted de lado a sus padres y hermanos, y trocó la tranquilidad oscura y modesta por los afanes ruidosos. Reconozco que sus aspiraciones eran rectas y nobles: servir al país, ilustrarle; aspiraba usted a manifestar en las Cortes sus ideas y el fruto de sus estudios a desempeñar un Ministerio, cosas muy santas y muy buenas... Empezó mi hombre su campaña con entusiasmo y brío, metiéndose en todo, huroneando en el periodismo, cultivando amistades; sin sentirlo se fue metiendo en intrigas de mala ley, porque es la política un terreno movedizo y desigual, y andando por ella, ya se pone el pie en firme, ya se hunde en ciénagas malsanas. Cuando ha querido recordar, ya estaba el hombre metido hasta el cuello. Quizás por su misma inquietud, por el afán de llegar pronto, se ha perdido en estos laberintos, y ahora los esfuerzos para salir le meten en mayor confusión y en más cenagosos atolladeros... Trajo usted con sus aspiraciones legítimas una dosis no corta de soberbia, amigo mío, y por querer sentar plaza en los altos puestos, como a su parecer le correspondía, despreció los secundarios que se le ofrecieron, y ahora se dará con un canto en los pechos si obtener puede un destinillo de tercero o cuarto orden. No ha sabido usted esperar; ha olvidado aquel sabio precepto que se atribuye al último Rey: *vísteme despacio, que estoy deprisa*; y por vestirse atropelladamente se ha puesto el chaleco donde debió estar la camisa, y la camisa en la cabeza a guisa de turbante. Está usted hecho un mamarracho.»

Sonreía Iglesias oyendo este retrato, en el cual vio la destreza del pintor, y alentándole a seguir, continuó el clérigo de este modo: «Compare usted esta tracamundana en que ahora se encuentra, abandonado de sus amigos, y sin saber a qué santos o *santones* encomendarse, con la paz y la dulce *mediócritas*de su casa. En su querido Daimiel dejó usted padres y hermanos labradores; su hacienda bastaba para sostén de la familia, y con el trabajo de todos podía ser aumentada. Vino y pan abundantes, caza de lagunas, caza de jarales le sustentaban, ofreciéndole los esparcimientos y el saludable ejercicio del campo. Todo lo dejó usted por venir a quitarle motas a don Martín de los Heros, o a ver escupir por el colmillo a Ramoncito Narváez. De estos esperaba usted la ínsula que ambicionó su compatriota Sancho Panza, y la ínsula no parece, y don Martín, don Juan de Dios, don Salustiano, don Javier, don Francisco y don Fermín no hacen más que marearle y traerle de Herodes a Pilatos con una soga al pescuezo. Y en tanto su familia, según usted mismo me ha contado, yo no lo invento, se ha cargado de deudas para sostenerle aquí, siempre en espera de que llegue carta con la feliz nueva de que el señorito es Procurador, ministro o por lo menos Director de Rentas, y lo que llega es la requisitoria angustiosa del madrileño, pidiendo más dinero, más, porque la vida de la corte es cara, y no se pescan truchas a bragas enjutas; que si buena cartera se ha de ganar, buenos cuartos le cuestan las apariencias y ostentaciones que trae consigo la posición política. Total, que los viejos no saben ya qué hacer para el sostenimiento en Madrid del hijo *que va para gobernador*, y ya no tienen tierras que empeñar, ni granos que vender, ni tinajas de vino que malbaratar, y su único recurso será desprenderse de la camisa que llevan puesta para atender al grande hombre. ¿Es esto cierto, sí o no? ¿No estaría usted mejor allá, muy tranquilito en su labranza, comiendo buenas sopas de ajo y suculentas migas, harto más sabrosas ¡ay! que los bodrios indecentes que le da Genieys cuando usted convida o le convidan sus amigotes? Allá no le dirían que es un Mirabeau en agraz, ni que tiene el cuerpo lleno de *espíritu del siglo*, ni le meterían en la cabeza tanto viento y hojarasca; pero viviría usted en paz con Dios y con los hombres, y sería usted un hijo ejemplar y un buen padre de familia... pues usted me ha contado, yo no lo invento, que le tenían preparado el ayuntarle... Repito que no lo invento... Con una hija de ricos labradores, *alta de pechos y ademán brioso*, como Dulcinea; y usted despreció el partido, porque la lozana joven comía cebolla cruda... ¡vaya una tontería!... Y no es sino que al niño se le metió en la cabeza que aquí estaban las hijas de duques y marqueses esperándole para darle su blanca mano, y ambicionaba el trato social muy fino, las etiquetas y bobadas cortesanas... Confiésemelo: ¿era como lo digo?... Pues la moza de allá se casó con otro, y ha parido dos hijos ya, como terneros... yo no lo invento, y es feliz, y usted anda por aquí con la cabeza a pájaros, buscando un acomodo que no encuentra, ni en lo social, ni en lo político, ni en nada, ea. De buena gana, si pudiera volver los hechos al punto de lo pasado, y desandarlo todo, renegaría el buen Iglesias de su vida de estos años, amando lo que despreció, y amparándose a lo que antes tan mal le parecía. Hoy le viniera bien poder cambiar la fragancia de droguería que usan estas damiselas enfermizas, como disimulo de las pestilencias de la civilización, por aquel tufillo de cebolla, compañero de la salud del alma y del cuerpo. ¿Verdad que desharía usted la tela del tiempo, amigo Nicomedes, y la volvería a tejer con la urdimbre aquella... y con la labradora de la Mancha?»

XII

Iglesias se reía, ocultando con el humorismo su tristeza. «¿No nos vendría bien a los dos —prosiguió el presbítero—, volver a nuestra jurisdicción, yo a mi clerecía y al humilde magisterio de retórica, usted a la paz de su Daimiel? Diría usted con el gran poeta:

> ¡Oh campo, oh monte, oh río,
> oh secreto seguro deleitoso!
> Roto casi el navío,
> a vuestro almo reposo
> huyo de aqueste mar tempestuoso.

Y a mí me tocaría decir con el mismo poeta, volviendo la espalda al tráfago social:

> No condeno del mundo
> la máquina, pues es de Dios hechura:
> en sus abusos fundo
> la presente escritura,
> cuya verdad el campo me asegura.»

Interrumpió esta grata y al propio tiempo triste conferencia, la llegada de una esquela para don Pedro, la cual bruscamente llevó la atención de entrambos a negocio de mayor interés. La letra del sobrescrito revelaba la mano de Calpena. Hillo se puso de veinticinco colores previendo una nueva desdicha que llorar, y rogó a Nicomedes que leyese, pues él sentía gran debilidad de vista y de cerebro. Iglesias leyó: «Amado clérigo, mi dulce amigo, perdóname si me ausento sin despedirme. La despedida sería harto penosa, y en ella, si mi locura se viera combatida por tu razón, todos los esfuerzos de esta serían inútiles, y prefiero que mi desobediencia no vaya precedida de una discusión inútil. Me voy. ¿A dónde? Ya te lo diré. He averiguado dónde está el único fin de mi vida, y tras ese fin sin fin corre mi destino ciego... Nunca te olvida tu —*Fernando*.»

«Y con su poquito de culteranismo —dijo Iglesias dejando la carta sobre la mesa—. Ese chico está más trastornado que nosotros.

—¡El romanticismo, el gran monstruo, es la tromba que a todos nos arrastra! —exclamó don Pedro dando un gran suspiro—. Bien, hijo, bien: la noticia no me coge de nuevas. Me lo temía. El destino sobre todo... Arrojémonos a los profundos abismos, pues así lo quiere Dios... Dios, sí, que obra suya es el romanticismo, como lo es la vida clásica... Bien, hijo, bien: vete en busca de tu ídolo, y que Dios te ampare y te guíe por ese despeñadero. Y bien mirado, si eres nacido de *esa*, vale más que huyas y desaparezcas... Deshonra por deshonra, no sé con cuál me quede... Pero si me engañó el maldito gitano, si no es *esa*, sino *aquella*... Dios decidirá de tu suerte y de la mía. Venga la luz, y cualquiera forma que traiga la verdad, admitámosla y acatémosla.»

Poco después manifestó deseos de vestirse y echarse a la calle: sentía vivas ganas de dar un paseo. No se brindó Nicomedes a acompañarle, porque tenía que acudir al trajín político, ver a *Salustiano*, recorrer tres o cuatro redacciones, los dos Estamentos y otros lugares donde hervía la actualidad, y había que comerla calentita. Era hombre que cuando estaba dos horas sin politiquear no vivía, le faltaba el aire respirable: tan profundamente metido en el alma tenía el nefando vicio. Se fue, mientras el otro se vestía presuroso, ávido de rodar por esos mundos en busca de la puerta de su porvenir, que ni cerrada ni abierta encontraba ya. Ocurrió en aquellos días la caída de Mendizábal, suceso que no se efectuó sin estruendo. Aunque en Palacio le tenían sentenciado desde marzo, y estaba hecha ya la cama para Istúriz, se esperó una coyuntura decorosa, la propuesta de nombramientos militares para las Inspecciones de Milicias, Infantería y Artillería. Desconforme Su Majestad con los ministros, puso a estos en el caso ineludible de presentar sus dimisiones. Mendizábal soltó la caña del timón, que había tenido en su mano durante siete meses, y empuñola Istúriz, cuya vida ministerial había de ser aún más corta.

Así hemos venido todo el siglo, navegando con sinnúmero de patrones, y así ha corrido el barco por un mar siempre proceloso, a punto de estrellarse más de una vez; anegado siempre, rara vez con bonanzas, y corriendo iguales peligros con tiempo duro y en las calmas chichas. Es una nave esta que por su mala construcción no va nunca a donde debe ir: los remiendos de velamen y de toda la obra muerta y viva de costados no mejoran sus condiciones marineras, pues el defecto capital está en la quilla, y mientras no se emprenda la reforma por lo hondo, construyendo de nuevo todo el casco, no hay esperanzas de próspera navegación. Las cuadrillas de tripulantes que en ella entran y salen se ocupan más del repuesto de víveres que del buen orden y acierto en las maniobras. Muchos pasan el viaje tumbados a la bartola, y otros se cuidan, más que del aparejo, de quitar y poner lindas banderas. Son, digan lo que quieran, inexpertos marinos: valiera más que se emborracharan, como los ingleses, y que borrachos perdidos supieran dirigir la embarcación. Los más se marean, y la horrorosa molestia del mar la combaten comiendo; algunos, desde la borda, se entretienen en pescar. Todos hablan sin término, en la falsa creencia de que la palabra es viento que hace andar la nave. Esta obedece tan mal, que a las veces el timonel quiere hacerla virar a babor y la condenada se va sobre estribor. De donde resulta ¡ay! que la dejan ir a donde las olas, el viento y los discursos quieren llevarla.

Aquella noche hubo en los clubs grande algarada. En el Estamento mismo, no faltó quien propusiera *destronar a la reina* sin pérdida de tiempo, y *crear una Regencia de otro sexo*. Las logias ardían; los círculos de la Milicia Nacional eran verdaderos volcanes; el nuevo Gobierno, apoyado en la guarnición, tomó sus medidas para reprimir cualquier algarada, y preparaba el decreto para disolver las Cortes, elegidas el mes anterior. ¡Y hasta otra!

En casa de Seoane, a donde fue Nicomedes por la noche, vio este a Mendizábal, que recibía parabienes por su caída. La adulación de unos, la cariñosa amistad de otros, quería pintarle su muerte como su mejor vida, su batacazo político como un éxito evidente. Iglesias no vaciló en felicitarle también, augurándole una resurrección como la del Fénix; pero el despedido ministro no daba gran valor a estos consuelos, y se aferraba más a la idea de abandonar un terreno en el cual no sabía moverse con desembarazo. Entre otras cosas, dijo estas palabras, que como textuales se copian aquí: «Yo no soy hombre de partido; la prueba es que el que se decía mi partido me ha abandonado: ¿y por qué? Porque he sido y soy y seré independiente: esta es mi gloria.»

Y en un grupo que se formó después, agregándose varias señoras, repitió el grande hombre lo de los *ochocientos reales* que le bastaban para vivir con su familia en el *cottage* que poseía a noventa millas de Londres. También dijo esto, que es histórico y consta como en escritura: «Si tuve ambición de ser ministro, ya lo fui; y si hacemos el inventario, me parece que estamos mejor que lo estábamos cuando me hice cargo, en septiembre. Conmigo traje mucho; conmigo no llevaré nada más que ojos para llorar la desgracia de mi inocente familia, a quien por la cuarta vez he arrebatado cuanto le pertenecía. Mis enemigos me llaman honrado y patriota, y esto no es flojo consuelo. Conserve yo tales motes, y todo lo demás nada me importa.»

Hablando con el propio Nicomedes y con Olózaga, que vaticinaban una trifulca próxima, y con ella la segura rehabilitación del partido de Mendizábal y su nuevo llamamiento al poder, se mostró escéptico, desilusionado, sin entusiasmo por los pronunciamientos y sediciones, y sin malditas ganas de volver a empuñar el timón de bajel tan desconcertado y peligroso. «Siempre que mi patria me llamó —dijo, y esto es también textual—, me encontró. Nada quise, nada recibí, nada recibiré. Tengo parientes aptos para los empleos públicos: no los han obtenido; y para que no me llamen descastado, les formé un capital de mi pensión por lo que me pedían. En mi retiro, en mi rincón seré siempre feliz, y podré decir: *Hice lo que pude, lo que debí; nada le he costado a mi patria.*»

A la una próximamente se retiró a su casa, cuya escalera subió meditabundo, triste. Su amor propio se resentía de la conmoción del porrazo. Creíase capaz aún de grandes cosas, y el no poder realizarlas, ni siquiera emprenderlas, le inspiraba coraje de sí mismo y lástima de la nación que tal hombre se perdía. Reconociendo sus errores, sus inexperiencias, de unos y otras se lamentaba en el sombrío examen de su caída. ¡Oh, si se pudiera empezar de nuevo!... Pensando en su fama, en la gloria que ambicionaba, no vio muy claro su nombre en las doradas páginas de la Historia. Pensó también en las calumnias con que le había obsequiado el vano vulgo antes de su fracaso, y se dijo: «A estas horas no habrá un solo español que crea que entro en mi casa con las manos absolutamente limpias... Por Dios que tan limpias las habrá, pero más no.» Al verle salir de casa de Seoane, Joaquín María López había hecho con cuatro palabras el exacto retrato del ministro de la Desamortización: «*Alma candorosa y apasionada, cabeza fecunda en recursos, corazón a la vez de héroe y de niño.*»

Traspasada la puerta de su morada, recibió, como una onda salutífera, el embate de calor doméstico. Niños, mujeres, salían a su encuentro, personas queridas, deudos y parientes. Entre la turbamulta distinguió una modesta figura, un anciano, que en último término permanecía, medroso de avanzar a saludarle: era Milagro. Al reconocerle, no sin dificultad, pues no había exceso de luz en el recibimiento, don Juan de Dios expresó contrariedad y lástima... «¡Por Dios, Milagro, usted aquí todavía! Cuando le dije que se pasara por mi casa esta noche y me aguardase en ella, no contaba con esta inesperada cena en casa de Seoane. Dispénseme, amigo mío. Le he dado a usted un plantón horroroso.

—No importa, señor —dijo Milagro humilde y atento—. Mucho gusto en servirle.

—¿Desde qué hora está usted aquí?

Desde las ocho, señor.

—¡Y es la una! Carambo... Dispénseme.

—No importa, señor...

—Carambo, es usted el empleado *no importa*.

—Dice bien vuecencia: ese es mi lema... Las infinitas cesantías que he padecido me han obligado a adoptar esa fórmula de resignación.

—Pues ahora... Cuando las barbas de tu vecino veas arder...

—Sí, señor: ya... ya he puesto las mías de remojo.

—Será ministro de mi ramo el señor Aguirre Solarte, buena persona... Agárrese usted como pueda... Bueno, pues no quiero detenerle más. Un momento, señor Milagro.»

Hízole pasar a su despacho, y en pie los dos, el caído ministro dijo al vacilante funcionario: «Pues le he mandado venir a usted porque pienso utilizar sus servicios en trabajos que preparo para la defensa de mi gestión ministerial, si, como presumo, soy atacado y acusado con mala fe... Y por de pronto, antes de encargarle las copias de estados y documentos que tengo ya en casa, me hará usted un favor de otra índole.

—Vuecencia me tiene a su disposición para todo.

—¿Conoce usted a ese Maturana, diamantista que fue de Palacio?...

—Es grande amigo mío.

—Perito en alhajas, tasador, comerciante...

—Y hombre de gran conocimiento en todo lo concerniente a pedrería y metales preciosos... Muy relacionado con la Grandeza, con los marchantes extranjeros... Trabajó treinta y tantos años para la Casa Real.

—Y le despidieron el año 14 por afrancesado, por amigo de Godoy... No sé por qué ni me importa. Vamos al caso. Puesto que es tan amigo de usted, búsquele mañana mismo. Le dice usted que Mendizábal desea hablarle... tener con él una conferencia...»

Dicho esto, el ex-ministro permaneció un momento taciturno, fija la mirada en el suelo, oprimiéndose con dos dedos el labio inferior...

«Conferencia, sí... que hablaremos detenidamente de un asunto...

—Bien, señor. Mañana, de nueve a diez, estaré en su casa.

—Y si accede, como creo, me le trae usted... No saldré de aquí hasta las doce.»

Con esto quedó despachado el buen Don José. Al despedirle, don Juan Álvarez Mendizábal le vio con pena salir... Era el Ministerio, la poltrona, la oficina, el diario trajín político, que cesaban, se perdían en una triste lontananza absorbidos por el pasado. Suspiró don Juan... ¡Carambo, qué importaba! Mejor: salía del país y entraba en la familia.

XIII

Ya cargaba don Javier Istúriz, en medio de un gran barullo, la cruz de la Presidencia Ministerial, llevando por Cirineos a Don Ángel de Saavedra y a don Antonio Alcalá Galiano, cuando el gran Nicomedes Iglesias, que ningún sendero veía para sus ambiciones fuera de la travesura revolucionaria, extremaba la oposición al Gobierno en la prensa y en las logias, con la añadidura de su hablar malévolo en cafés y tertulias, que era la peor y más terrible arma. Una tarde del florido mayo le encontramos en *Solís*, perorando con todo el veneno del mundo, en la mesa del rincón, al frente de una pandilla de desocupados, de los que matan las horas arreglando el país entre terrones de azúcar y copitas de aguardiente. Asistían al sacro colegio, entre otros puntos, Eleuterio Fonsagrada, un amigote suyo sargento de la Guardia Real, cuyo nombre no hace al caso, y el tísico Serrano, que amenazado de cesantía, llamaba a Cachán con dos tejas. Menos pesimista en lo tocante a su enfermedad, porque los aires primaverales le habían remendado el destruido pecho, se forjaba la ilusión de seguir viviendo; pretendía nada menos que ascender, tener dinero, darse buena vida; y si esto no podía ser, vinieran pronto las catástrofes a hacer tabla rasa de todo. Que su cadáver y el del país, su pobreza y la de la nación, tuvieran una sola inmensísima tumba. Los tiros de aquel destacamento de patriotas, después de hacer gran destrozo en las cabezas ministeriales, apuntaban a más altas cabezas.

«Me parece —dijo Iglesias, medio ronco ya de tanto vociferar—, que esa buena señora tendrá que volverse pronto a su pueblo, a esa Parténope con que nos han mareado los poetas.

—En ese caso —indicó Serrano, más ronco todavía que su compañero—, ¿conservaremos la Regencia una, o estableceremos la trina?

—Tan torcidas pueden venir las cosas —afirmó Iglesias dando a sus palabras una intención profética y misteriosa—, que ni Regencia necesitemos. ¿Quién sabe lo que puede sobrevenir? Tales disparates hacen en *Palacio* y tan ciegos están *allí*, que los cálculos y previsiones de los más expertos fallan... Esto es ya una casa de locos. ¿A dónde vamos? La honda no sabe a dónde irá a parar la piedra.

—Pues todavía falta lo mejor. Resueltamente deja el mando del Norte el general Córdova —dijo Fonsagrada—. ¿A quién nombrarán?

—A cualquiera —indicó Iglesias—. Para lo que ha de hacer, lo mismo da Pedro que Juan. Esta guerra no se acaba ya por los procedimientos comunes. Puesto que no tenemos un Hoche...»

El auditorio se quedó suspenso: ninguno de los presentes sabía quién era Hoche...

«Mientras no se haga un escarmiento como el de la Vendée, nada se conseguirá por las armas. Tendrán que partir a España en dos reinos, quedando para los liberales, o sea para la *angélica*, los estados de Getafe y Alcorcón.

—Madrid —dijo Serrano con humorismo catarral, echando luengas babas—, se constituirá en República de Capricornio, bajo la presidencia de mi coronado jefe don Eduardo de Oliván e Iznardi...

—¿Y ese, no quedará cesante?

—¡Hombre! ¡Qué cosas tiene Iglesias! ¡Cesante el esposo putativo de la de Oliván! Buena se armaba; sí señor, buena, buena, como dice Miguelito. Esa, sin ser de Parténope, tiene más poder que la señora de Muñoz, y como se le atufaran las narices, como le dejaran cesante a su Eduardito, crujía el Estatuto y se tambaleaba el trono angélico... Ya lo verán ustedes: no pasan tres días sin que el señor Aguirre Solarte le dé un ascenso al primer manso de Madrid. Ya sabrá ella manejar el tinglado. No hay cambio de situación sin que Eduardito dé un paso adelante en su carrera. Tiene la Historia Contemporánea claramente escrita en su cabeza, como los ciervos llevan la cifra de su edad en cada rama... pues...»

Echose a reír la pandilla, y Nicomedes afirmó que los tiempos eran desastrosos, que todo anunciaba próximos cataclismos. «Lo que ocurre en todos los órdenes contradice la verdad y la lógica. La realidad es más peregrina que las invenciones de los poetas.

> Trocádose han las cosas de manera
> que nos parece fábula la Historia.

—Pues espérense ustedes un poco —dijo el de la Guardia, no Fonsagrada, sino el otro cuyo nombre no hace al caso—, que ahora va a venir lo más gordo.

—¿Qué? —preguntaron todos ávidos de mayores desatinos, de mayores calamidades públicas y privadas.

—Pues que se están preparando los datos para demostrar que la señora Doña Cristina... Chitón, que esto es muy delicado... que la señora Doña Cristina, no contenta con los dinerales que le dejó *Narizotas*, y queriendo meterse en mayores negocios de minas de carbón y saneamiento de marismas, ha hecho pacotilla de todas las alhajas de la Corona, para venderlas. Y que no era floja cantidad de pedrerías la que guardaban en Palacio los Reyes, desde el que rabió: cientos de miles de diamantes, cientos de miles de esmeraldas, celemines de perlas, entre las cuales había una grandísima, que Felipe IV llevaba en el sombrero, y había costado una fortuna.

—Algo de eso oímos anoche en *Tepa* —dijo otro, anónimo también, pues el mismo Iglesias no sabía cómo se llamaba, ex-ejecutor de apremios, encausado tres veces—. Y a lo que parece, el señor Aguado, don Alejandrón, no ha venido a otra cosa que al negocio ese de las alhajas.

—Se asegura que el tal Aguado viene a establecer, con dinero de la reina, una línea de barcos de humo, digo, de vapor.

—Pues yo, francamente —declaró Iglesias, alardeando siempre de autoridad—, sin defender a Doña Cristina del cargo de allegadora, sostengo que eso de las alhajas es paparrucha. ¡Si todo el tesoro de Palacio se lo llevó Murat!

—Así lo han dicho para despistar a los incautos. Murat afanó lo que pudo; pero se dejó lo mejor. En fin, ustedes lo verán.

—¿Y podrá probarse...?

—En ello andan. No están los palillos en malas manos.

Presentose en esto don José del Milagro con cara tan mustia, que daba lástima verle. Al llegar a la mesa, dejó sobre ella un fajo de papelotes que bajo el brazo traía, y se limpió fatigado el sudor de la calva.

—¿Qué traes, Milagrito? —le dijo uno de los tertulios, que con él tenía confianza—. ¿Por qué tan patibulario?

—No es preciso que nos lo cuente —indicó Nicomedes—, pues el pobre trae escrita en su cara la sentencia fatal.

—¡Cesante! —exclamó Serrano, lívido, esputando.

—Hoy, señores, hoy —manifestó Milagro lúgubremente—, al llegar a mi oficina... ya me lo anunciaba el corazón... Me encontré el jicarazo. Ese perro de Aguirre Solarte declara en este papelejo inmundo que el Estado no necesita de mis servicios... ¿Saben ustedes a quién le dan el triste hueso que yo roía? Pues al niño mayor de Oliván. ¡Válgame Dios, qué familia esa!

—Si apenas le apunta el bozo.

—Pero le apuntan los botones en la frente —dijo Serrano.

—¡Luego se espantarán de que haya revoluciones!

—Y de que arda Madrid.

—Y de que reviente España como un polvorín, harta de estas vergüenzas y de tanta injusticia.

—Pueden creerlo —agregó otro, que no bajaba el embozo de la capa, muerto de frío en pleno mayo—, la Milicia está que trina.

—La desarmarán, hombre —dijo Iglesias con amargura pesimista—. Si ya hemos visto para lo que sirve la Milicia: para formar en las *Minervas* y hacer tonterías.

—¡Desarmarla!... ¿A que no se atreven?

—¡Pues no se han de atrever! Y el día en que toquen a desarmar, veremos a los bravos milicianos escondiéndose en las carboneras de sus cocinas o entre las faldas de sus mujeres... Ya pasaron los tiempos de la vergüenza miliciana. Ya no hay un don Benigno Cordero, comerciante de encajes, que con un puñado de valientes sacuda el polvo a toda una Guardia Real en el Arco de Boteros.

—Poco a poco —dijo el sargento incógnito—, no se permiten alusiones *maquiavélicas*... La Guardia de hoy no es como la de ayer, *órgano* del despotismo. Hoy la Guardia es o será *órgano* del pueblo...

—De Móstoles querrá usted decir.

—Digo y repito que el Segundo Regimiento, por lo menos, no *rendirá parias* al absolutismo.

—¡Hombre, *parias*...!

—En el Segundo Regimiento, que es el más ilustrado, reina un espíritu...

—¿Cómo es ese espíritu? —dijo Serrano—. No será el *espíritu del siglo*, que ese lo tienen cogido los moderados.

—Un espíritu... Muy bueno.

—Entonces será el de vino, que es el mejor que se conoce.»

Como recayese otra vez la conversación en lo de las alhajas de la Corona, tomó la palabra Milagro para expresar una opinión, según dijo, de autoridad irrebatible. La *señora* era inocente de la sustracción y venta de pedrerías de Palacio, y las acusaciones que en tal sentido se le hacían enteramente gratuitas y mentirosas. ¿Quién probaba esto? Quien tenía medios sobrados de conocimiento para demostrar que el verdadero y único afanador de aquellos tesoros fue el *señor don Joaquín Murat,* general de mamelucos y después Rey de Nápoles. Y por de pronto no decía más, aunque algo más sabía: la discreción, la confianza que en él habían puesto personas ilustres, le vedaban entrar en pormenores de asunto tan delicado.

«¿Es cierto, Milagrito —le preguntó el que más familiarmente le trataba—, que le estás ayudando a*D. Juan y Medio* a escribir la defensa de los planes que no realizó?

—Yo no pico tan alto. El señor Mendizábal me ha encargado ciertos trabajillos; pero yo no le escribo su *Defensa*: en todo caso, lo que haré será ponerla en limpio... Y ya que hablamos de don Juan de Dios, diré a usted que la mayor de las infamias es sostener y propalar, como hacen por ahí más de cuatro deslenguados, que el señor ex-ministro ha movido este zafarrancho de las alhajas palatinas para vengarse de quien tan sin razón le ha despedido del Gobierno...

—Pues la cosa es muy lógica —apuntó Iglesias—: don Juan debe tomar el desquite... Yo en su lugar...

—Usted en su lugar no lo haría, señor don Nicomedes —afirmó Milagro con gran entereza, dando porrazos sobre el papelorio que tenía en la mesa—; porque es usted caballero, ni más ni menos que don Juan Álvarez Mendizábal, y aquí estoy yo para sostener, como lo sostengo, que don Juan Álvarez no es el que ha levantado esta polvareda contra la gobernadora, sino el que se propone arrojar sobre el susodicho polvo un gran jarro de agua. Sí, señores y amigos: ese grande hombre, esa alma nobilísima, le dirá pronto a Su Majestad: "No te apures, hija, que yo, yo, el caído, el despedido, me dispongo a demostrar al mundo que no tienes arte ni parte en esa distracción de las piedras finas de tus mayores. Estate descuidada, que yo pago de este modo los agravios que recibo. Yo, Juan Álvarez y Méndez, caballero que tiene la verdad por Dulcinea, yo, yo... yo lo demostraré".»

Decía esto Milagro con grande vehemencia, dándose un fuerte golpe en la caja del pecho cada vez que pronunciaba un *yo*. Después le ofrecieron un vaso de agua, y apagó, bebiéndolo sin respirar, el volcán de indignación que en su seno ardía.

«No me parece inverosímil —dijo Iglesias— lo que Milagro nos cuenta. Mendizábal será lo que se quiera: un loco, un arbitrista, un hombre de triquiñuelas y de golpes de efecto... pero le tengo por la persona más decente que ha calentado una poltrona ministerial... Por lo que usted nos dice, amigo don José, don Juan le amparará en su cesantía encargándole trabajillos...

—Espero que Su Excelencia no me abandonará. Con eso y mis traducciones daré de comer al ganado de casa. Vean lo que acaba de entregarme el editor don Tomás Jordán para que se lo traduzca:*El último Abencerraje* y las *Cartas persianas*. También llevo números de *El almacén universal*, para traducir articulitos de relleno, que me toma el amigo Mesonero para su *Semanario*, sin perjuicio de las leyendas caballerescas que pienso escribir para el mismo, género que gusta mucho. Ya tengo los *Infantes de Lara* y *La peña de los Enamorados*... Haré tres o cuatro docenas; todo de asunto español, romántico, pero con buen fin.

—Sí —dijo Serrano—: todo torreones, reinas enamoradas, alguno que otro moro, y luego el indispensable laúd, que lo lleva y lo tañe un individuo que en los grabados nos pintan con medias muy ceñidas y unos zapatos de larguísima punta... Señores, yo pregunto cómo se podía andar por los caminos con semejante calzado...»

En las convulsiones de la tos que le ahogaba, seguía diciendo: «Me pongo furioso, furioso... Cuando me quieren hacer creer que hubo hombres... ¡qué barbaridad!... hombres que andaban en tal facha por los caminos... Mentira, mentira todo... Me ahogo... ¡y con laúd a cuestas!...

—Pero, Serranito —le dijo Iglesias, zumbón—, ¿qué nos importa que en la *Edad Media* usaran, para andar de viaje, zapatillas puntiagudas? ¿O es usted de los que no creen en los *siglos medios*? Pues mire, aquí viene Ibraim, morisco auténtico, trasconejado...

—Es un caso de *metempsicosis*, como dice Juanito Donoso.

—Creo yo que este era uno de los que acarreaban ladrillo para la construcción de la Giralda.

—Hombre, no: era la acémila que llevaba los trastos de San Fernando y el cofre de Doña Berenguela, cuando iban de viaje... Chitón, que ya le tenemos encima.»

XIV

Acercábase Ibraim a la mesa, diciendo: «*Cabayeros*...», y al instante empezaban todos a divertirse con su credulidad y falta de seso, encajándole bolas terribles, que ningún estómago, como no fuera el del proceroso castrense, habría podido digerir. Muestra de paparruchas: Aquella misma tarde había junta de rabadanes de la Milicia para acordar el momento preciso de echarse a la calle toda la fuerza popular, proclamando la *Niña bonita*, o sea la Constitución del 12, *el mejor de los códigos*... Ya estaban de acuerdo Quesada, Van Halen, Rodil, el duque de Almodóvar, el de Ahumada y otros generales para secundar el movimiento, fraternizando tropa y milicianos... Se le daría el canuto a Doña María Cristina, constituyendo, no Regencia triple, sino Directorio, formado por don Evaristo San Miguel, Palafox y el divino Argüelles. Luego sería nombrado Palafox *Primer cónsul*... Del general Córdova decíase que se había pasado a don Carlos con parte de su Estado mayor. Olózaga formaría el primer Ministerio del Directorio, con don Eduardo Oliván de ministro de Hacienda, y el Infante don Francisco, de Marina... La Guardia Real se llamaría en lo sucesivo *la Guardia amarilla*, uniformándose de este color... Y el rudo capellán tragaba, tragaba, salvo en los casos de excesiva magnitud del notición que se le quería injerir. Después él, llevando la información a otros círculos, lo trabucaba todo, y hacía unos pistos que corrían por Madrid y llenaban de confusión a los ciudadanos pacíficos. En el fondo no era mal hombre; a su amigo don Pedro no le guardaba rencor por la violenta escena y acometida de marras. Siempre que iba a la *mesa de Solís* preguntaba a Iglesias con vivo interés por el señor de *Jiyo*.

Este no parecía ya por los cafés; pasaba el tiempo en casa, revisando las cartas de la incógnita, y poniéndolas por orden de fechas en paquetitos cruzados con balduque, o bien se iba despacio, solito, por las afueras, meditando en su triste suerte. Sus noches eran casi siempre malas, y las pasaba de claro en claro, sin poder conciliar el sueño. Padecía de un mal que tiene su denominación retórica, como achaque de poetas y de los héroes trágicos y épicos, y consiste en la presencia de personajes imaginarios que hablan, sombras de entes que han existido, y que vuelven a este mundo a manifestar algo de interés para los vivos. A tal forma de personificación llaman los eruditos *idolopeya*. Comúnmente, a don Pedro se le aparecía la incógnita en forma cadavérica, que dejaba entrever su hermosura, y se ponía a decirle cosas... «Me he muerto... ¿No ves que soy difunta?... ¡En buena te he metido, pobre capellán de secano!... Bien hubiera querido evitarlo; pero como me morí tan de repente... ya ves... No puede una dejar de morirse cuando Dios lo dispone... Hice un gran esfuerzo por vivir un poco más, anhelando decirte lo que debía, y librar tu alma de tan grande zozobra, pobre clérigo; pero no pude... y me morí pensando en ti y en él... ¡Pobre Fernando!, ¿qué hará?... Me maldice... Mi alma no halla la paz; la muerte no me ha dado el descanso... Horrible pena, ansiedad sin nombre me hacen insensible a las llamas del Purgatorio. No me duelen las quemaduras: me duele la conciencia... Pedro Hillo, perdóname...» Recitado este parlamento u otro no menos espeluznante, la sombra se iba por donde había venido, y don Pedro se cubría la cabeza con la sábana, tratando de evitar la repetición de la *idolopeya*.

Por fin ¡alabado sea Dios! cuando él menos lo pensaba, tuvieron término feliz las angustias del bendito sacerdote, víctima de su inmensa bondad. La misma tarde en que ocurría la escena de café que poco antes se ha referido, quiso espaciar su ánimo Don Pedro, y tiró hacia el Campo de Guardias, en cuya aridez esteparia estuvo dando vueltas y más vueltas como una media hora, deletreando los cardos y yerbecillas petisecas del suelo, hasta que sintió un deseo, una indefinible comezón de volverse a Madrid y a su casa. Ya caía la tarde cuando entraba por la Puerta de Fuencarral. En la calle del mismo nombre detúvose para comprar papel de cartas, pues tenía propósito de reanudar la comunicación epistolar con los parientes que le quedaban en Zamora; compró asimismo una cajita de obleas, y avivó después el paso hacia su domicilio, pensando en que para distraerse y evitar las *idolopeyas* se pasaría la mayor parte de la noche escribiendo.

Pues, señor: llega mi hombre a la casa de Méndez, y al abrirle la puerta, Delfinita le da el jicarazo: «¡Vaya unas horas de venir! Aquí ha tenido usted una señora esperándole toda la tarde.»

El estupor de don Pedro fue tal, que se le atragantó la palabra. Creía soñar. Añadió la chica nuevas explicaciones, conduciéndole a su cuarto, pues el pobre clérigo no sabía por dónde andaba y se daba de hocicos contra las paredes.

«¡Una señora!... ¿De qué clase?... ¿Gran señora... Mujer... Criada?

—Bien vestida... Muy decente. Madre dice que parece criada de personas muy principales. Cansada de esperar se ha ido, dejando una carta. Mañana volverá por la contestación.

—¡Una carta!... Delfinita de mi alma, no bromees... Por Dios, una luz... ¿Dónde está esa carta?... yo no la veo... No veo...

Entró en el cuarto Doña Cayetana, con el quinqué encendido. *Fiat lux.* ¡Dios poderoso! Cuando don Pedro cogió con mano trémula la carta y vio en el sobrescrito la tan conocida y deseada letra de la incógnita, a punto estuvo de perder el conocimiento. Se dejó caer en una silla. En sus oídos zumbaba la campana gorda de Toledo. «Hijo, no se asuste... —le dijo la patrona—. Le daré una tacita de caldo.»

Por señas, pues hablar no podía, díjoles don Pedro que no quería caldo, sino que le dejaran solo con su carta, con su quinqué encendido, con su sensación hondísima de terror, de júbilo, no sabía de qué... Salieron las hembras, y lo primero que hizo el hombre, la carta sin abrir en su mano fría, fue recoger su espíritu y dar gracias a Dios... Era su letra, su letra, aunque un poco insegura; era ella misma, la divinidad, que o no se había muerto o resucitaba en forma epistolar... ¡Ay! ¡ay!... ¿qué sería, qué diría... qué...? Veámoslo.

«señor don Pedro, mi grande y fiel amigo: No me he muerto, no... Pero si así lo ha creído usted, ¡qué poco ¡Jesús mío! ha faltado para que acierte!... He pisado el negro umbral; he visto la inmensidad eterna... Dios no me dejó dar el último paso, y quiso que atrás me volviera: me mandó vivir algo más, no sé cuánto... presumo que no será mucho... Me sacramentaron... por muerta me tuvieron. No duró menos de tres horas aquel simulacro de muerte. Sospecho que me amortajaron... Volví a este mundo: me encontré de súbito en la compañía de mis penas, por lo que conocí que vivía...

»Notará usted que mi pulso flaquea. Con gran esfuerzo puedo escribir esta, que no será larga, no. Diré no más que lo muy preciso... Manifestado el motivo de mi largo silencio, no necesitaría pedir a usted perdón. No obstante, lo pido. Considero lo que habrá sufrido usted, pobrecito capellán mío, y el sobresalto, la incertidumbre de su alma generosa. Creo yo que me han vuelto a la vida mi ansiedad, el deseo ardiente de hablar con usted, de hablar de Fernando, de proseguir mirando por él y luchando por recobrarle. ¿Le recobraremos? ¡Ay, mi pena es muy honda!... Pienso que ya no le veré más, que ha huido de nosotros para siempre, que se va, que se nos pierde en el torbellino de sus pasiones exaltadas... Quizás tengo yo la culpa, y esto me quita todo consuelo. Quizás mi intransigencia y excesivo rigor le alejan de mí... y no puedo, no puedo resignarme a ello... Al borde del sepulcro, sintiéndome ligada a la vida por un solo pensamiento, vi claramente mi error, y juré enmendarlo en cuanto pudiera. Transijo... Cedo... Cedemos y transigimos, señor capellán. ¡Deshonor, rebajamiento, palabras vanas! Lo que importa es que Fernando viva; que esté, ya que no conmigo, cerca de mí; que yo le sienta próximo; que pueda dirigirle; que yo alimente mi cariño diciéndole lo que se me ocurra, aunque él no me haga caso. Comprenderá usted, señor don Pedro, la formidable razón de este anhelo mío. Nunca quise expresar mis sentimientos con explícita frase: dejándolos velados, como mi persona, me parecía que eran *más míos*... No sé si me explico bien. Pero ya no, ya no más misterios inútiles... ya me estorba la discreción, la delicadeza me es odiosa. Aunque la perspicacia de usted me ha cogido la delantera, yo quiero decirle lo que ya sabe, y así mi pobre alma se descarga de un insoportable peso. Fernando es mi hijo... Y esto que escribo quisiera que él lo leyese, y a él mismo se lo escribiría gozosa, añadiendo: "Hijo de mi alma, perdóname. Reconozco tu independencia; acato tu libre albedrío. Tus amores no me gustan, pero los respeto. Acabemos esta horrenda lucha. Dime tus condiciones, y nos entenderemos".

»¿Qué le parece a usted, mi buen amigo? No estoy para más luchas. Viviré corto tiempo. Depongo mi orgullo, ridiculeces, artificios de clase y de nacimiento, cuyo valor es nulo ante la Naturaleza, ante los afectos elementales. Me resta poca vida. En esta poca vida quiero tener un día, un solo día inefable: aquel en que yo pueda decir a mi Fernando lo que soy para él. Su corazón es noble. Tiene a quien salir. Confío que él hará muy dulce y bello ese día, ese gran día, después del cual pocos han de quedarme.

»¿Y dónde está? ¿A dónde ha ido a parar esa criatura, arrastrada de su vértigo y demencia? Mis noticias son vagas, incompletas; no me fío: no me inspiran los informadores que ahora me sirven la confianza de los que en otros días me comunicaban hasta el respirar de mi querido Fernando... Lo que sí tengo por indudable es que partió de Madrid el día 14 en la diligencia de Valladolid y Burgos. Antes de salir de aquí escribió a su amigote Escosura, que ha vuelto al servicio activo en el ejército de Córdova. Debo rectificar lo que dije en nuestra anterior campaña, respecto al oficialete de Artillería, y al apoyo y protección que daba a las locuras de Fernando. Un error de información me hizo atribuir a don Patricio la culpa de otro tarambana, amigo de los dos, y no menos desordenado en su vida. Espronceda, el poeta de las pasiones violentas, de los ayes de desesperación, cantor de piratas, corsarios y ladrones, fue quien alentó a Fernando a la rebeldía, enseñándole la teoría y práctica de los raptos de muchachas. El que de niño ya conspiraba, fundando los *Numantinos*, sociedad de jacobinismo infantil; el que en unión de otros chicuelos mal educados escandalizó a Madrid con la llamada *Partida del Trueno*, que se divertía en apalear, romper cristales y cometer mil desafueros, no podía inspirar cosa buena a ese ángel echado a perder. ¡Con tal maestro, qué había de hacer Fernando!

»Me consta de un modo indudable que Espronceda le ha incitado a correr tras de la chica de Negretti, calentándole los cascos con la poética al uso, que es en aquellas cabezas destornilladas lo que los libros de caballerías en la del pobre don Quijote. Esto de romper todo vínculo social; esto de despreciar toda conveniencia por satisfacer anhelos del alma soñadora; esto de querer traernos a la vida presente los hechos de generaciones medio salvajes, falaz armazón de dramas y poemas; esto de tomar en serio los delirios de los poetas del día para quienes la vida no es más que una visión de lo pasado, es muy del carácter de Espronceda, a quien yo metería de buena gana en una casa de orates. Su simpatía por Fernando se funda en la comunidad de errores, pues también Espronceda está enfermo de pasión insana, y corre tras de una *Aura* que conoció en Lisboa cuando estuvo emigrado. Por último, mi señor don Pedro, el endiablado cantor de aventureros, cosacos y otras gentes de mal vivir, ha facilitado a Fernando su viaje al Norte, poniéndole en relaciones con un sujeto de historia, que va también hacia allá con fines que ignoro, aunque me da en la nariz que son políticos. Es el tal un sujeto llamado Rapella, natural de Palermo, que hace años andaba por Argel, ejerciendo la medicina; casó allá con una española; vino a Madrid, donde se estableció como cambiante, logrando injerirse en Palacio y ser honrado por Su Majestad con diferentes comisiones, entre ellas la de traer y llevar recados a Nápoles. Él fue quien acompañó a la princesa que vino a casarse con don Sebastián. Pero en lo que más se ha lucido el hombre ha sido en tender hábilmente los hilos de la intriga que ha dado en tierra con nuestro bonísimo Mendizábal. El siciliano servía de correo de gabinete entre Istúriz y la reina, y todas las noches iba al Pardo secretamente, no siempre solo, pues el mismo Istúriz u otros le acompañaron más de una vez. El viaje de este pájaro al Norte paréceme a mí que significa una nueva y desesperada tentativa para el arreglo con don Carlos, mediante un convenio de familia o pastel dinástico, que aún no ha sido puesto al horno y ya huele a quemado. Allá veremos.

»Pues bien, mi querido y respetable Hillo: en compañía de ese intrigante y correveidile salió Fernando de Madrid. Como Rapella lleva salvo-conducto, podrán penetrar en el campo faccioso, en el campo cristino, y donde quieran. ¡Qué cosas vemos en nuestra bendita nación! Ignoro si ese descarriado hijo intimará verdaderamente con su acompañante: me figuro que no, por más que cerca de él desempeña las funciones de secretario, o quizás las de escudero. Esto me enloquece... ¿Y aún no abrirá los ojos nuestro pobre Telémaco?

»Ya no puedo más. El esfuerzo que he tenido que hacer para escribir esta, solo Dios lo sabe. Pero mi voluntad se sobrepone a mi extremada languidez. Después de esta valentía, estoy más sosegada. No, ya no le impulsaré a usted a nuevas aventuras, mi pobre Hillo; ya no comprometeré más su buen nombre, su decoro. Han cambiado las cosas. Transigimos, y ya no es ocasión de decir a nuestro Mentor que se lance por senderos tenebrosos tras de su discípulo. Basta, basta de locuras. Pero si no hemos de perseguirle, pensaremos en averiguar su paradero, para que usted, con su dulce voz de amigo le diga: "Ven, hijo, ven: todo se te perdona y todo se te permite". Y como esto hemos de concertarlo juntos, se acabó el incógnito: me quito la careta. La invisible, la escondida tutora se revela por fin. El misterio es ya imposible. Mi revelación, eso sí, permanecerá como un hecho absolutamente reservado, secreta inteligencia entre usted y yo; no necesito de su juramento para saber que puedo contar con su incondicional lealtad en este punto.

»La persona que lleva esta carta es de mi confianza. Me traerá esta noche su respuesta; todo lo que usted quiera escribirme. Presumo no serán pocas las cosillas que tiene que contarme. No haga usted preguntas de ninguna clase a la intermediaria, porque es la discreción misma, y ya sabe que su única misión es llevar y traer los recados que se le confíen. Por ella sabrá usted el día y ocasión en que ha de verme para que hablemos y dispongamos todo lo que nos dé la gana. Solo espero a reponerme un poco, dos o tres días no más. Me siento muy fatigada; vivo de milagro... Que me escriba, señor capellán; que me diga usted muchas cosas, muchas, aunque sea para reñirme. Adiós, hasta luego.»

Leyó de nuevo la carta don Pedro, más que gozoso alborozado; y aunque la carta no aclaraba por completo las dudas respecto a la condición social de la mascarita, la promesa que esta le hacía de quitarse el velo, que así ocultaba su rostro como su personalidad, motivo era de satisfacción y júbilo. Sin acordarse de comer ni parar mientes en que para este fin capital le había ya llamado dos veces Delfinita, no pensó más que en escribir a la *velada*, pareciéndole poco el papel que al volver a casa se le había ocurrido comprar. «¡Vaya, que no ha sido esta mala corazonada! —se decía sonriente, preparándose de tintero y pluma—. ¿Por qué me dio aquel súpito de comprar papel?... ¿Por escribir a los primos? No, no, no era esto: tres veces les he escrito, y no me han contestado esos tunantes... Fue que yo barruntaba... Lo presentía dudándolo; lo creía temeroso de equivocarme... ¿Qué voz secreta me dijo en la calle de Fuencarral que esta noche necesitaría escribir?... ¿Qué travieso geniecillo...? ¡Oh, no hablemos de geniecillos los que creemos en el Espíritu santo!»

XV

Es ahora forzoso que así el que lee como el que escribe corran en seguimiento del llamado Rapella con toda la celeridad que los medios de locomoción de aquellos calamitosos tiempos permitan. Ello es que como el tal siciliano, argelino, o lo que fuese, y las personas que le acompañan hacia el Norte nos han tomado la delantera en estos endiablados caminos, no hallaremos galeras bastante veloces ni postas bastante rápidas para darles alcance, como es nuestro deseo, en los llanos de Castilla. ¡Y gracias que a todo tirar y a todo correr, reventando un pobre rucio con alas, degenerada descendencia del Pegaso, podemos cazarles en un poblado llamado Gamarra, radicante a corta distancia, por el Norte, de la nobilísima ciudad de Vitoria! Gran dicha fue para los que les perseguíamos que en aquel lugar se detuviesen los viajeros, pues de continuar su camino con la atroz arrancada que traían de Madrid, no les cogiéramos en toda la vida. Recorrido en diligencia el largo trayecto desde Madrid a Burgos, siguieron hasta Miranda en postas que pudieron conseguir con gran dispendio; de allí en carromato hasta la Puebla de Arganzón, donde alquilaron caballerías para llegar a Vitoria, y sin entrar en la ciudad, escabulléndose por las Brígidas y todo el contorno de Poniente, fueron a coger el camino de Bilbao, hasta dar con sus molidos huesos en Gamarra mayor. Detuviéronse allí con el doble objeto de tomar algún descanso y de procurarse medios de proseguir su caminata, la cual no podía ser ni cómoda ni divertida, metiéndose, como era su propósito, en un país en armas, en el cráter mismo de la espantosa guerra civil.

El parador propiamente dicho hallábase ocupado en aquellos días por portugueses de la legión mandada por D'Antas; los viajeros hubieron de albergarse en una casa próxima, casi llena también de soldados lusitanos y españoles, con mayor número de caballerías que de personas. Instalados sin ninguna comodidad, el furibundo apetito les sazonaba la mala comida, y el cansancio les hacía llevaderas las fementidas camas. Allí se les dijo que el país venía padeciendo desde el año 34 la continua invasión militar, alternando facciosos con isabelinos. Toda la Llanada estaba perdida, la labranza muerta, los ganados dispersos; el invierno había sido muy crudo; el deshielo de las grandes nevadas aumentaba extraordinariamente el caudal de los ríos, y al humilde Zadorra se le habían hinchado de tal modo las narices, que ningún cristiano se atreviera con él para vadearlo. Corría ya la segunda quincena de mayo, y aún había copiosa nieve en los altos de San Adrián y la Borunda.

De tres personas no más constaba la caravana que hemos venido persiguiendo, y era jefe o capitán de ella un sujeto espigado y enjuto, en quien podría verse la reproducción exacta de don Quijote, quitando a este diez años, dándole un poco más de carnes, y una ligera mano de belleza y frescura en el rostro. Pero si en la figura recordaba al hidalgo cervantino, en la palabra, dulcificada por el acento italiano, se perdía toda semejanza, y más aún en la expresión y modales, pues aunque de perfecta educación y notable finura, el personaje poseía todas estas prendas sin entonarlas con la gravedad ceremoniosa del gran caballero de la Mancha. El primer rasgo de carácter que sorprendía el observador en el aventurero Aníbal Rapella, al echarle la vista encima en su alojamiento de Gamarra mayor, era la presunción, el cuidado de su persona. Llevaba infaliblemente consigo una cajita con los avíos y menjurjes de la decoración capilar y facial, y ya le cogiera la mañana navegando con mal tiempo en un falucho entre África y Europa, ya en la breve parada de diligencia o carromato, rodando por inhospitalarias tierras, nunca dejaba de consagrar a su *toalleta* una horita larga, cuando menos media hora, en casos de premura. A esta devoción del buen ver unía el siciliano el orgullo de una salud de hierro, de la que hacía continuo alarde, y el apostolado de ciertos preceptos higiénicos que entonces ofrecían novedad. Así, en aquella fría mañana de mayo, entre siete y ocho, le vemos en mangas de camisa, al aire libre, lavoteándose con agua fría en un artesón que pudo procurarse. Y entre la admiración y risa de los que le contemplaban, sostenía, tiritando, que aquello era el puntal de la vida. Lo que hizo después, metido en su aposento, cuya puerta no se cerraba y cuya ventana tenía los cristales rotos, debió de ser largo y prolijo, porque el hombre quedó fresco, refulgente, afeitado con gran esmero, limpio y oloroso; su largo bigote relucía totalmente negro, y en la ropa no se veía una mota. Aún no había terminado, cuando se le presentó el que llamaremos segundo de la caravana, español y navarro, natural de Ablitas, que solo se parecía al escudero de don Quijote en llamarse Sancho (de apellido, no de nombre: Ecequiel Sancho), sujeto de mediana estatura y complexión recia, amarilla la tez, ojos verdosos, y el pelo en escobillón. Habíale mandado el señor con un recado que, por la razón que traía, debió de resultar infructuoso.

«No está el brigadier. Después de recorrer una por una las casas del pueblo, me ha dicho persona verídica que la brigada que manda ese señor no está ya en el ejército del Norte, sino en el de Aragón.

—La brigada podrá estar en otra parte; pero Narváez puede haber quedado mandando otra división. Al menos así se decía en Madrid.

—En Madrid dirán lo que quieran; pero el señor don Ramón María Narváez no está aquí, porque está en Aragón, a no ser que pueda un hombre estar mismamente en dos partes del mundo, Aragón y la Llanada de Álava.

—¡Cuerpo de tal, sí!... Como tú, que estás al propio tiempo aquí y en Babia... ¿Quién te ha dado esos informes?

—Un señor coronel a quien conozco desde que él tenía diez años. Serví en su casa: su madre gran señora; sus hermanos guapísimos. Como hijos de militar, arrimados a la milicia... La señora me regañaba porque en los ratos libres nos poníamos todos, niños y criados, a jugar a los soldaditos. A este le quise más que a ninguno, y el día que salí de la casa lloraba el pobrecico... yo también lloré, porque le quería. Era un ángel... La señora nos hacía rezar el rosario de rodillas, y él se ponía junto a mí, haciéndome garatusas... Pues como iba contando, todos los hermanos siguieron la carrera militar... Este...

—¿Quién es?... ¡Acaba de una vez, condenado! —exclamó Rapella dando una patada—. Aburres al Verbo Divino con tus historias.

—A eso iba.

—Quién es, te pregunto.

—Don Leopoldo O'Donnell.

—Acabáramos.

—Decía que todos los hermanos, respirando como la madre por el absolutismo, se han ido a la facción; este es el único que ha dicho: «¡Pues libertad, ea!», y ahí le tiene usted con veintiséis años y ya coronel, propuesto para brigadier. ¡Me da un gozo cuando le veo!... Oiga usted: a los once años ingresó en el *Imperial Alejandro*; a los quince era la misma formalidad, tan gallardo con su uniformito...

—Basta... ¡Si no quiero cuentos, Sancho; si me apestan tus historias! ¿Dónde y cuándo has visto a O'Donnell? Te advierto que es amigo mío; luego nos hemos de ver, y si me cuentas algún embuste o le has contado a él alguna inconveniencia, ten por seguro que lo he de saber.

—Le encontré no hace un cuarto de hora, cuando volvía yo para acá, después de despernarme por todo el pueblo. Salía de su hospedaje, dos casas más arriba, con cuatro oficiales de su regimiento...

—¿Manda *Gerona*?

—*Gerona*, sí señor. Por cierto que el año 34, siendo Leopoldito segundo comandante de la Guardia...

—¡Que no quiero historias, que no quiero historias! —gritó Rapella fuera de sí, esgrimiendo unas pinzas con que se arrancaba algunos pelos que asomaban en su nariz—. Adelante... A lo que te pregunto.

—Pues iba diciendo que en cuanto le vi, me fui derecho a él... ¡Qué sorpresa, qué alegría! Claro que me reconoció, y dijo: «¡Sancho!», así, con... Con confianza... y yo dije: «Niño mío, mi don Leopoldito...» así, con... Con tristeza, porque me acordaba de aquellos tiempos felices, que ya no volverán... Me acordaba de cuando su mamá, aquella respetabilísima y santa señora...

—Sancho, que te pego.

—Voy... voy... Pues hablamos un ratito... le dije que venía al servicio de un señor diplomático...

—Muy bien.

—Y él se admiró... y luego... Nada... Notando yo que quería seguir hablando con sus compañeros, de cosas del servicio, me despedí, y cuando le besaba la mano tuve el buen acuerdo de preguntar por el señor brigadier Narváez, y me dijo lo que consta.

—Vamos, hombre, gracias a Dios que dejas a un lado la paja y vienes al grano. Pues mira, Sancho, corre al instante en seguimiento del coronel de *Gerona*, y el mismo recado que te di para Narváez se lo encajas a él. ¿Has perdido la boleta con mi nombre?... Ahí la tienes: bien... Pues vas, le sueltas la boleta y le dices que deseo hablarle; que me señale, hora y sitio... ¿estás? Corre, Sancho amigo, que necesitamos ganar horas, minutos...»

Salió Sancho presuroso, y el señor Rapella, abreviando los últimos trámites de su complejo tocador, dio golpes con los nudillos en una puerta próxima, diciendo a gritos: «Fernando, hijo, ¿duermes todavía?» Como no recibiera contestación, empujó las mal ajustadas tablas que componían la puerta, y penetró en un camaranchón que recibía la claridad de un tragaluz del tamaño de medio pliego de papel. Allí, entre arcones cubiertos de polvo, sacos de paja y viejos instrumentos de labranza, yacía durmiendo bajo una manta, Fernando Calpena, el cual, si despertó a las voces que daba su amigo, hubo de tardar algún tiempo en vencer el embrutecimiento que un profundo dormir en cuerpo tan cansando producía. Viéndole desperezarse, Rapella le dijo: «Levántate pronto, y vístete y arréglate. ¿Conoces tú a O'Donnell?

—¿Enrique?

—No: Leopoldo.

—No le conozco. A su hermano sí: en Madrid le dejamos.

—Porque verás: tropezamos con un grave inconveniente. Mi íntimo amigo Ramón Narváez, con quien yo contaba para que nos proporcionase caballos, no está ya en este ejército. Yo, la verdad, aunque traigo carta para Córdova, no me atrevo a presentarme en el Cuartel general en estas circunstancias...

En el momento de iniciarse un movimiento de avance hacia las líneas de Arlabán, no me parece oportuno dar a conocer que vamos al Cuartel de don Carlos.

—Sí: podrían creer que llevábamos noticias de los movimientos del ejército cristino —dijo Calpena sacudiendo la pereza—. ¿Y en efecto, se mueve Córdova?... Yo creí que soñaba, oyendo desde antes del alba cornetas y tambores... Soñé, ¡qué desatino! que debajo de mi jergón se estaba dando la batalla de Bailén, y que no la ganaba Castaños, sino Mendizábal. Ya ve usted qué desatino...

—Intentaré entenderme con O'Donnell: le trato poco; es muy frío; parece un reverendo inglés. ¿Y a quién conoces tú en el ejército?

—A muchos. Pero con encontrar a Patricio de la Escosura, tendremos lo que queramos.

—Facilillo es hoy cogerle. *¡mali pri mia!* —dijo Rapella, lanzando una exclamación siciliana—. Ya siento que no entráramos en Vitoria.

—Si el ejército se pone en marcha, será como buscar una aguja en un pajar. ¡Fuera pereza!... ¡Ah! También conozco a Juanito Pezuela y a Ros de Olano.

—Pues anda, hijo, anda, y mientras tú brujuleas por un lado, yo procuraré conquistar la fría voluntad del coronel de *Gerona*, y buscaré a Malibrán, grande amigo mío, y a Pepe Concha. También está en el Cuartel Real Mariano Girón, el hermano del duque de Osuna; a los dos les trato... Pero no es prudente que nos vayamos tan a fondo. Procurémonos tres caballerías, aunque sean de desecho, y escapemos hoy mismo por el camino de Villarreal, donde, según lo que allí nos digan, tomaremos la dirección más expedita para colarnos pronto en la mismísima Corte del señor Pretendiente.

XVI

Arreglose Fernando a toda prisa, chapuzándose en agua fría, que el mismo Rapella con todo su empaque, le trajo en un cubo, y al cuarto de hora ya corrían los dos por las calles del pueblo, inquiriendo y tomando lenguas en busca de estos o los otros amigos. El don Leopoldo recibió al italiano en medio de la calle con glacial cortesía, y a las primeras de cambio, hubo de oponer a su pretensión reparos y dificultades que equivalían a una cortante negativa. Así lo comprendió el otro, y como hombre agudísimo, de larga vista social, no insistió, absteniéndose al propio tiempo de preguntar cosa alguna que trascendiese a movimientos de tropas. Con astuta diplomacia, no ocultó al coronel que llevaba al Cuartel de don Carlos una misión reservada cerca del Infante Don Sebastián Gabriel: «Arreglos de familia, ciertas negociaciones, ¿me entiende usted? para las cuales llevo poderes de Su Majestad el Rey de las Dos Sicilias, de la princesa Carolina... y de otras elevadísimas personas... Asunto que, si bien de carácter doméstico, podría influir grandemente en la cosa pública, en la guerra, en la paz...» Oyó estas historias don Leopoldo con flemática atención, sin demostrar un interés muy vivo en tales componendas. Era un chicarrón de alta estatura y de cabellos de oro, bigote escaso, azules ojos de mirar sereno y dulce; fisonomía impasible, estatuaria, a prueba de emociones; para todos los casos, alegres o adversos, tenía la misma sonrisa tenue, delicada, como de finísima burla a estilo anglosajón. Despidiose, al fin, cortésmente del estirado Rapella, dejándole en extremo descorazonado. ¡Ah, si estuviera allí Narváez, aquel temperamento ardiente, imperioso, altanero, gran servidor de sus amigos! Para las situaciones de grande apremio, había puesto Dios en el mundo a los andaluces, con toda la vehemencia de sus afectos y todo el fuego de su torera sangre.

Más suerte tuvo don Fernando, que a fuerza de huronear, metiéndose en los grupos de oficiales que a lo largo de la carretera encontraba, dio al fin con Ros de Olano, que a caballo venía con Pepe Cotoner. Grande y placentera fue la sorpresa de los simpáticos jóvenes al encontrarse en el propio teatro de la guerra a un disperso amigo de Madrid, con quien habían alternado *en los dorados salones*, como solía decirse. Los interrogatorios fueron festivos y breves por una y otra parte, pues no era ocasión de entretenerse en extensos relatos. Formuló Calpena la pretensión suya y de su compañero Rapella, a quien de nombre conocían los otros por la fama de su metimiento en Palacio, y no respondieron dando esperanzas de una fácil solución. Cuando les notificó que iban al Cuartel de don Carlos, mostraron inquietud y asombro; pero Fernando se apresuró a quitar por su parte todo matiz político a tan desatinado viaje, diciéndoles: «El objeto de mi compañero es un asunto de la Familia Real, cosas del Rey de Nápoles y del Infante don

Sebastián; el objeto mío es apoderarme, por la fuerza o por la astucia, como pueda, de una mujer, de mi novia, que me ha sido robada infamemente. Es huérfana, señores: ¡cuidado!; se la disputo a un tutor, como en las comedias que ya están pasadas de moda.» Acogida fue tal revelación con grandes risotadas, y para predisponerles más a su favor, encareció Calpena los peligros el dramático misterio de la aventura que emprendía sin auxilio de nadie, y en la cual, puesta resueltamente toda su voluntad, no veía más que dos términos: la victoria o la muerte. Imaginaciones lozanas, espíritus juveniles y entusiastas, que adoraban el bien y la belleza, Ros y Cotoner manifestaron a Fernando una simpatía ardorosa, y a este, que no a otro resorte, debieron los expedicionarios la solución de la dificultad en que les puso la ausencia del brigadier don Ramón Narváez.

A la hora y media de este coloquio de Calpena con sus amigos en medio del camino, él a pie, los otros a caballo, recibieron los viajeros dos magníficos jamelgos cojitrancos y un mulo lleno de mataduras, que les parecieron bajados del cielo, y las más gallardas cabalgaduras que habían visto en su vida. No quisieron entretenerse allí, temerosos de que se las quitaran, y tomando a toda prisa un par de bocados y algunos tragos de vino, picaron espuela por el camino de Villarreal; Rapella y Fernando caballeros en los rocines; Sancho, con las maletas en el matalón.

Mientras estuvieron a la vista del pueblo no iban muy tranquilos, y arrimaban espuela y látigo a las caballerías para ponerse pronto a la mayor distancia; después aflojaron, porque harto les significaban las pobres bestias que por su edad y achaques no estaban ellas para largos trotes. En todo el día, nada les aconteció digno de referirse. A la caída de la tarde, merendaron de los abastecimientos que el precavido Sancho había cuidado de recoger en el parador, y a eso de las siete les dieron el alto las avanzadas carlistas. Como iban con toda seguridad, pues Rapella llevaba pasaportes y salvoconductos expedidos por quien podía hacerlo, y además cartas para Villarreal, Guergué y otros a quienes personalmente conocía, nadie les molestó, y siguiendo hacia el interior del Estado faccioso, franquearon, con ayuda de un guía del país, un alto monte hasta dar en un caserío próximo a Arechavaleta, donde se aposentaron y durmieron unas tres horas. Al siguiente día continuaron su marcha por laderas pobladas de bosque, hasta salvarla divisoria entre los ríos Deva y Aránzazu por Beloña, y a media tarde vieron bajo sus pies las torres y chapiteles de la noble Oñate, en la cual hicieron su triunfal entrada a punto de las seis.

Como a tal hora volvían a sus viviendas innumerables paseantes, la entrada de los tres viajeros en la capital del absolutismo por la calle *Zarra* fue objeto de gran curiosidad y sensación. Los grupos de clérigos y señorones se paraban a contemplarles; los chiquillos corrían tras ellos; en ventanas y balcones asomaban las mujeres sus lindas caras. El tipo de caballero noble que a Rapella distinguía, la juvenil elegancia de Calpena, motivo fueron de comentarios, que corrían de boca en boca con la rápida transmisión propia del ambiente social de un pueblo aislado en que moran la ambición y la ansiedad. Favorables a los viajeros eran las opiniones que a su vista se formulaban aquí y allá, y el que menos les tenía por aristócratas castellanos o andaluces que venían a rendir pleito homenaje a la Majestad del Rey legítimo. Los más avisados creyéronles extranjeros, plenipotenciarios de alguna de las cortes del Norte, que llegaban con mensajes y quizás con dinero. «Para mí —decía apoyándose en su bastón de puño de oro el señor don Francisco Bruno Esteban, canónigo dignidad de Osma y teniente vicario general castrense—, vienen de parte del Rey de Prusia, y traerán un par de millones cuando menos, que de este envío y de tal plenipotencia hubo noticias no hace dos semanas.

—No hay nada de millones ni de prusianos —afirmó el Ordenador, jefe de la Hacienda militar y civil, señor Labandero—. Si acaso, traerán buenas palabras... Me da en la nariz que son de la familia del entusiasta, del generoso conde Roberto de Custine. ¿No notan ustedes el tipo de caballeros a la antigua?

—Ya lo hemos notado —dijo el orondo Don Tiburcio Eguiluz, Superintendente general de Vigilancia Pública—. Para mí, no es otro que el vizconde de la Rochefoucauld Jaquelin.

—Hombre, me parece que está usted soñando, señor don Tiburcio.

—Ya veremos quién sueña...»

Por indicación de Sancho, que conocía la localidad, apeáronse junto al Ayuntamiento, a la entrada de la calle *Barria*, frente a la iglesia de San Miguel, la mayor y principal del pueblo. Allí les era fácil tomar lenguas de la mejor posada para los señores y de un parador para las caballerías. Viéronse al punto rodeados de diversa gente. Militares, paisanos, viejos, chiquillos y algunos clerizontes, se abalanzaban a ellos deseosos de servirles con la tradicional afabilidad vascongada. Sin que lo preguntaran, se les indicó el palacio de Artazcos, residencia de Su Majestad, quien aquel día se encontraba en Elorrio. Al oír esto, mostrose Rapella muy contrariado; pero habiéndole dicho los circunstantes que Su Alteza el Infante don Sebastián permanecía en la villa y que residía en la Universidad, exclamó gozoso y enfático el siciliano: «No podía Su Alteza, mi grande amigo, albergarse más que en el propio templo de la sabiduría.»

Resolvió entonces entrar en una tienda de licores y pasteles que vio en el costado de la plaza, sin que le moviera otro propósito que librarse del enjambre de curiosos impertinentes y de chiquillos pegajosos, y allá se colaron también dos señores capellanes, extremando su cortesía. «El mayor obsequio que pueden hacerme los que tan atentos se muestran, es llevar al Serenísimo señor Infante un aviso de mi parte. Basta con decirle que ha llegado su amigo Rapella y que desea pasar a ver a Su Alteza en cuanto este se digne señalar hora para recibirle.» No habían transcurrido quince minutos cuando a sus oídos llegaba esta grata respuesta: «Su Alteza acaba de entrar de paseo, y dice que le espera a usted ahora mismo.»

—Ya sabía yo —dijo reventando de satisfacción el siciliano y dándose un tono tremendo entre aquella gente—, ya sabía yo que me recibiría sin pérdida de tiempo. Tú, Fernando, espérame aquí. Si Su Alteza me convida a cenar, como espero, te mandaré recado. Entre tanto, busca por ahí, en lugar céntrico, un buen alojamiento para los tres.»

Y partió al instante con un capellán por cada lado y detrás un reguero de gente diversa. En la puerta de la repostería dieron a Calpena razón de un alojamiento próximo, añadiendo que tenían que resignarse a vivir con alguna estrechez por estar Oñate lleno de gente forastera, con tanto empleado y tanto señor de oficina. Más que en la comodidad del pupilaje, el pensamiento de Calpena se fijaba tenaz en el capital asunto que embargaba su ánimo, y al punto empezó a formular preguntas: «¿Conocen ustedes a un señor don Ildefonso Negretti, que ha venido a la contrata de armas y municiones?

—¿Cómo dice usted...? ¿Negretti? El nombre no me suena. ¡Vienen tantos, unos a proponer pólvoras, otros armas, otros provisiones de boca! ¿Es por casualidad francés?

—No, pero quizás lo parezca. Ha venido con él una sobrina, hermosa joven, morena.

—Ya sé quién es: bajito, la ceja corrida; mira un poco torcido. Trae consigo una vieja y una señorita que parece tísica.

—¡Tísica! No puede ser, a menos que... —dijo Fernando en la mayor confusión—. A ver, denme las señas de esa enferma. Puede una salud robusta desmejorarse rápidamente con los malos tratos.

—Una damita flaca —dijéronle en vasco mal castellanizado—, con el pelo de color de cola de buey.

—No, no es esa... En fin: llévenme, si gustan, al alojamiento que crean mejor, y ya emprenderé mis indagaciones con toda calma.»

Dos angelones como de doce a catorce años, guapines, rubios, cuyos rostros infantiles mostraban ya la seriedad y aplomo de la raza, le guiaron a la posada, de la cual era patrona la madre de uno de ellos, el más tierno, de aficiones militares, según contó a Calpena. El otro, en quien ya la voz llueca manifestaba el paso de niño a hombre, estudiaba para cura, y por de pronto, aprendía música con su padre, organista de la Iglesia mayor, y cantaba con él en las funciones. Hallábase la hospedería en una calle estrecha que pone en comunicación la *Barria* con la de Santa María, y sale frente al torreón viejo del palaciote de Artazcos, morada del Rey absoluto. Buena era ciertamente la tal casa; mas en días de tanta aglomeración resultaba estrecha, incómoda, y los huéspedes vivían en ella como sardinas en banasta, acomodándose cuatro en estancias donde tres no habrían tenido suficiente holgura. A Calpena le metieron en una alcoba donde moraban dos señores: un capellán nombrado Ibarburu, que del servicio castrense pasó a desempeñar la secretaría del*Despacho de Gracia y Justicia*, y un teniente coronel, impedido de una mano, que prestaba servicio burocrático en la *Junta Provisional Consultiva de Guerra*; llamábase Cerio, y era hombre muy vehemente, la pura pólvora, de un optimismo delirante. Con ambos trabó conversación y amistad Calpena en cuanto se instaló, y en la cena, servida a punto de las ocho, con lentitud y apreturas, por ser corta la mesa para veinte que a ella se sentaban, oyó mil noticiones y el animadísimo platicar de toda aquella gente. Entre los comensales descollaba como número uno de los habladores el tal don Ceferino Ibarburu, y metían bastante bulla don Teodoro Gelos, médico de cámara, vocal de la *Junta Superior Gubernativa de Medicina y Cirugía del Ejército*; don Juan Francisco de Ochoa, Intendente, y el señor Sureda, Gentil-hombre de Palacio.

«¡Menuda paliza se habrán llevado a estas horas! —dijo Cerio, el incorregible soñador de triunfos—. Y si no se la han ganado todavía, se la ganarán mañana.

—¡Vaya con las gracias que quiere hacer el sr. De Córdova! —dijo Ibarburu—. ¿Pues no se le ocurre al niño querer tomar las alturas de Arlabán?»

Una carcajada burlona corrió de boca en boca por toda la mesa, y el señor Gelos, que se preciaba de táctico, aseguró que las alturas de Arlabán no las tomarían los cristinos ni con doscientos mil hombres. «La desgracia que tuvimos en enero en aquellas posiciones, cuando las ocupó Narváez, fue por sorpresa...

—Como que entonces no nos cuidábamos de aquella posición —indicó el Intendente—, y ahora la hemos fortificado. Es un hueso muy duro, donde se dejarán los dientes esos señores si intentan roerlo.

—Pero hablamos aquí sin conocimiento de causa —dijo Ibarburu emprendiéndola con las habichuelas—. ¿Quién asegura que los cristinos van contra Arlabán? Entiendo que el objeto de Cordovita es una simple demostración militar hacia la Borunda. Este caballero (*señalando a Calpena*), que acaba de llegar de Vitoria, nos dirá si las tropas enemigas se dirigían hacia la Barranca o hacia las lomas de San Adrián.»

Declaró Fernando que a su paso por Vitoria, él y sus compañeros de viaje habían notado movimiento de tropas, sin poder precisar qué posiciones tomaban los cristinos ni a qué lugares, para él desconocidos, se dirigían.

«¿Pero el señor viene de Castilla? —dijo el Gentil-hombre Sureda mirándole con su lente, pues era algo cegato, de formas corteses y un tanto atildadas, calvo, muy limpio, prototipo de figura palatina para desempeñar un papel decorativo junto a los candelabros y mesas barrocas—. Yo entendí que estos señores diplomáticos venían de Francia, y me dijeron que traían la estafeta de Viena y Berlín. Dispense usted. No es que yo pretenda saber cuál es su misión. Ya sé que el otro señor ha sido invitado por Su Alteza.

—Es, según oí —apuntó Ibarburu—, napolitano, persona ilustradísima, que en Madrid ayudaba al señor Infante en sus investigaciones arqueológicas.»

A todo asintió Calpena con medias palabras. De pronto, el médico Gelos, con notoria grosería, se dejó decir: «¿Y qué...? ¿Nos traen ustedes *conquibus*? Porque para palabras bonitas, excusaban de venir... Dispense... Aquí somos muy francotes. Hace tiempo nos están mareando con el emprestito de Turín, que hoy que mañana... Pero el tiempo pasa, y *la mosca* no parece. Cuando vuelva usted a las Cortes de Europa, señor mío, bien puede decir a esos caballeros que ya basta de protección platónica; que aquí luchamos por la causa de todas las Potencias, por los Tronos legítimos, contra las revoluciones y el jacobinismo, y que deben ayudar a nuestro excelso Rey, no con *metáforas* floridas, sino con metálicas razones... *por cuanto vos contribuisteis*... pues así venceremos más pronto... Digo más pronto, porque de todos modos, tarde o temprano, la victoria es segura. Está decretada por el Altísimo, y a donde no lleguen las valientes tropas de Su Majestad, llegará la intercesión de nuestra generalísima invencible, la Virgen de los Dolores.»

XVII

De aquel inoportuno y desconsiderado Gelos se contaba que había sido barbero, luego maestro de cirugía menor, pasando a titularse doctor en Medicina por una serie de transiciones lentas. No carecía de habilidad empírica; teníale el Rey por un sabio, y puso en sus manos la asistencia de los heridos de su ejército: fue de los enviados desde Durango a la cura de Zumalacárregui, que resultó indocta, tardía, funesta. Distinguíase Gelos en el Real de don Carlos por sus opiniones intransigentes; militaba con rabioso entusiasmo en el partido zaguero, arrimado a las violencias absolutistas, a la cacería y exterminio de liberales, partido en quien la barbarie no era inferior a la candidez. Llamábanse los tales *netos, puros*, y su ridículo y brutal fanatismo ocasionó el*menoscabo y vuelco* de la Causa, como diría el historiador Mor de Fuentes. Entre los netos y las principales figuras del ejército Real latía una guerra honda, que se manifestaba en la superficie con el tiroteo continuo de acusaciones solapadas. Los valientes jefes de división, sucesores de Zumalacárregui, detestaban a la camarilla, haciéndola responsable de todas las desdichas. En cambio, los puros, en cuyo negro enjambre descollaba la frailuna personalidad de don Juan Echevarría, tenían por traidores a Villarreal, Gómez, Zaratiegui, soldados valientes que habían ganado palmo a palmo el terreno donde Carlos V pretendía establecer un ridículo simulacro de organización política y administrativa. Era un Estado de papel, compuesto de denominaciones enfáticas, burocracia sin materia administrable, palaciegos sin palacio, intendencias sin dinero, ministros con las carteras y las cabezas totalmente vacías.

En la *posada de Iriarte*, que así llamaban al hospedaje de Calpena, marcábanse claramente los dos partidos, pues si Gelos y Ochoa se preciaban de facciosos a machamartillo, Sureda, Cerio, el mismo Ibarburu y la mayoría de los demás huéspedes no veían con buenos ojos la insolente preponderancia clerical; reconocían la lealtad y bravura de los militares, y mostrándose devotos de la Virgen, y asistiendo con edificación a todas las funciones de iglesia a que les llevaba la santurrona piedad del Rey, fiaban, más que en los rezos y letanías, en el poder de las armas, en el eficaz aprovisionamiento de las tropas, en la política seria, dirigida con templanza y arte mundano. A menudo, en las conversaciones de la mesa salían a relucir estas diferencias, atemperándose los disputadores al tono forzosamente grave y al matiz opaco de aquella sociedad, donde eran mal mirados los que hablaban demasiado fuerte, y tachados de masones los que proferían palabrotas picantes.

«Si el señor Gelos me lo permite —dijo con exquisita finura el palaciego Sureda, echando vinagre en su plato de judías verdes—, indicaré que de los empréstitos y de levantar fondos en el extranjero se cuidará nuestro gran ministro don Juan Bautista Erro, que para algo le ha traído de Londres Su Majestad.

—Me aseguró ayer el señor obispo de León —manifestó Ibarburu, impaciente ya por meter su cucharada—, que el ministro trae planes sublimes. Su Ilustrísima y don Juan vinieron juntos hasta la frontera... Es indudable que al salir de Londres dejó el señor Erro ultimado un empréstito de algunos milloncitos de libras esterlinas, *vulgo* monedas de oro de a cinco pesos. No nos saldrá éste grilla, como les salió a los cristinos el tal don Juan Mendizábal, que se vino también de Londres con mucho viento en la cabeza, y luego... ¿qué? Miseria, el inicuo despojo del clero regular, que es un robo, señores; es como sacarle a uno el reloj del bolsillo...

—Yo me alegro, sí señor, me alegro —dijo el señor Gelos, congestionado de tanto comer, y aflojándose el dogal que la servilleta le hacía en el cuello—. Ese escandaloso robo será la mecha que ponga fuego a la mina. Los cristinos, en su satánica demencia, desafían a Dios... ¡le meten la mano en el bolsillo a Dios, señores, para quitarle lo que pertenece a la santa Iglesia!... Me alegro, sí, me alegro, para que vean, para que aprendan los que aún no están convencidos... Hablando de esto, decíame esta tarde el señor Echevarría: es lo único que faltaba para que Dios y la Virgen Santísima estuviesen de nuestra parte... Pues qué, todos esos caudales, ¿de quién son sino de nuestra generala? La piedad se los dio, el Infierno se los quita. Bien, bien: esto nos favorece. ¡Imagínense ustedes la cólera de Dios cuando haya visto!... ¡Están locos, locos!... y nosotros más locos todavía, si no nos aprovechamos de estos desaciertos del masonismo, abandonando los enjuagues y paños calientes, para marchar decididos al exterminio de la impiedad, de la revolución.

—Muy bien: así habla un devoto fiel de la Religión y el Trono —dijo, al extremo de la mesa, uno que se ocupaba en partir nueces para sí y los inmediatos, y era un antiguo guerrillero cojo, empleado en la *Superintendencia de Vigilancia Pública*.

—Yo no me meto en dibujos —declaró Cerio, comiendo también nueces, único postre que había—, ni entiendo de si se deben llevar las cosas por lo blando o por lo duro. No pienso más que en el pie de paliza que a estas horas habrá dado Villarreal a Cordovita.

—¿Pero se ha roto el fuego ya? No hemos oído tiros.

—Yo, sí. Esta tarde, viniendo de paseo por el camino de Aránzazu, oíamos un espantoso tiroteo. Y unos viejos que bajaban del monte nos dijeron que ayer rompió el fuego la división de Espartero contra el castillo de Guevara, y que a la primera embestida quedaron patas arriba como unos dos mil cristinos; que uno de los muertos es O'Donnell, coronel del regimiento de *Gerona*, del cual solo han quedado doce hombres.

—Me parece, señor don Matías, que no está usted bueno.

—Hombre, quién sabe, quién sabe... ¿Y dice usted que unos viejos que venían...?

—De San Adrián, a donde fueron a retirar cuatro vacas. Pues sí: Ribero, con su división, atacó por Zuazo de Salvatierra, y toda la caballería que llevaba se precipitó en un barranco, donde ya pueden ustedes figurarse cómo quedaría. Desde aquí estoy viendo yo el montón de huesos de hombres y caballos.

—¡Bonito montón! también nosotros lo vemos, amigo Urra.

—No reírse, señores, no reírse —dijo con gravedad el intendente señor Ochoa—, que bien puede ser verdad lo que nos cuenta el amigo Urra.

—Y aún se ha dicho más —prosiguió Don Matías—. Unas mujeres que venían de Ulibarri Gamboa contaron que reventó un cañón y mató a Córdova, entrándole un casco por semejante parte, con perdón...

—También cae dentro de la jurisdicción de lo posible —dijo don Teodoro Gelos—; pero hasta que no venga el parte, pongamos en cuarentena rigurosa todos esos barrancos llenos de caballería muerta, y esos cañones que se hacen añicos tan oportunamente... Como yo soy de los que creen en la Providencia... ¡y lo digo muy alto!... En la justicia divina... No me río de esas noticias... las oigo y espero.»

El tal don Matías Urra, infeliz veterano del absolutismo, había comenzado su carrera gloriosa en la Regencia de Urgel y en el servicio privado del barón de Eroles. Emigrado a Francia, volvió a su tierra en calidad de ayuda de cámara del conde Penne de Villemur, el cual le tomó grande afición por su lealtad y esmero en el servicio. Deseando asegurarle un porvenir decoroso, le colocó, siendo ministro de la Guerra de don Carlos, en una humilde posición de Provisiones Militares. Poco después, el señor Arias Teijeiro, prendado de su fidelidad, se le llevó a Gracia y Justicia como auxiliar de Secretaría, cargo puramente nominal, pues le ocupaban en diversos menesteres; tan pronto se le veía en *Correos*, como en la Comisaría de Vigilancia, siempre leal, atento a lo que se le ordenaba, celosísimo por la causa del Rey y la Religión. Queríale todo el mundo en la llamada Corte, y no por humildes eran menos apreciados sus servicios. Hombre sencillísimo, sin pretensiones, con tanta fe en la Causa como en Dios, distinguíase por su actividad en la transmisión de todas las gratas mentiras que eran el consuelo de la *ojalatería* facciosa. No tenía familia, ni más amor que el Rey, por quien habría dado cien veces su inútil vida. A más de poner en circulación mañana y tarde las nuevas fresquecitas de descalabros cristinos, del pánico que reinaba en Madrid, de la figura de la gobernadora, se había constituido en *avisador* de todos los triduos, novenas, funciones mayores, rosarios y demás religiosos actos que en las iglesias y oratorios de Oñate se celebraban, para edificación de las almas y alimento de las esperanzas políticas. El bueno de Urra informaba puntualmente, preguntáranle o no; y dotado de actividad prodigiosa, iba de casa en casa anunciando: «esta noche Desagravios en San Miguel; mañana trisagio en las Franciscanas; en Santa Marina completas y salve, y en Bidaurreta manifiesto y sermón del padre Prepósito de San Agustín...»

Continuó picando la conversación en el candente asunto de la embestida de los cristinos a las posiciones de Arlabán, que unos tenían por cierto y otros no, y al fin, hartos de judías, huevos cocidos, pescado en salmuera y nueces, empezaron a desfilar: los más impacientes y activos resolvieron no acostarse sin ver confirmadas o desmentidas las noticias guerreras que corrían, y para esto no había cosa mejor que dirigirse a los *centros*, donde seguramente habrían llegado partes. «Yo me voy a *Guerra* —dijo uno—, que algo sabrán allí.» «Y yo a Palacio —declaró Sureda—; entro de guardia esta noche.» «Pues yo —manifestó Ibarburu con retintín—, me voy a *Gracia y Justicia*, donde tenemos multitud de asuntos al despacho, y francamente, ni el señor Arias Teijeiro ni yo gustamos de que se aglomeren los negocios.» Gelos se fue a la tertulia del señor Echevarría, al extremo de calle *Barria*, y Matías Urra no se acostaba sin meter sus narices en la botica, primero, y después en casa del señor Vicario, su grande amigo.

Retirose Calpena contento a su dormitorio, porque el trato de aquellos señores, en general afables y comunicativos, dábale esperanzas del pronto esclarecimiento de su magno asunto, y fijándose especialmente en Urra, en quien vio un eficaz correveidile, sabedor de cuanto en el pueblo ocurría, se propuso utilizar con maña su oficiosa complacencia. Rendido de sueño, se acostó pensando que tal vez estaba muy cerca de Aura. Bien podía ser que la enamorada doncella se encontrase a la otra parte de aquel tabique o pared a que su lecho tocaba... Bien podía ser, Señor; y si no era tanta la proximidad, en otro cualquier sitio de la población o de los caseríos del valle se encontraría. Ya la estaba viendo; la sentía respirar, la alcanzaba con su mano... Quedose dormido con esta idea, y toda la noche se la pasó en un sueño, del cual le sacó Rapella muy de mañana tirándole de una oreja. «Levántate —le dijo—, que es tarde y tenemos que hablar. Su Alteza me hizo el honor de invitarme a su mesa. Llegué muy tarde a la posada. Quisieron acomodarme aquí, en catre de tijera; pero yo, por estar solo, he preferido un camaranchón alto donde guardan las ristras de cebollas... Para poder uno arreglarse y hacerse la *toilette*, es indispensable una habitación independiente, por pequeña y mala que sea.»

Notó Fernando, incorporándose para vestirse, que su amigo y jefe estaba ya perfectamente revocado en rostro, cabellera y bigotes, bien cepillado de ropa, limpio y oloroso. Se había sentado a los pies de la cama, por no hallar silla disponible. Ibarburu, en planta desde el amanecer, tomaba su chocolate en el comedor próximo. Cerio dormía entapujado con la sábana, y roncaba.

«¿Y qué tal? —le preguntó Calpena saltando del lecho—. ¿Cómo andamos de negociaciones?

—Chitón. Vístete, arréglate, y en la calle hablaremos. Yo me bajo, que tengo que dar órdenes a Sancho. Te espero en el pórtico de la iglesia. Ponte tu mejor ropa: vas a venir conmigo a ver al Infante, que desea conocerte.»

Antes de veinte minutos se reunían Rapella y Fernando en el pórtico de San Miguel y lo primero que hicieron fue entrar a oír misa. «Aquí, amigo mío —dijo el siciliano—, hay que atemperarse a las costumbres y a la atmósfera levítica del pueblo. Oigamos misa devotamente, y si cuadra oír dos, no será malo.»

¡Miren qué casualidad! Por entrar en la iglesia, se les apareció Urra ofreciéndoles el agua bendita. Calpena se alegró de verle, y afectuosamente le preguntó: «¿Se alcanza esta, amigo don Matías?

—Ya no... —respondió el vejete, deshaciéndose en amabilidad—. Pero entren los señores en la capilla del Sagrario y aguarden un poquito, que va a salir la del señor padre Prepósito.»

Oyeron su misa con gran recogimiento, y a la salida volvieron a encontrarse a Urra, que les embistió amabilísimo: «¿No se quedan los señores a misa mayor?

—Hoy no podemos —dijo Rapella—. Nos aguarda el Infante, y quizás tengamos que ir antes de mediodía a Elorrio a presentarnos a Su Majestad.

—Su Majestad viene esta tarde. Por si no lo sabían, lo advierto a los señores. También les digo que para confesar, la mejor hora es entre nueve y diez. Ahora, ya ven los señores cómo están estos confesonarios. Hoy se nos ha venido junta toda la oficialidad de Artillería, que comulgará después en la tercera misa del Sagrario... Hasta más ver. Al señor Infante le hallarán ahora en misa.»

Salieron, y por hacer tiempo hasta la hora de visitar al Infante y poder charlar a gusto, fuéronse a recorrer el pueblo, que en su pequeñez ofrece bastante interés, por la grandeza y hermosura de sus edificios públicos y particulares. Pasaron por delante de *Palacio*, subieron por la calle de Santa María hasta el camino de Legaspia, donde echaron un vistazo al convento de Bidaurreta, contemporáneo de Doña Juana la Loca; bajáronse luego hacia San Antón, y cortando las calles *Zarra* y su paralela*Ikasola Kalea*, fueron a parar junto al río, no lejos del gallardísimo edificio de la Universidad. En el curso de este largo paseo, sin que nadie pudiera oírle, Rapella expresó a su compañero la pena que sentía por el resultado escaso, más bien nulo, que en la primera entrevista con el Infante habían tenido sus negociaciones. «Has de saber, y esto es reservadísimo, Fernando, que el tal Don Sebastián no se da a partido. Creían allá que con ofrecerle dignidades y honores se le ganaba, y todos nos hemos equivocado de medio a medio. Y no son flojas prebendas las que desprecia o afecta despreciar: Capitán general del ejército español, reposición en el Priorato de San Juan de Jerusalén, categoría de Infante de España con renta fija de medio millón de reales, cesión del Real Sitio de Aranjuez para su residencia y acomodo de museos y colecciones, con la Flamenca y demás... Ya se ve: ha jurado odio eterno a la reina gobernadora, y estos rencores personales son difíciles de reducir. Los que tratábamos al Infante en Madrid por los años del 31 al 33, le teníamos por inclinado al liberalismo templado. Yo frecuentaba su cuarto, con Martínez de la Rosa, con el matemático Vallejo y el humanista Tordera. Veíamos que la ilustración y el trato de los sabios podían en el príncipe más que la tradicional intransigencia borbónica. Créelo, resplandecía *el espíritu del siglo* en derredor suyo, y poco adelantaba su madre, la princesa de Beira, queriendo

114

rodearle de tinieblas... Juró a Isabel, como sabes; todos le teníamos por un decidido campeón de la *angélica* reina, cuando de la noche a la mañana, por piques o disensiones que permanecen veladas en el arcano de la intimidad doméstica, se nos tuerce el buen Infante, prendándose locamente de las ideas absolutistas... Para mí, y esto es reservado, Fernando, reservadísimo, para mí el cambiazo de este caballero ilustre data de los días que precedieron al casamiento secreto de la reina con Muñoz. No vio don Sebastián en los preliminares de este suceso toda la dignidad, todo el decoro que debe acompañar a los actos, a las pasiones mismas de las testas coronadas, y...

—Oí contar... Estas son hablillas de logias y clubs, que quizás no tengan fundamento... pues oí decir que el Serenísimo don Sebastián, príncipe ilustrado, artista, matemático, políglota, reúne a estas prendas una mediana ambición... lo que no tiene nada de particular, pues quien mucho vale, mucho alienta... y debemos presumir que su ambición no se limitaría a los honores del Infantazgo... Soñaba con la Regencia.

—¡Qué disparate! Nunca le pasó a don Sebastián por la cabeza tal pensamiento.

—Perdone usted... Debieron pasarle ese y otros, si no cuando la muerte del Rey, algún tiempo después... ¿me entiende usted?... Al tener noticia del noviazgo, llamémoslo así, de la reina con Muñoz...

—El Infante se puso furioso...

—O se alegró... lo humano es que se alegrara, porque el matrimonio morganático, en rigor de ley, debía inutilizar a Doña Cristina para la Regencia.

—Patraña...

—O realidad. Yo me agarro a la filosofía de la historia, y reconstruyo con elementos humanos un personaje oscuro. El príncipe se alegró, diciendo para su sayo: reina casada, Regenta eliminada. Pero la gobernadora fue más lista; no declaró oficialmente sus nupcias; se entendió con Roma... Manda sus hijos a criar al campo. Ni siquiera figuran sus alumbramientos en el registro de la Facultad de Palacio. En la *Gaceta*, y dentro de las leyes del reino, es tan viuda de Fernando VII como lo era el 30 de septiembre de 1833, a las veinticuatro horas de expirar el padre de Isabel II. De modo que su amigo de usted se vio totalmente chasqueado, y es cosa muy natural y muy humana, que cae también dentro de la filosofía de la historia, que un príncipe, en tal situación de amargura y desengaño, se encariñe con el absolutismo y se lance a pelear por él.

—No conoces a Su Alteza, carísimo, como le conozco yo, ni estás al tanto de los acontecimientos. Déjame que te explique...

—¿Para qué? Doy por verídico lo que usted piensa y quiere contarme, y retiro mi hipótesis, querido Rapella... No es más que una hipótesis. ¿Qué nos importa, ni qué le importa a nadie que don Sebastián ambicionara la Regencia? ¡Si no se la han de dar, ni a nosotros han de darnos nada tampoco por averiguarlo!... Y a propósito, me ha dicho usted que me lleva a presencia de ese señor Serenísimo, y a eso, ilustre Rapella, tengo que oponer una resistencia heroica, porque yo no he venido aquí a ver príncipes más o menos serenos, ni a ocuparme de nada que no sea el interés grande, para mí inmenso, que me ha traído a estas tierras. ¿Qué trato hicimos en Madrid cuando nos reunimos para emprender este viaje? Pues se convino en que yo no le estorbaría a usted en sus negociaciones, y que usted me ayudaría en las mías todo lo que pudiese. ¿Fue eso lo tratado?

XVIII

—Eso fue lo convenido y lo cumplo lealmente —prosiguió el siciliano—. ¡Que si te ayudo! ¿Y si yo te dijera que ya no estoy tan ignorante como tú de la presa que perseguimos?

—¿Sabe usted algo? Por Dios, dígamelo, dígamelo pronto.

—Calma, que estas cosas son delicadas... Déjalo, déjalo de mi cuenta... ¿Pero tú sabes con quién hablas? ¿Te has enterado de que tu amigo Rapella es perro viejo en aventuras de amor? ¿Sabes que tiene sobre su conciencia de galán empecatado media docena de duelos con maridos celosos, burlas sin fin de padres severos o tutores ruines, y como unos diez raptos, dos de los cuales han sido del género novelesco, con escalamiento nocturno, incendio, pistoletazo y fuga a uña de caballo con la hembra a la grupa?

—Eso habrá sido en Sicilia, donde la vida romántica es cosa corriente.

—Eso ha sido en Italia, en España, también en Argel, con la circunstancia agravante del uso de cimitarra y del trato con eunucos y demás gentuza de serrallo. El caso tuyo es una simpleza, una comedia de principiante. Yo te respondo de que antes de tres días, si andan por aquí el tío de su sobrina y la sobrina de su tío, les encontramos, les sorprendemos y cargamos con la niña en pleno Estado absolutista y patriarcal, burlando tíos, clérigos, monjas, alcaldes, justicias, pues en ninguna parte son más fáciles las burlas que en estas sociedades rigoristas, donde se alambica la moral y se extreman las precauciones... ¿Me aseguras tú que la niña desea que la robes, que preferirá escaparse contigo a permanecer bajo el poder de su guardián? ¿Estás seguro de eso?

—Como de mi propia vida.

—¿Es ella valiente, de estas que corren tras el amor, como la mariposa tras de la luz, y que prefieren la quemadura y la muerte al aburrimiento de una vida regular?

—Es animosa, corazón grande, imaginación viva.

—Conozco el género. Pierde cuidado, niño.

—Pero dígame si ha podido averiguar...

—Cállate ahora. Pon tu asunto en mis manos.

—No puedo traspasar mi iniciativa. Si no me dice usted pronto lo que sepa, no le acompaño a la visita del Infante.

—Pues tú te lo pierdes, carísimo; porque si no me acompañas a la visita no te diré nada, y tardarás sabe Dios cuánto tiempo en averiguar lo que quizás sepamos dentro de media hora.»

Calpena se paró en mitad de la calle para mirar fijamente la cara del italiano, que resplandecía de malicia, de doblez; cara de intrigante de oficio, curtido en enredos políticos de camarilla y en tramoyas mujeriles y palaciegas. Su fino sonreír dejaba entrever a Fernando un mundo de historias y una rutinaria destreza en artes que no se practican a la luz del día. Por un momento sintió desprecio del italiano, después miedo. Comprendiendo al fin la inconveniencia de huir de su lado en tal ocasión y en circunstancias tales, determinó seguir el impulso adquirido, hasta ver en qué paraban aquellos misterios. «Pero yo quiero que me diga usted con sinceridad: ¿qué tengo yo que pintar en el palacio de Su Alteza, ni en qué bodegón hemos comido juntos ese señor y yo?

—Es sencillísimo. Su Alteza me preguntó: "y ese joven que ha venido contigo, ¿quién es?". Contesté la verdad: que eres un chico de gran familia, instruidísimo, de una educación perfecta, así en lo moral como en lo intelectual... que posees el latín como Tito Livio y Cicerón, y eres consumado humanista...

—Eh... ¿qué bromas son ésas? Me ha puesto usted en ridículo.

—Que sabes también el griego...

—Hombre, no.

—Algo de griego, le dije... que posees vastísimo conocimientos en Historia y Arqueología.

—¡Ya escampa!

—Hijo mío, la verdad es una diosa muy bonita, que reside en el cielo, y como allá la obligan a estar siempre en cueros, nunca desciende a nuestra pobre Tierra... Es muy vergonzosa. Adorámosla como ideal; pero...

—Pero la realidad nos impone la idolatría del mentir, ¿no es eso?

—Sí, porque siendo mentiroso cuanto nos rodea, si blasonamos de verdaderos, o nos encierran por locos o nos apalean a cada triquitraque. Falso es todo lo que ves, carísimo, y en esta Corte diminuta no hallarás más verdad que en la grande de Madrid; farsa es la religiosidad de la mayoría de estos cortesanos; hipócrita la creencia en el derecho divino de este pobre Rey de comedia; engañoso el entusiasmo de los que mangonean en el ejército y en las oficinas. Solo es verídico el pueblo en su ignorancia y candidez; por eso es el burro de las cargas. Él lo hace todo: él pelea, él paga los gastos de la campaña, él muere, él se pudre en la miseria, para que estos fantasmones vivan y satisfagan sus apetitos de mando y riquezas. No imitemos al pueblo, el gran inocente, el eterno bobo del mundo civilizado, el polichinela sobre cuya joroba recaen todos los palos. Y pues hemos de comer y de vivir y abrirnos paso en el tumulto de esta mascarada, pongámonos la careta. Dime, simple, ¿piensas que la empresa de arrebatar a la mujer que amas es realizable con los procederes de la verdad?

—Eso no...

—Pues entonces déjate conducir. Silencio y entremos a saludar al Infante.»

A este punto llegaban ante el grandioso edificio de la Universidad, fundación del oñatiense don Rodrigo de Mercado, obispo de Ávila. Calpena se detuvo a contemplar la mole gallarda, la elegancia de sus contrafuertes, exornados de exquisita labor plateresca. La acción del tiempo y de la humedad, desgastando aquella hermosa pieza arquitectónica, dábale una pátina musgosa, y espiritualizaba la morbidez pagana de sus líneas. En el portalón había guardia, por estar destinado el edificio, en aquel lastimoso imperio de Marte, a cuartel y oficinas militares. Soldados, oficiales de diversa graduación sin más distintivo que la espada, entraban y salían, y no faltaban los grupos de mujeres y chicos que acuden al reclamo de la milicia activa. En dos de las crujías del claustro bajo, divididas por endebles tabiques, se habían instalado dependencias, designadas sobre las puertas con toscos letreros.

En el claustro alto veíanse también rótulos indicadores de los diferentes ramos del organismo militar, a excepción de la crujía de Poniente, separada de las demás por una cancela provisional, con mampara. Por allí se entraba a la rectoral y biblioteca, y a la residencia del príncipe. Un portero anciano, con casaca amarilla, les introdujo al instante en la biblioteca, donde común-mente recibía Su Alteza las visitas. Era don Sebastián de estatura mediana, tirando a corta, de pocas carnes, el rostro grave y desapacible, con un poco de estrabismo en los ojos, bien afeitado, el cabello compuesto al uso con un poquito de melena ahuecada sobre las orejas, y la raya al lado izquierdo del cráneo. Si vulgarísimo era por su figura, no así por sus modales, de exquisita distinción: digno sin altanería, accesible, cariñoso, conservando siempre la superior postura. Sabía ser Infante de España; sabía sostener su papel de ilustrado, peregrino papel en príncipes, y aun engalanarse con la flor de la modestia, que tan difícilmente se cría en la seca atmósfera de la adulación. Muy grata fue para Calpena la amabilidad con que don Sebastián Gabriel le recibió. Aunque Su Alteza disponía de poco tiempo, les mandó sentarse junto a una mesa atestada de mapas y librotes voluminosos. «Ya me ha dicho Rapella lo mucho que usted vale. Siento que su venida a esta ciudad haya sido en ocasión tan impropia para platicar de cosas de arte, lenguas y litera-tura. También yo tengo mis aficiones; pero la guerra ¡ay! y esta situación de continua inestabilidad, me privan de consagrarme a mis estudios favoritos. Confío en que vendrán tiempos mejores; ya iremos a Madrid, y allí, con toda calma... ¿Verdad, amigo Rapella, que iremos pronto a Madrid? ¿Qué piensa usted?

—Señor —dijo el siciliano inclinándose respetuoso—, puesto que Vuestra Alteza anhela volver allá, solo debo manifestarle que Madrid echa siempre de menos al mantenedor entusiasta de las artes y las letras.

—El señor Calpena —indicó el príncipe con gracia— no cree que vayamos pronto a Madrid; estima en poco la *causa* que aquí defendemos. Se lo conozco en la cara. Naturalmente, tiene sus ideas, sus preocupaciones; trae todo el barullo liberal metido en la cabeza.

—Señor —replicó Fernando con firmeza—, puedo asegurar a Su Alteza que más de una vez, no solo aquí, sino en Madrid, he considerado posible y probable que la *causa*, por una serie de victorias decisivas, vea pronto expedito el camino de la capital de la Nación.

—De eso se trata... —dijo el príncipe con orgullo, y variando al instante de tema, por ser muy de personas reales el hacer grata la conversación cambiándola oportunamente, prosiguió así—: Ya sé que es usted un gran latino.

—Señor, Rapella me quiere tanto, que abulta espantosamente mis pobres méritos.

—Yo también he tenido mis aficiones latinas, y cuando disponía de tiempo y de tranquilidad, los clásicos eran mi delicia. No crea usted, también me permití ciertos atrevimientos; traduje la elegía de Propercio *Ad amicum*...

—Sí, sí... la conozco. Es una en que se queja de que le han robado a su amada, y llora y se desespera. Si no recuerdo mal, empieza así:

Eripitur nobis jam pridem cara puella.

—Justo; y luego dice:

Et tu me lacrymas fundere, amice, vetas...

—¡Ah, Propercio me encanta! También yo, con la presunción, con la audacia que dan los quince años, me metí a traductor... Sí señor: traduje en verso libre la elegía *Hora mortis incerta*.

—¡Oh, sí! —exclamó don Sebastián con júbilo—. Es preciosísima. Comienza:

At vos incertam mortales funeris horam
Quæritis, et qua sit mors aditura via...»

Aún repitió media docena más de versos, gozoso de mostrar su buena memoria, y después, cambiando el tono entusiasta por el quejumbroso, continuó: «Ya ve usted si es triste abandonar los ocios dulcísimos de la buena literatura por esta actividad ansiosa, a que obligan los asuntos de un Estado incipiente, de un Estado en el cual tenemos que crearlo todo, y por el estruendo de la guerra, que siempre es cruel y bárbara aunque sea gloriosa... Desde que llegué a este país, no he podido abrir un libro de los que han sido, en épocas más bonancibles, mi mayor deleite. Encargado por Su Majestad de organizar las Maestranzas de Artillería y de Ingenieros, y de atender a las mil dificultades que ocurren a cada paso por falta de utensilios, de material, de personal idóneo, me paso la vida en un trabajo azaroso, no siempre coronado por el éxito. Verdad que me ayudan hombres inteligentísimos; pero el entendimiento nos da ideas, no la materia para traducirlas en hechos. Hemos podido, a fuerza de tenacidad y de maña, establecer la fabricación de cureñas y montajes; hemos fundido algunas piezas... En fin, no estoy quejoso, y la historia dirá con qué pobres elementos hemos realizado trabajos tan difíciles. Asombra el considerar lo que pueden la inteligencia y la fe, ¿por qué no decirlo? la fe de estos dignísimos oficiales, ayudada por la terquedad vizcaína. Con la fe hemos hecho algo que si no es mover las montañas, se le parece mucho.

—Y entiendo —agregó Rapella con oficiosidad—, que en los proyectiles de obuses no tiene este ejército nada que envidiar al cristino.

—Algo hemos adelantado, gracias a las nuevas máquinas que nos ha traído Negretti...»

Lo que siguió no pudo oírlo Calpena; fue un murmullo, dominado por la sonora y vibrante voz, que aun después de salir de los labios del príncipe continuaba sonando con estruendo: ¡Negretti! Era como un trueno... Tal fue la impresión recibida, que el joven no paró mientes en que proseguían conversando el Infante y Rapella. ¿De qué hablaban?... No lo sabía, ni se curaba más que de aquel Negretti que en sus oídos retumbaba.

121

«¿Es usted aficionado a estas materias, a la balística, a la fundición de metales?

—Sí, señor —replicó el joven impulsado de su gozo ardiente y del deseo de seguir tratando aquel tema antes de que Su Alteza pasase a otro—. Soy muy aficionado.»

Turbose un instante. Comprendiendo al punto que un mentir descarado podría infundir sospechas, se apresuró a *ponerse en la rectitud*, como diría Hillo.

«Dispense Vuestra Alteza mi distracción... quise decir: aficionado a Propercio.»

En efecto: nada más imprudente que mostrar interés y conocimiento en las materias científicas de la Maestranza. Sobre que todo engaño de esta naturaleza sería pronto descubierto, aconsejaba la más vulgar discreción aparecer indiferente a tales trabajos, que sin duda se hacían con cuidadosa reserva, recatándolos de la mirada de gentes extrañas y forasteras.

«Soy enteramente lego, señor —repitió Fernando—, en cosas de milicia y de ciencia militar.»

Y Rapella con seguro instinto acudió a reforzar esta idea, diciendo: «Tenemos aquí a un hombre que desde niño ha ejercitado sus facultades en los estudios históricos y literarios, y fuera de ellos es un ángel de inocencia. Me permitiré hacer una observación. Su carácter altivo y la independencia de que goza son causa de que no haya ocupado aún en la esfera esco-lástica del Reino la posición que le corresponde... Sí, sí, querido Calpena, hago traición a tu modestia, manifestando a Su Alteza que acaricias la ilusión de desempeñar en este apartado pueblo, tan propicio al estudio, el noble ministerio de la enseñanza... No te atreves a decirlo; pero yo sé que ésa es tu idea... Te encanta este honrado país, te empujan hacia acá tus hábitos metódicos, tu carácter apacible; te solicita desde aquí ¿por qué no decirlo de una vez? la atracción que ejercen sobre tu espíritu las ideas de estos ilustres señores y el régimen absoluto. Conocedor de tus pensamientos, porque poseo tu confianza, quiero ser tu órgano de expresión; la facultad de la franqueza que te falta, yo la suplo con mi atrevimiento... Sí, sí, Serenísimo Señor, este joven sería feliz consagrando su vida y su talento a las tareas de la enseñanza en cualquier localidad de la nueva Monarquía... Pues él no lo dice, lo digo yo, que le quiero como a un hermano, y no deseo más que su bien.»

Si a las primeras palabras del siciliano, Calpena vacilaba entre el asombro y la ira, por tan audaz mentir, antes de que Rapella terminase, ya pudo ver Fernando que aquel giro no era descabellado, y podía servir a la buena terminación de su asunto. Con la mirada y una leve sonrisa, prestó asentimiento a la declaración de su amigo, que obtuvo del Infante esta velada respuesta: «Mucho me congratulo de las felices disposiciones y de los deseos de este joven, y por mi parte no he de oponerme a que los realice. Pero le advierto que no soy yo quien ha de decidirlo, pues ello incumbe al señor obispo de León, encargado de la Enseñanza. Para ejercer el profesorado en esta Universidad, la ley exige condiciones que sin duda podrá llenar cumplidamente el señor Calpena, aptitudes y conocimientos bien probados, pruebas también de piedad y de pureza de costumbres. Toda precaución es poca en las circunstancias de un Estado nuevo que quiere ser de todo en todo contrario al Estado caduco y corrompido que tenemos enfrente, y por eso se han establecido los ejercicios de reválida.»

Diciendo esto, Su Alteza se levantó, señal de haber terminado la visita.

«Dispénsenme —les dijo alargándoles la mano, que Rapella besó—. Hoy es día de acontecimientos graves. Es seguro que han atacado nuestras posiciones por San Adrián. Desde muy temprano se oye tiroteo muy vivo...»

Y no acababa de decirlo cuando entraron presurosos dos señores, uno de ellos Cerio, el otro un ayudante de González Moreno: traían noticias, que comunicaron a Su Alteza sin que Rapella y su amigo pudieran enterarse. Las noticias no debían de ser muy buenas, a juzgar por la cara que puso don Sebastián al oírles. Volviose luego a los visitantes, con cierta premura, como queriendo significarles de una manera delicada que tomaran la puerta.

«No debemos entretener más tiempo a Vuestra Alteza —dijo Rapella. Y el príncipe:

—Nos veremos otra vez... Ya sabe el señor... Reválida para la incorporación de grados, pruebas de piedad... Juramento de defender el misterio de la Inmaculada Concepción, de condenar la impía doctrina del regicidio, la absurda soberanía del pueblo, el filosofismo anárquico... Juramento de no pertenecer ni haber pertenecido a ninguna sociedad secreta... En fin, vea la *Gaceta*, decreto del 9 de abril... Adiós, señores...»

XIX

Observaron al salir a la calle grupos de presurosa gente que iba de una parte a otra. Por las palabras sueltas que oían, coligieron que no lejos de Oñate, en las alturas que dominan el valle de Aránzazu, se estaban batiendo cristinos y facciosos. En la plaza eran más compactos los grupos, y de ellos se destacaban clérigos y militares que acudían a *Palacio* y a la Universidad en busca de noticias. No querían hablar Rapella y Fernando de lo que les incumbía hasta no encontrar un sitio solitario; con feliz acuerdo metiéronse en la iglesia, donde había terminado el culto de la mañana, y recorriéndola, como que admiraban los retablos, la espaciosa nave y la capilla en que reposan *los restos* del fundador de la Universidad, sin más testigos que algunas señoras y ancianos entregados a sus rezos y meditaciones, charlaron cuanto quisieron, *sotto voce*, cuidando de disimular al paso de algún sacristán o clérigo rezagado.

«A lo que parece, se están batiendo ahí arriba —dijo Rapella—. ¡Qué bien me vendría que se llevaran estos caballeros una paliza fenomenal! Confío mucho en Córdova y su gente.

—Yo también. ¡Pero si les pegan y se ven obligados a salir de Oñate...!

—Mejor. Derrotados y fugitivos entrarán en negociaciones más fácilmente que envalentonados y triunfantes. ¡Duro en ellos!

—Pues si en mi mano estuviera, yo detendría en este momento la espada de Córdova. Me conviene el *statu quo* para las averiguaciones que pienso emprender esta tarde misma: si está Negretti aquí; si le acompañan su mujer y su sobrina; si no le acompañan; si ha dejado la familia en otra parte; si ha depositado a la sobrina en algún convento...

—Calla, hombre, calla. ¡Si te enterarás al fin de quien es Rapella!... ¡Si cuando tú vas a un punto ya estoy yo de vuelta! Todo eso que quieres saber, ya lo sé yo... ¿Por quién me tomas? ¡A fe que tengo bonito genio para estar tanto tiempo ignorante de lo que interesa a mis amigos!»

La aproximación de un sacerdote que se detuvo en medio de la nave mirándoles atentamente, les obligó a callar.

«¿Quieres saberlo? —prosiguió el siciliano, libre ya del importuno clérigo—. Pues déjame terminar lo que diciendo venía. Para tu asunto es indiferente que evacuen o no evacuen la gloriosa villa de Oñate, porque... vamos, aplacaré tu curiosidad: Negretti está aquí; tu niña, no... Ya te contaré cómo lo supe.

—Cuéntemelo usted ahora.

—Silencio, que nos mira aquel tío gordo que parece un fraile vestido de paisano. Conviene que nos arrodillemos y hagamos como que rezamos un poco... Mucho cuidado con esta gente.

—No me tenga usted en esta ansiedad —dijo Fernando de rodillas, persignándose.

—Repito que para tu asunto es indiferente —prosiguió Rapella dándose golpes de pecho—, y para el mío de gran interés que les arreen a estos caballeros una paliza muy gorda. No encuentro en don Sebastián las blanduras que yo creía: la amistad y el cariño que en Madrid me manifestaba se recatan ahora, se revisten, como si dijéramos, de una capa de desconfianza. Su ambición, que es grande y legítima, no se rinde a los reclamos de allá mientras de este lado tenga flores el árbol de la esperanza. Venga un cierzo que arranque toda la flor del árbol, y la ambición del príncipe no será tan arisca... Pero yo no he venido aquí a negociar solo con don Sebastián Gabriel. Traigo otro grande embuchado para su tío, el Rey absolutísimo, de quien no sacaré jugo mientras esté boyante y entero. Pero si sufre un descalabro y le cojo por ahí, con las manos en la cabeza, entre el barullo de sus soldados fugitivos, cree que se le aplacarán los humos. La Santísima Virgen, su inspiradora y generala, ha de aconsejarle que me oiga, y que acceda a lo que le propondré... Esto es más que reservado, y no esperes que te lo diga.

—Ni me importa saberlo. Lo que ha de decirme usted pronto...

—Voy... Pues supe que Negretti está en la Maestranza por el señor Roa, secretario de Su Alteza, con quien hablé anoche más de una hora de cosas de Madrid, de Oñate y de medio mundo. Aquí, sobre todo, hay materia larga para la historia y la chismografía. Dos partidos que se aborrecen cordialmente, que sin cesar se vituperan, se calumnian, tirándose al degüello, minan el suelo del flamante Estado absolutista, y el mejor día vendrá el terremoto que todo lo convierta en ruinas. Pero vuelvo a tu asunto.

—Por Dios, sí... Me tiene usted en ascuas. ¿De modo que el señor Negretti está en la Maestranza?

—Y la Maestranza en la planta baja de la Universidad. Hemos pasado junto a esta oficina cuando subíamos a ver al Infante.

—¡Ay! ya me lo dijo el corazón... Allí trabaja Negretti, allí estudia. ¿Acaso vive allí?

—Eso no lo sé. Lo que sí puedo asegurarte es que tu niña no está en Oñate. No se separa de ella la mujer de Negretti, que es una vascongada como un castillo. Hasta hace unos días hallábanse en Durango; pero tu Aura se puso malucha, calenturas leves, anginas, no sé qué, y su tía se la llevó a un pueblo de la costa.

—¿Cuál? ¿Qué pueblo es ese?

—El nombre no me lo dijo Roa; pero lo sabremos, descuida.

—Salgamos de aquí. Me ahogo en esta iglesia.»

Echaron un vistazo al claustro y salieron por él a la calle, Rapella deseando noticias; Fernando ávido de aire, de ver cielo y luz. La opresión de su pecho no le dejaba respirar. Halláronse en aquella parte de la plaza donde está cubierto el río, el cual corre un buen trecho por cauce abovedado, metiéndose por debajo del claustro de la parroquia. En los pórticos de esta, y en el ángulo que forma con la mole del claustro, hallaron mucha gente, grupos en que se condensaba la ansiedad, la avidez de noticias. Allí, mirando a *Palacio*, residencia del Rey (en aquel día ausente), mirando al Ayuntamiento, donde estaban el *Principal*, el Estado mayor y además la oficina del llamado *Ministerio Universal*, los pobres *ojalateros* ponían su alma en el suceso del día. En el centro del más nutrido grupo un clérigo alto y bastote exclamaba, abriendo los brazos: «¡Si no puede ser, Señor, si no puede ser! Conozco aquel terreno palmo a palmo. Conozco las fortificaciones de Arlabán como si las hubiera parido, y declaro que son intomables.

—Eso mismo sostengo yo —dijo otro en quien reconoció Calpena a uno de los huéspedes de su posada—. Si la acción ha sido en Salvatierra, ¿cómo es posible que los nuestros hayan dejado desamparado San Adrián?... No puede ser, no puede ser.

—Para mí —apuntó un tercero, que era el mismísimo señor Modet, personaje en otros días de gran valimiento, entonces en desgracia—, de lo que ha tratado Córdova es de apoderarse del castillo de Guevara. Por aquella parte sonaba el gran cañoneo. Llevaban tren de batir.

—¡Pero si acaban de decirnos... y esto es para volverse uno loco... que Espartero marchaba a las diez de Salvatierra hacia acá, como en dirección de Elguea! No puede ser, no puede ser.»

Y con el *no puede ser* lo arreglaban todo. Metiéndose Rapella en el grupo con la oficiosidad urbana que sabía gastar como nadie, les dijo: «Permítanme una observación, señores... y esto no es discurrir por conjeturas; es fijar los hechos, hechos indudables que yo he visto. Vengo de los altos de Aloña, y puedo asegurar que se distinguen perfectamente los batallones de Su Majestad corriéndose desde San Adrián hacia Poniente. ¿No es lógico ver en este hecho una hábil estratagema de Villarreal para caer sobre la retaguardia del enemigo y destrozarla?

—Cabalmente: tal era mi idea —dijo muy orgulloso el clérigo, que no era otro que el propio Echevarría, alma del partido neto—. Y si Villarreal no ha hecho eso, ¿de qué nos sirve? ¿De qué le ha servido la escuela de don Tomás? No basta decir: "Me bato, soy valiente". Un general en jefe es una cabeza, señores, una cabeza que a cada momento debe inventar algún ardid para engañar al enemigo.»

Y un señorete pequeñín, agobiado bajo el peso de un disforme sombrero de copa, sujeto de circunstancias que desempeñaba en Gracia y Justicia el negociado de *Títulos del Reino*, expresó con biliosa amargura una triste opinión: «¡Pero si aquí no tenemos cabezas, en lo militar se entiende!... ¡Si las que parecen llenas las guardamos en casa para simiente, y mandamos a la guerra las vacías!

—Prudencia, amigo Barbáchano, y vámonos en busca de la puchera, que es hora. Esta tarde sabremos la verdad, y Dios y la Virgen nos la deparen buena.»

Saludáronse, y disuelto el grupo, Rapella y Fernando se fueron a comer a la posada. En la mesa no se hablaba más que del militar suceso, que cada cual arreglaba a su gusto, tirando siempre a la favorable. El bueno de Urra llegó hasta el delirio. «Puedo asegurar como si lo hubiera visto, señores, que esta mañana, a eso de las ocho, Espartero iba en desorden hacia Ulibarri Gamboa, perseguido por Simón de la Torre... Y me consta también, ¡oído!

me consta, que el *Requeté* embistió solo a cuatro batallones, matando todo lo que quiso, y que quedó sobre el campo un O'Donnell, coronel de *Gerona*, y la flor de la oficialidad cristina...»

No producían los optimismos de Urra, expresados con vivísima fe, el entusiasmo de otros días, pues por entre las encontradas noticias y opiniones flotaba en el espíritu de todos una sombra negra, el presentimiento de un revés, cuya importancia no podía calcularse aún. Gelos, bilioso y cejijunto, había perdido el apetito, mostraba desconfianza de Villarreal, y no se recataba de sostener que fue gran disparate quitar el mando a Eguía, cuyo único defecto era el carácter arrebatado, las palabras violentas. ¡Caramelos! que blasfemase alguna vez, bregando con soldados, no quería decir que fuese descreído. Al contrario, era hombre muy pío, soldado de Dios, incapaz de transigir con la revolución usurpadora. De otros no se podía decir lo mismo, y... Más valía callar.

Hizo gala el señor Rapella, en todo el curso de la comida, de su exquisita urbanidad, y para cada uno de los comensales tuvo una frase grata. Manifestó que se abstenía delicadamente, porque así se lo ordenaba su carácter diplomático, de expresar opiniones de *política interior* y del *giro de la campaña*, aunque *hacía votos* porque el Altísimo bendijera las armas de Carlos V. Buscó y halló coyuntura para deslizar en la conversación algunas ideas que enaltecieran su personalidad a los ojos de aquellos inocentes funcionarios de un reino ilusorio. Véase la muestra: «Créanlo ustedes: *en el extranjero*, todas las miradas están fijas en este naciente Reino... Si algo vale mi opinión, no esperen ustedes gran cosa de Roma. ¡Roma, señores...! la conozco bien... Roma es Roma, la cabeza del orbe católico... pero por lo mismo, por su misión universal y divina, no puede volver la espalda resueltamente a un Estado establecido... ¿De Viena y Berlín qué he de decirles? Es un asunto este del cual me permitirán que no diga nada. Turín y Nápoles son amigos leales, y harán todo lo que puedan... Pero con quien hay que tener mucho cuidado es con Londres, con ese *Saint James* astuto, cuyo poder en el concierto europeo es indudable. Ya sabrán ustedes que a Canning le ha sabido mal el decreto de Su Majestad Católica contra los extranjeros que sirven en el ejército cristino. Este decreto inhumano no puede ser grato a la Inglaterra; esperamos que el rey D Carlos acuerde su revocación; de eso se trata... Su Majestad, que es un entendimiento luminoso, se hará cargo de las razones que se le exponen.»

Y cuando le incitaban a ser más explícito, más se complacía en dejarles a media miel. Urra y los dos que a su lado machacaban nueces, le oían con la boca abierta. Gelos, que siempre desentonaba, salió por este registro: «Demos un par de golpes buenos con las armas; inspire la Virgen a nuestros caudillos; únase la espada de San Miguel a la de estos valientes, y me río yo de Vienas y Berlines, y de todas esas Cortes que tan mal nos agradecen la gran obra, emprendida por nuestro Rey, de aplastar la serpiente de la revolución europea. Porque aquí, para que usted lo sepa y pueda decirlo por esos mundos, estamos combatiendo contra el filosofismo, y una de dos: o perecemos todos, o el filosofismo y el ateísmo no levantan más la cabeza.

—¿Y tendremos el gusto de verle a usted muchos días en Oñate, señor de Rapella? —le preguntó Sureda rivalizando en finura con el siciliano.

—¡Ah, oh...! No depende de mí el permanecer mucho tiempo en residencia tan grata... Si Su Majestad viene esta tarde, y tengo mañana el honor de ser recibido... No sé... tal vez... Mejor que nadie comprende usted que no puedo precisar si Su Majestad me retendrá algunos días, o se servirá despedirme mañana mismo.»

Una voz tonante gritó en la puerta del comedor: «Señores, Su Majestad el Rey entra en Oñate. Ya viene como a dos tiros de fusil de Golibán.»

Tumulto, levantamiento general, golpeteo de innumerables patas de silla: «¡A esperar al Rey, a recibir y aclamar al Soberano!», gritaron a una, y el comedor se quedó vacío, el no muy limpio mantel, lleno de migas y cáscaras de nueces. El pájaro del reloj, asomándose a la ventanita y haciendo sus cortesías, cantó las dos.

XX

El esquilón de la ermita del Santo Cristo, situada al extremo del pueblo por el camino de San Prudencio, fue el primer bronce que anunció la llegada del Rey, y bien pronto a su alegre clamor se unieron las campanas de la parroquia de San Miguel, de las monjitas de Santa Ana y de los frailes de Bidaurreta, de San Antón y Santa Marina. La gente corría presurosa hacia la plaza y calle *Zarra*, por donde necesariamente había de entrar, y aunque le estaban viendo de continuo, ni de verle ni de aclamarle se cansaban los buenos oñatienses, que tenían la dicha, la gloria más bien, de ser convecinos del representante del Trono legítimo y de la santa Religión. Le querían de veras, sin conocerle más que como se conoce a las imágenes de iglesia, que no hablan ni se mueven, pues si hablasen, quizás muchas de ellas no tendrían tantos devotos.

Allá corrieron también Rapella y Fernando, metiéndose entre el gentío que aguardaba en la plaza el paso del Rey de Oñate, y, colocados en el mejor sitio, viéronle pasar caballero en un alazán de mediano pelo, llevando a su derecha al Infante don Sebastián, que había salido a encontrarle; a su izquierda a González Moreno; detrás la turbamulta del Estado mayor: ayudantes, Asesor general, mayordomo de Palacio, y otros que iban vestidos de paisano con sombrero de copa. Don Carlos vestía de Capitán general, con sombrero de tres picos, sin más insignia que la cruz de Carlos III. Era el único faccioso que por razón de su alta categoría no usaba boina. Aclamado por el pueblo con gritos castellanos y vascuences, que se mezclaban formando una algarabía discorde, saludaba con la afabilidad fría y austera que contribuía no poco a fortalecer su prestigio ante aquella raza creyente, grave. Al satisfacer su curiosidad, tuvo también Fernando la satisfacción de que el personaje resultara como él se lo figuraba; que es un gusto sorprender en la realidad un reflejo de nuestras ideas. Vio, pues, Calpena en la encarnación del absolutismo el tipo que se había forjado en su mente; la cara de Fernando VII con menos nariz, más quijada, el labio grueso, bigote y patillas cortas, la mirada fría y oscura, de las que no penetran ni alumbran, señal de entendimientos apagados. Bien podía expresar la mandíbula del Rey, más larga que saliente, la terquedad, que hacía las veces de voluntad firme, y su mirar vago el fatalismo religioso, que ocupaba el lugar de las ideas. La prolongación del maxilar hacía muy desapacible el soberano rostro, sin llegar a la fealdad que al de su hermano daba la trompa que tenía por nariz. Uno y otro eran diestros jinetes; se asemejaban asimismo en la desmedida soberbia y en la contumacia de sus creencias acerca del derecho divino, como enviados al mundo para oprimir a estos desgraciados pueblos.

Hizo Calpena mental paralelo entre su tocayo *Narizotas* y el llamado *Pretendiente*, llegando a la conclusión triste de que si hubiera un infierno especial para los reyes, en el más calentito rescoldo de este *tártaro* regio debían purgar sus pecados contra la humanidad estos dos señores, que simbolizando la misma idea, por la supuesta ley de sus derechos mataron o dejaron matar tal número de españoles, que con los huesos de aquellos nobles muertos, víctimas unos de su ciego fanatismo, inmolados otros por el deber o en matanzas y represalias feroces, se podría formar una pira tan alta como el Moncayo. En todos los países, la fuerza de una idea o la ambición de un hombre han determinado enormes sacrificios de la vida de nuestros semejantes; pero nunca, ni aun en las fieras dictaduras de América, se han visto la guerra y la política tan odiosa y estúpidamente confabuladas con la muerte. La historia de las persecuciones del 14 al 20, de la reacción del 24, de las campañas apostólicas y realistas, así como del recíproco exterminio de españoles en la guerra dinástica hasta el Convenio de Vergara, causan dolor y espanto, por el contraste que ofrece la grandeza de tan extraordinario derroche de vidas con la pequeñez de las personas en cuyo nombre moría o se dejaba matar ciegamente lo más florido de la nación.

Considerados en lo moral, grande era la diferencia entre Fernando y Carlos, pues la bajeza y sentimientos innobles de aquel no tuvieron imitación en su hermano, varón puro y honrado, con toda la probidad posible dentro de aquella artificial realeza y de la superstición de soberanía providencial. Trasladados los dos a la vida privada, donde no pudieran llamarnos *vasallos* ni suponerse reyes cogiditos de la mano de Dios, Fernando hubiera sido siempre un mal hombre; don Carlos un hombre de bien, sin pena ni gloria. En inteligencia, allá se iban, ganando Fernando a su hermano, si no en ideas propiamente tales, en marrullerías y artes de la vida práctica. Las ideas de Don Carlos eran pocas, tenaces, agarradas al magín duro, como el molusco a la roca, con el conglutinante del formulismo religioso, que en su espíritu tenía todo el vigor de la fe. De la piedad de Fernando no había mucho que fiar, como fundada en su propia conveniencia; la de don Carlos se manifestaba en santurronerías sin sustancia, propias de viejas histéricas, más que en actos de elevado cristianismo. En sus reveses políticos, no supo Fernando conservarse tan entero como cuando ejercía de tiranuelo, comiéndose los niños crudos; don Carlos mantuvo su dignidad en el ostracismo y en la mala ventura, y acabó sus días amado de los que le habían servido. Fernando se compuso de manera que, al morir, los enemigos le aborrecían tanto como le despreciaban los amigos.

Entró el Rey en Palacio, la casa-solar de los Artazcos, en la plaza, haciendo esquina con la calle de Santa María, no lejos del trinquete o juego de pelota. Era un bello edificio señorial, del mejor estilo del país, con airosos contrafuertes terminados en pináculos. Allí le esperaban don Juan Bautista Erro y el improvisado personal de dignatarios políticos y palatinos. El gentío continuaba dando vivas a la Religión, al Ejército y al Rey; pero este no se asomó al balcón, sin duda que graves asuntos le solicitaron desde el instante de su llegada. Vio Calpena que no cesaba de entrar y salir gente de viso, presurosa, y en la calle se acentuaba la ansiedad por las noticias de Arlabán. A media tarde, las impresiones no eran ya muy optimistas, salvo en aquellos que no se convencían nunca, resistiendo heroicos a toda realidad desfavorable.

Salió de Palacio don Juan Bautista Erro con cara mustia, incapaz de disimular las malas nuevas que traía, y al punto fue rodeado por los curiosos. Calpena se introdujo lo más cerca posible, y le oyó decir: «Nada, señores, no hay que apurarse, pues no se acaba el mundo por un revés pasajero. La acción sigue, y esperamos que Villarreal tome el desquite mañana mismo.» Y se abrió paso con esfuerzo de sus brazos vigorosos. Calpena le observó bien, admirando su alta estatura, no inferior a la de Mendizábal; como éste bien parecido, de edad poco más o menos la misma, vestido con cierto esmero inglés. Como los liberales a don Juan Álvarez, los facciosos habían traído de Londres al señor Erro, movidos de su fama de gran rentista, y entró el hombre en el Real de don Carlos prometiendo atar los perros con longanizas, terminar la guerra en seis meses, como el otro, y sacar dinero de debajo de las piedras. Luego resultó que todo era ensueños, cuentas galanas, humo... Acompañado de su secretario el capellán Ibarburu, salió también el señor Arias Teijeiro, hombre vulgar y antipático, que improvisándose faccioso después de haber jurado a Isabel y hecho en Madrid aspavientos de liberalismo, había ganado el corazón de don Carlos y era en su Corte uno de los más furibundos *ojalateros*. Descollaba por querer meter en todo el formalismo burocrático, por el flujo de dar y quitar empleos, y fue una de las más inútiles y maléficas yerbas que crecían en el campo de la facción, estorbando allí donde no podían hacer daño. Pasó muy estirado y cejijunto entre la multitud, negándose a satisfacer la natural ansia de los vasallos del *Pretendiente*; pero menos discreto Ibarburu, que en ningún caso desmentía su índole locuaz, formó corro al instante para decir *ore rotundo*: «Señores, hay que tener calma y no ver un descalabro en lo que es pura y simplemente... una fase, una peripecia de la acción, que no ha terminado todavía. Ya vendrá esta noche el conocimiento total de la batalla, que ha sido, que es, mejor dicho, empeñadísima, desarrollándose en una extensión de muchas leguas. Lo que puedo asegurar, pues de ello se tiene noticia exacta, es que las bajas de los cristinos han sido horrorosas... horrorosas.

—¡Horrorosas! —repitieron los del corrillo, y la palabra resonó extendiéndose y atenuándose con la distancia, como la onda en la superficie del agua.

—Tengamos calma; confiemos en la pericia de nuestros generales... y sobre todo, hay que confiar siempre en la protección del Cielo, que no nos abandona, que no puede abandonarnos, porque somos la fe, la razón, el derecho, la justicia, la honradez... ¡Pues estaría bueno que el Cielo, la suma Sabiduría, diera la victoria al filosofismo, a la usurpación, a las *ateas discordias*!... No puede ser. Repitamos todos que no puede ser.»

Y se conformaron por el pronto, repitiendo como papagayos que no podía ser y que no podía ser. Otro de los que abandonaron a media tarde la regia morada fue don Rafael Maroto, figura de primera magnitud en el carlismo, que abrazó con ardor desde los primeros días del cisma dinástico. Había ingresado en la facción con el grado de teniente general; gozaba fama de ilustración, de práctica guerrera; pero la inquina que cordialmente le profesaba González Moreno, el brazo derecho y el seso militar de don Carlos, no le había permitido lucir, como pudiera, sus excelsas cualidades. La malquerencia entre Maroto y González Moreno era vieja en el estadillo absolutista, y en su cuenta se podían cargar casi todos los atascos y tropiezos de la Causa. Uno y otro tenían sus pandillitas o taifas que fomentaban aquella discordia, lanzándose fieros dardos de calumnia y dicterios crueles; pero Moreno llevaba la inmensa ventaja de haberle ganado al otro la delantera en la confianza lela del Rey, quien no respiraba sin previa consulta con su jefe de Estado mayor. Ni la paliza que el tal Moreno se ganó en Mendigorría, ni otros muchos descalabros que en acciones parciales sufrió, ni los odios que despertaba en el ejército, movieron a don Carlos a retirarle su gracia. No tiene esto más explicación que la recóndita simpatía o afinidad que establece la Naturaleza entre dos grandes ineptitudes, como entre dos inteligencias superiores. La nulidad de Moreno y la de don Carlos se compenetraban. Uno y otro, formando una sola ceguera, desconocieron a Zumalacárregui; metiéronle en aquel desastroso empeño de Bilbao, donde perdió la vida el primero y único capitán del absolutismo. La página histórica que ha dado más celebridad a González Moreno fue la trampa que armó a Torrijos en Málaga para fusilarle impía y cobardemente con sus desgraciados compañeros. Si don Carlos no veía estos borrones, ¿qué había de ver el pobre señor?

Pues salió, como se cuenta, el señor Maroto de la real audiencia y del consejo, presidido por Su Majestad, que acababa de celebrar la *Junta Provisional Consultiva de Guerra* (que tales retumbancias denominativas eran alegría y entretenimiento del flamante Estado), y le rodearon al punto amigos y prosélitos, ávidos de oír su parecer: «¿Y qué han acordado ustedes? ¿Se puede saber? —le preguntó el señor Ochoa, Intendente general.

—¡Hombre, qué pregunta!... Están ustedes en Babia —replicó Maroto, que era de boca un poco libre—. Naturalmente, hemos acordado que somos todos unos imbéciles. Siempre que nos reunimos acordamos lo mismo.

—Y de Arlabán ¿qué?»

Soltó don Rafael Maroto dos o tres *voquibles* muy de tierra castellana, con lo cual, si no esclarecía el asunto, expresaba su indignación. Tenía fama de mal hablado el general, costumbre muy conforme con la rudeza militar y con el ajetreo de mandar tropa. Don Carlos no le perdonó nunca que en una ocasión de gran aprieto, atravesando los dos de incógnito una fragosa sierra en Portugal, largase en su presencia una señora interjección, tan rotunda como expresiva, que hirió las timoratas orejas del protegido de la Virgen. Y tan no se lo perdonó, que desde entonces hubo de caer Maroto en desgracia; mas no le sirvió de lección, porque rara vez hablaba sin remachar su discurso con aquellos clavos de acero de la elocuencia familiar española.

«¿De Arlabán, qué quieren que diga? ¡porra! No podía suceder más que lo que ha sucedido. ¿Qué se puede esperar, ¡porra! de la dirección que da a la guerra ese rocín? ¡Porra!

—Pero si dicen que la acción no ha concluido, que todavía...

—Que todavía falta...

—Sí, falta la más negra, ¡porra, contraporra!

—Ha sido una peripecia.

—Sí, sí, buena peripecia nos dé Dios ¡porra! Ha sido... Aquí en secreto, aquí en gran confianza, una paliza tremenda, una carrera en pelo como la de Mendigorría... ¡Si no podía ser de otra manera!... Si lo vengo diciendo...

—Pero todavía... podría ser que nos rehiciéramos.

—Sí, sí; para rehacernos está el tiempo. Lo que pueden ustedes rehacer es la maleta, ¡porra! porque o yo me engaño mucho, o esta noche se plantan aquí.

—¿Quién?

—Córdova... Espartero... qué sé yo.»

Y se fue a su alojamiento, seguido de su comparsa que aún no se cansaba de oírle. Era don Rafael Maroto de buena presencia, gallardo, casi atildado, de palabra expresiva y amena conversación, en la que no era fácil separar la frase feliz del abusivo adorno de *porras* y *contra-porras*.

XXI

Avanzada la tarde, se fue generalizando en el pueblo la triste idea de la necesidad de la evacuación. Con un movimiento admirable, nuevo testimonio de las grandes dotes tácticas del insigne Córdova, secundadas por los generales de división Espartero y Ribero, el ejército cristino habíase posesionado con relativa facilidad de las formidables alturas del puerto de Arlabán, y era dueño de las sierras de Elguea y del monte de San Adrián, que cae sobre Aránzazu. Desde las lomas que cercan a Oñate, así como de las torres de las iglesias y de los tejados de algunas casas, se veía perfectamente esta posición, ocupada ya por las tropas de la reina. A poco que estas se dejaran caer, ¡adiós Corte de Carlos V, adiós capital del flamante Estado *absolutamente absoluto*! Y no había tiempo que perder. Antes de media noche era forzoso que escapasen del pueblo, en busca de lugar seguro, el Rey con toda su alta y baja servidumbre, el *Ministerio Universal* con sus dependencias, las secretarías llamadas*Ministerios* con sus respectivas cáfilas de empleados, el *Estado mayor*, todos los ramos y ramilletes

135

de *Guerra*, la *Superintendencia de Vigilancia Pública*, la *Junta Superior Gubernativa de Medicina y Cirugía*, las diferentes*Intendencias*, *Contadurías* y *Pagadurías*, la*Maestranza*, etc., etc... Con todo el papelorio, que en el poco tiempo de existencia formaba ya una costra formidable, y el balduque, los tinteros, las obleas, los polvos de secar, y todo, Señor, todo, pues con ser aquello un Reino en miniatura, abultaba ya casi tanto como la mitad o los dos tercios de un reino grande.

Y si no era floja impedimenta la caravana eclesiástica que llevaban por do quiera, capellanes sinnúmero, familiares del obispo de León y de otros reverendos, confesores, ministros de la generalísima, la caterva militar y palatina la superaba, pues había *Guardias de honor* de infantería y caballería para la Real persona, y un cuerpecito de *Guardias de Corps*, que no tenía más objeto que custodiar y hacer los honores debidos al estandarte de la Virgen de los Dolores, que don Carlos llevaba por delante en sus frecuentes correrías de soberano caracol, siempre con el trono a cuestas... No se veían más que señores que desalados corrían a las oficinas, a empaquetar legajos, y después a sus casas, con medio palmo de lengua fuera, a guardar las casacas, el que las tenía, y los trapitos de ceremonia.

«He de intentar colarme en Palacio, ofreciendo mis servicios al Infante —dijo Rapella a su amigo, contemplando el inmenso trasiego de gente presurosa entre Artazcos y el *Principal*—. Y como estamos en peligro de quedarnos sin caballerías, porque los prófugos echarán mano de todas las que hay en el pueblo, conviene que mientras yo busco por aquí quien me introduzca, vayas tú a prevenir a Sancho para que dé un pienso a nuestros animales, y ensille y disponga todo, que el golpe bueno es salir antes que nadie, y agregarnos por el camino a la comitiva del Rey o de don Sebastián.»

Cuando esto decía vieron salir de palacio un grupo, en el cual el siciliano reconoció a su amigo Roa, secretario del Infante, y se fue derecho a él. Era un señor de hermosa presencia, mejor vestido que el príncipe su amo, y de trato afable y meloso. Hablaban rápidamente de lo difícil que era en momentos tan críticos obtener audiencia del Rey o del Infante, cuando se aproximaron otras personas que azoradas y medrosas hablaban de preparativos de marcha. Del Ayuntamiento salió un nuevo grupo. El señor Roa, que continuaba en medio de la calle charlando con Rapella y Fernando, dijo:

«¿No me preguntaba usted anoche por Negretti, el mecánico de la Maestranza? Aquí viene. Fíjense: es aquel de alta estatura, moreno, con boina azul y chaquetón de pana.» No necesitó más Calpena para poner toda su vista y toda su alma en el pelotón que del Ayuntamiento acababa de salir. Las señas que daba Roa no permitían confusión, pues Negretti descollaba en el grupo con su gallardía escueta de ciprés, alto, derecho y oscuro. Calpena le miró; en aquel punto desaparecieron de su mente la Corte, Oñate, Rapella, el carlismo y cuanto le rodeaba. No vio más que al hombre corpulento, fornido, de morena tez; no vio más que el rostro meridional, tostado, casi ennegrecido por el cálido resplandor de la fragua. Representaba unos cuarenta y cinco años; era su cuerpo de Hércules, su hermosa cara, de matiz pizarroso en la piel del bigote y barba, afeitados con esmero; la expresión grave, los ojos dulces. Sus facciones delataban la raza, la incomparable estirpe de que era ejemplar perfecto la hermosísima Aurora. Por todo esto y por otros sentimientos que de súbito asaltaron a Calpena, el Negretti que de lejos veía le fue simpático. Fijose más en él, aproximándose, y Negretti también le miraba. Como si esta mirada fuese chispa eléctrica, sintió el joven un terrible sacudimiento dentro de sí, y sin encomendarse a Dios ni al diablo, movido de irresistible impulso, se fue derecho a él y, descubriéndose cortésmente, le dijo: «Es usted el señor Negretti...

—Servidor —replicó el atleta llevándose la mano a la boina con militar saludo—. Y usted es el señor de Calpena. Le he conocido no sé en qué, pues es la primera vez que tengo el gusto de verle... Corazonada... En la manera de mirarme usted le he conocido. Y como el señor Roa me dijo esta mañana que dos caballeros de Madrid preguntaban con interés por mí y por mi sobrina...

—¡Aura! —exclamó Calpena tan turbado que no sabía por dónde empezar—. Aurora...

—Sí, ya sé, ya sé... Hace usted bien en hablar conmigo, y en venir a nosotros por el camino derecho, porque yo no me como la gente; soy hombre razonable y sé ponerme en lo natural. Venga usted conmigo si quiere que hablemos un rato, que el tiempo apremia, y tengo que prepararme. ˙

—Ya sé que la familia —dijo Calpena empezando a recobrar el aliento—, está en un pueblo de la costa.

—Sí señor... Como siempre me pongo en lo mejor, ese es mi natural, le supongo a usted con intenciones honradas y de caballero. Dígolo, porque si viniera con propósito de burlarme y de hacernos algún paso de comedia, ya puede volverse por donde ha venido, porque soy hombre que no se deja embromar. En el poco tiempo que lleva Aurora al lado nuestro, le hemos tomado mi mujer y yo gran cariño. La queremos ya como si fuera nuestra hija...»

Algo quiso decir Fernando; pero Negretti le tapó la boca con un gesto, queriendo abreviar, y prosiguió: «Ya sabemos la historia. Con lágrimas y suspiros nos ha contado la niña que le quiere a usted; que no puede querer a otro... Está bien, muy bien... Ahora, en pocas palabras, señor mío, le manifestaré mi opinión. Si yo llego a entender que es usted digno de ella, no me opongo, ni Prudencia, mi esposa, se opondrá tampoco. Demuéstreme el señor Calpena que es un joven de familia cristiana y limpia; vea yo que por su honradez, por su seriedad, por sus circunstancias, es merecedor de tal joya, y ya estamos en vías de acomodarnos. Si me sale con la gaita de que es poeta o de estos que no tienen más oficio que escribir en papeles, no hemos hecho nada, señor. Curaremos a la niña de su mal de amores, lo que podrá ser difícil, pero no imposible, y a Rey muerto, rey puesto.»

Nuevamente quiso hablar Calpena; pero el otro le cortó por segunda vez la palabra con estas: «Poetas y emborronadores de papel no queremos en casa. ¿Es usted por casualidad propietario?

—No señor.

—¿Es usted abogado? ¿Tiene alguna carrera?

—No señor.

—Empleado quizás...

—Lo he sido. Puedo volver a serlo.

—Los empleados tampoco nos gustan. Pero, en fin, ya que no tiene usted carrera, de algo sabrá, siquiera sea un oficio... Me consta, por lo que relata la niña, que en Madrid pasaba usted por hombre de gran inteligencia... y no sé por qué se me figura que en esto no va Aurorita descaminada. La cara del señor Calpena, sus ojos, me revelan entendimiento...

—No creo carecer de facultades para cualquier profesión u oficio a que me dedique.

—¿Sabe usted matemáticas?

—Muy poco.

—¿Latín?

—Eso sí... y humanidades.

—Algo es algo... En fin, señor mío, le acojo con benevolencia; pero no le abro mis brazos todavía; le mantengo a distancia. Ya ve que no soy tirano, y si usted ha venido con la idea de representar aquí un paso de teatro quitándome a la niña con burla o con violencia, no es flojo el chasco que se lleva.

—No vacilo en confesar a usted —dijo Calpena en un arranque de sinceridad— que he venido con esas ideas; pero la presencia de usted, sus palabras, su persona misma y modo de ser me han desconcertado radicalmente... Hállome aturdido, sin saber qué pensar ni qué decir... Pero desde luego le aseguro, señor mío, que por nada del mundo he de renunciar al amor de Aura, y que hacia ella he de ir por el camino que crea más corto. Si este es el camino de la paz, mejor; por él iré.

—Está bien; pero debo asegurarle a mi vez que no hay para llegar a ella más que un camino, y en este camino estoy yo, Ildefonso Negretti; está también mi esposa. Ya ve que soy benévolo, que le hablo con lealtad, y de mi lealtad quiero darle aún mayor prueba diciéndole que Aurora reside con mi mujer en la villa de Bermeo; la he mandado a un puerto de mar, no solo por ser aquel uno de los lugares más tranquilos dentro del país en guerra, sino porque espero que los aires de la costa han de probar bien a su salud, bastante delicada desde que salimos de Madrid. Viven mi mujer y mi sobrina en Bermeo, *Barrencalle, núm. 2.* Le digo a usted la dirección de mi casa para que vea que no le temo, que confío en que ha de responder con su lealtad a la mía.

—*Barrencalle, 2* —repitió Fernando, que habría querido ir allá de un vuelo.

—No le doy las señas para que vaya allá, sino para que sabiéndolas se abstenga de ir, entendiendo que no es mi gusto que vaya, ¿estamos? No me alborote usted a la niña, ni me le encienda la imaginación, que con un soplo, como usted sabe, se convierte de rescoldo suave en horno de ferrería; no me trastorne aquella pobre alma, que fácilmente salta del sueño al delirio y de la ilusión a la locura, ni me dispare aquellos nervios que mi mujer y yo, a fuerza de dulzura y paciencia, hemos conseguido contener y amansar.

No, no. Tengamos la fiesta en paz. Si se planta el novio en Bermeo sin mi permiso, fíjese bien, sin mi permiso, pues hablo como padre de Aurora, perdemos las amistades y no hay nada de lo dicho. Por lo que valga, sepa que en la casa de allá no están las mujeres solas; en ella viven también dos fieras en figura de hombres: mi cuñado Hilario, capitán de barco, y un primo suyo, que también es de mar; excelentes personas, bravos y fieles, que no han de consentir ningún desmán en aquella honrada vivienda.»

Por tercera vez quiso Calpena decir algo; pero el hercúleo Negretti, que tenía prisa, no le dejó tomar resuello: «Aguárdese un poco, y concluimos. Ya he dicho antes que no soy tirano, y que acostumbro a ponerme en lo natural. Sé lo que son jóvenes; yo he sido algo joven, yo también he probado el amor, y no desconozco lo que puede en nuestra alma. Sabedor de todo esto, y siendo además hombre honrado y buen cristiano, le digo al señor don Fernando que no me opongo, no señor, no me opongo a que ame a la niña, ni a que se case con ella. Pero he de advertirle que perlas como esta sobrina no están ahí para el primero que llega. Sobre lo que ella vale, está lo que posee, lo que ganó honradamente mi pobre hermano Jenaro, y si todo eso, la niña y su capital, han de ser para usted, no es mucho pedir que me demuestre ser merecedor de bienes tan grandes. ¿Es esto claro, es esto real, es esto noble?

—Sí, sí, sí —afirmó Calpena con efusión estrechándole la mano—. En un momento me ha conquistado usted, me ha hecho suyo, que es el verdadero camino, bien lo veo, para ser de ella.

—Pues no necesitamos hablar más por ahora. Antes de ir a Bermeo irá usted a donde yo esté... y estaré con la Corte, pues no puedo apartarme del servicio de Maestranza en el Real de don Carlos. Hable usted conmigo, entendiendo que para ganar aquella plaza, tiene que ganar antes los baluartes que la rodean y defienden, y esos baluartes véalos en mí. Yo soy la muralla. Póngame usted sitio, y por los medios que emplee para conquistarme, sabré yo si debo o no debo rendirme. Por de pronto escribiré a la niña, diciéndole que he visto a su galán, para que esté tranquila... Con que...

—¿Pero qué, nos separamos ya? —dijo Fernando con ansiedad, sintiendo que el tal Negretti se le metía en el corazón.

–Sí señor. Yo tengo que preparar la salida del material, salvo lo que por su peso es forzoso dejar aquí. Me parece que ya hemos parlado todo lo sustancial. Ya sabe dónde me encontrará.

–Pues separémonos; pero no sin decirle que, contra lo que esperaba, hallo en usted la suma lealtad y la hombría de bien más pura. Yo me lo figuraba un monstruo, un tirano, el mayor y más fiero enemigo de mi persona y de mi felicidad; pero ya veo...

–Adiós, adiós... Me esperan. Vea usted; allí me están llamando... Hasta que nos veamos; lo dicho, dicho... Adiós.»

Y se metió corriendo en la Universidad, donde multitud de personas, unas de tipo militar, otras de obreros, le aguardaban inquietas. Calpena le seguía con sus ojos. ¡Y cuán solo y triste se quedó al verle desaparecer! En aquel momento ya oscurecía... Lloviznaba... ¡Qué triste anochecer!

XXII

Como chorro de agua fría derramado en un brasero, fue la presencia y dichos de Negretti en el espíritu de Calpena, que vio de súbito convertido en cenizas mojadas todo aquel fuego que encendía su voluntad; y el drama romántico que el niño se traía, con violencias y fuertes emociones, con su rapto correspondiente, quizás con cuchilladas y tiros, se trocó en comedia casera. Verdad que esta era de las buenas, de las mejores, según se anunciaba; mas, por el pronto, hubo desilusión, enfriamiento repentino, caída de las alturas, y esto siempre duele. Un rato estuvo el joven como atontado: casi, casi llegó a parecerle fantástica la aparición de Negretti, y sus palabras fingimiento del propio tímpano que las oyera. Por real lo tuvo reflexionando en ello, y reconoció gozoso que el tío de su amada era una gran persona, sus palabras sinceras y honradas, en armonía perfecta con la noble expresión de su rostro. ¡Vaya con los cambiazos del destino! ¡El enemigo, el tirano, el ogro, convertíase, como por magia, en un ser bondadoso, de ideas severas, eso sí, pero sanas! ¡Y con qué firmeza de padre tutelar le había planteado la cuestión de sus relaciones con Aura! ¡Con qué gracia y donosura había desbaratado el romántico artificio, como Don Quijote, acuchillando el retablo de maese Pedro! ¡Y cuán hábilmente, entre las ruinas del cartón pintado, había puesto el cimiento angular de la vida razonable, discreta, lógica, como Dios y la ley quieren y formulan! Era el tal don Ildefonso todo un hombre, y no había más remedio que bajar la cabeza ante su voluntad, juntamente rigorista y protectora, aceptando los procedimientos pacíficos que proponía, los cuales significaban decencia, lógica y facilidad.

Dio vueltas Fernando por frente a la Universidad, sin hacerse cargo de lo que a su alrededor ocurría; tan metido estaba dentro de sí. Pasado un rato, y obligado por la llovizna a guarecerse bajo un alero, empezó a ver lo inmediato y circunstancial. «¿Qué tenía yo que hacer, Señor? —se dijo—. ¡Ah! ya me acuerdo: me mandó *ese* que buscase a Sancho y le mandara preparar las caballerías.» Hallábase al decir esto entre la Universidad y el edificio destinado a hospital. A dos pasos de allí, en *Ikasola kalea*, estaba el parador donde a la sazón debía de encontrarse Sancho; pero no acertaba con él: la noche se había echado encima, oscurísima, y la gente afanosa que por todas partes bullía le estorbaba el paso. En la puerta posterior de la Universidad había lo menos diez carros cargando pesados objetos, y en la Caridad, por un portalón de la huerta, sacaban enfermos en camillas. El tumulto era grande; alumbraban estas operaciones farolillos mustios, y el vocerío en vascuence o mal castellano mareaba la cabeza más firme.

Trató Calpena de abrirse paso hacia el parador, y preguntando a este y al otro pudo enterarse de que los jamelgos del señor Sancho habían sido embargados para el transporte de los heridos que bajaban de San Adrián. Pensó dar conocimiento al gran Rapella de estas novedades, que sin duda imposibilitarían la partida; ¿pero dónde demonios estaba el siciliano? Desde que se le apareció Negretti en la plaza, habíale perdido de vista. Si había logrado meterse en Palacio, y se agregaba a la comitiva de don Sebastián, ¿cómo se las compondrían Sancho y Calpena para seguirle, no disponiendo de caballos? En fin, Dios diría. Llenose de paciencia el aburrido joven y continuó buscando al escudero. De pronto, vio que los hombres y mujeres que antes se agolpaban junto a la Universidad, corrían hacia la plaza gritando: «¡Ya vienen, ya vienen!...» Pudo creer el forastero por un momento que los que venían eran los cristinos victoriosos, posesionándose, con la brutalidad del vencedor, de la villa y Corte indefensas. Pero no; los que venían eran dos batallones facciosos, el *Requeté* y el 2.º de Guipúzcoa, que se retiraban con mediano orden delante del enemigo, trayendo muchos heridos, hambre, cansancio, ira, y la tristeza del vencimiento. Bajaban por el camino de Aránzazu, rotas las filas, presurosos. Calpena les vio entrar en el pueblo por la calle de Santa María: ante el Palacio del Rey, dieron algunos vivas con voz apagada y ronca, y pararon luego en la plaza, en medio de una gran confusión. Oyó los gritos de los jefes, queriendo ordenar las secciones, para repartirles pan y vino, y en tanto las mujeres se abalanzaban llorosas a los carros del 2.º de Guipúzcoa, reconociendo a los heridos, llamándoles por sus nombres, reconociendo también a los vivos y abrazándoles, si les encontraban. Era un lastimoso espectáculo que oprimía el corazón, tanto dolor de una parte, de otra tanta abnegación y entereza, y afligía considerar el enorme, inútil sacrificio que todas aquellas penas y virtudes representaban.

En los balcones de Artazcos se veían luces. Quién decía que Carlos V estaba cenando sus alubias y su sopita de ajo con un poco de vino, para emprender la marcha inmediatamente hacia San Prudencio; quién que había cenado y estaba rezando el rosario con su alta y baja servidumbre y los señores ministros; y esto lo decían con veneración, con el interés que inspira la persona más amada. En aquel barullo acertó Calpena a encontrar al chicuelo organista que le había guiado a la casa de huéspedes el día anterior, y le cogió del brazo, preguntándole: «¿Has visto, por casualidad, al señor diplomático que ayer llegó conmigo?» Replicó el chico negativamente, y al punto agregose otro bigardón afirmando que el *caballero flaco* había salido de Palacio con el señor Urra y el señor Echevarría, dirigiéndose al Ayuntamiento, donde se disponían caballos y coches para el séquito del Rey. De Sancho dijeron que creían haberle visto en la Caridad ayudando a la saca de los enfermos que debían marchar, y allá corrió Fernando con el organista, que oficioso se prestó a ser su escudero.

Nuevamente fue acometido Calpena, en ocasión de tanto apuro, del recuerdo de Negretti: «¡Qué bueno sería —pensaba— que nos encontrásemos ahora y lograra yo que me llevase consigo en los carros de la Maestranza!» Con estas ideas se entremezcló la consideración del cambiazo súbito que le marcaba su destino, y al decir Destino daba este nombre indebidamente al soberano gobierno de Dios, que dispone a veces, según su alta voluntad, todo lo contrario de lo que propone nuestra pequeñez ignorante y ciega. Bastaron unos minutos de coloquio con persona que trataba por primera vez, para ver alterado totalmente el rumbo de sus caminos, vueltas del revés sus ideas, y en la esfera de su voluntad sustituidas unas energías por otras. ¡Cuán lejos estaba el soñador Fernando de que su destino, Dios mejor dicho, le preparaba desviaciones más radicales y sorprendentes!

Entró con su ayudante en el patio grande de la Caridad, donde vieron algunos enfermos medianamente acondicionados en camillas para partir con la Corte. Eran soldados, oficiales, paisanos, víctimas de la guerra dinástica. Familia o amigos cuidaban de su transporte, y no había ya más dificultad que encontrar músculos vigorosos que cargaran las camillas por lo menos hasta San Prudencio. Los que se hallaban en mejor disposición se acomodaron en los carros de la Maestranza, entre bombas, cartuchería y maquinaria, y algunos fueron llevados a la plaza para agregarse a la impedimenta del *Requeté* o del 2.º de Guipúzcoa. Recorrieron todo el patio en busca de Sancho, y en una de estas vueltas Calpena se sintió cogido de la esclavina de su abrigo; volviose, y vio a una mujer lacrimosa que, cruzadas las manos y mirándole con vivísima ansiedad de postulante, como los que apremiados por la miseria imploran la caridad pública, le dijo: «Señor mío, caballero... No me negará usted que lo es, porque el que ha nacido caballero no lo puede negar... Si es usted tan noble y piadoso como me ha parecido, me atrevo a pedirle que ampare a una familia desgraciada...»

Hizo ademán Calpena de sacar limosna, y ella, retirando su mano, prosiguió: «No, no; la caridad que pido no es esa; pido su auxilio para salir de aquí, para proteger la vida de mi padre...

—Señora —dijo Fernando cortés y compasivo—, mucho siento no poder ampararla... Soy forastero, no conozco a nadie, y busco también quien me facilite la salida. Perdóneme usted... No puedo...»

Se alejó; pero no había dado diez pasos cuando sintió en su corazón el golpetazo de la piedad, en su garganta el ahogo de la conciencia que se rebela contra el egoísmo, y volvió hacia la mujer, que arrimada al muro, lloraba sin consuelo. «Bueno —le dijo—, veamos en qué puedo servirla. No llore y explíqueme... Difícilmente podré yo...

—No me equivoqué —replicó ella—, al pensar que es usted persona hidalga. Entre tantos indiferentes o despiadados, solo en usted, cuando le vi pasar, vi la esperanza.

—¿Pero qué puedo hacer? Soy forastero...

—Yo también. Tanto usted como yo somos aquí gente extraña, enemiga quizás al sentir de ellos... Bien se ve que no es usted de esta tierra...

—En efecto.

—Ni faccioso quizás. ¿Y qué? También hay en la facción caballeros, y usted lo es.

—De tal me precio... Pero... Dígame... Lo primero: ¿quién es usted, qué clase de socorro desea?

—Ya sabrá quien soy, quiénes somos, pues conmigo está mi hermanita, más pequeña que yo. Por el momento, y en este grave apuro, solo digo que tenemos aquí a nuestro padre enfermo, y queremos llevárnosle, huir, escapar de esta casa y de este pueblo. La vida de mi padre corre peligro... Moriremos nosotros con él antes que abandonarle... ¿Podremos salir aprovechando esta desbandada?

—Perdóneme... No acabo de enterarme. Su padre de usted ¿dónde esta?

—Arriba...

—¿Quién es?

—Don Alonso de Castro-Amézaga, persona de gran posición y nobleza, natural de La Guardia, prisionero, enfermo, condenado a muerte un día, y al siguiente indultado por la piedad de Carlos V; aborrecido del pueblo oñatiense, y de las tropas y servidores de este Rey, de quien no quiero decir nada malo. Observe usted que no digo nada malo.»

Lo que observó Calpena, en ocasión que los farolillos movibles alumbraban el rostro de la pobre señora, fue que a esta le cuadraba más bien la denominación de moza o señorita. A oscuras y desfigurada por el llanto, habíala creído mujer del pueblo, joven.

«Soy una persona decente —dijo la llorona, comprendiendo que Calpena rectificaba su primer juicio—. Aunque me ve usted en este abandono de vestir, motivado por los trabajos que nos impone nuestra desgracia, mi hermana y yo somos dos señoritas de una familia rica y noble. Cómo hemos venido aquí, cómo nos encontramos prisioneras con mi padre, secuestradas propiamente por nuestro amor filial, sin amparo, sin consuelo, es cosa muy larga de contar. ¿Será usted bastante discreto para no pedirme ahora más explicaciones, y bastante generoso para prestarme, como caballero, antes que se las dé, su apoyo y protección?

—Sí, sí... Veamos.

—No tardará usted en conocer por qué circunstancias y casos tan peregrinos se encuentran aquí dos damitas muy principales al cuidado de un noble señor a quien sus entusiasmos locos han traído a esta terrible situación.

—Ya voy comprendiendo... Pues apela usted a mi caballerosidad, yo le aseguro que no ha llamado a la puerta del egoísmo... Señora, en lo que de mí dependa... Y ahora, ya que me ha dicho usted el nombre de su desgraciado padre, dígame el suyo.

—¿El mío? Me llamo Demetria... Mi hermana es Gracia, y solo tiene catorce años. Yo he cumplido veinte.

—¡Veinte años! —exclamó Calpena—, ¡y a los veinte años, en posición decente, encontrarse aquí... Así...!»

Por un momento dudó Fernando. Pero en aquel punto pasó un fraile que llevaba farol; a la luz de este vio el rostro de la que se había llamado *damita*, en el cual efectivamente se revelaban, sin que pudiera decir cómo, la principalidad y la buena educación. ¿Era bella? A la fugaz claridad del farol pareciole insignificante. Pero acertó a pasar otra linterna, y la luz de esta pintó la cara de Demetria con formas y matices que se aproximaban a una mediana hermosura.

«Quedamos en que Dios me ha deparado un caballero. Se lo pedí con toda el alma —declaró la joven mostrando su espíritu, gallardo y animoso, ya que no su semblante, que continuaba desvanecido en la penumbra—. Vamos, suba usted conmigo.

—Si el caballero que Dios concede a usted soy yo, señora —dijo Calpena con no menos gallardía—, sepa que cuando se trata de amparar al desvalido no conozco el miedo. Adelante, pues, y Dios sea con nosotros.»

XXIII

Subieron a punto que bajaban hombres y mujeres; pero nadie reparó en ellos: cada cual iba derecho a su asunto sin cuidarse del prójimo. En un cuarto mísero, lleno de trastos, el primero que a mano derecha se encontraba, entraron Demetria y su protector, seguidos del chicuelo organista, a quien Fernando mandó retirarse. En la galería había luz: abriendo la puerta de la estancia se podía ver a medias el interior de esta. Demetria entró dando albricias: «Ya tenemos quien nos salve. Nuestro salvador aquí está: no le conozco; pero no importa. Dios me le ha deparado.» No distinguía Calpena la figura del don Alonso, que yacía taciturno sobre un montón de esteras liadas. Destacose la figura de Gracia, delicada, esbeltísima, bañado también en lágrimas el rostro, y saliendo a la puerta, expresó su turbación en estos términos: «¿Y el señor sabe quiénes somos?... ¿Le has dicho...?»

—En este cuarto —dijo la hermana mayor—, dormíamos nosotras. Cuando se empezó a decir que la Corte evacuaba la ciudad, no pensamos más que en la manera más fácil y pronta de escapar de aquí. Felizmente, señor... Pero no estará de más que me diga usted su nombre, y así nos entenderemos mejor... Pues sí, señor don Fernando... Felizmente, los celadores y enfermeros no hicieron ningún caso de mi padre, y cuando empezaban a sacar heridos, echáronle de la cama y de la sala...

—Como a un perro —añadió la otra niña con rabiosa aflicción.

—¿Qué hacemos ahora? Incapaces nosotras de determinar nada, nos entregamos a la voluntad y a la iniciativa de usted.

—¿Hay algún peligro en que su señor padre salga públicamente... por entre el vecindario?

—Sí, señor: lo hay, puede haberlo... porque... verá usted...»

En esto llegó arriba presuroso el organista con la nueva feliz de que el señor Sancho había parecido y estaba en el patio. Rogó Calpena a las niñas que aguardasen un momento mientras bajaba en busca de quien podía prestarle eficaz ayuda en aquel empeño. Presurosa salió Demetria a la escalera para decirle: «Por Dios, no tarde usted mucho. Si usted no volviera o tardara, nos moriríamos de pena.

—Esté tranquila. Volveré al instante.

—¿Cómo demostrarle que no es conveniente exponer a mi padre a que le vean paisanos y soldados de Oñate en las calles del pueblo? Necesitaría contar a usted una parte larguísima de esta triste historia para que lo comprendiese bien. Pero usted, sin explicaciones, me creerá... Me creerá sin pruebas. ¿Verdad, señor don Fernando?

—Creo... Sí... —afirmó Calpena; y al decirlo, mirándola de abajo arriba, pues ella se paraba en los escalones más altos y él descendía lentamente, vio en sus ojos algo que le infundía ciega fe. Demetria, bien lo observó entonces, era de estatura más que mediana, esbelta y de admirable conformación de cuerpo y talle.

En los últimos peldaños de la escalera le cogió Sancho, endilgándole apremiantes órdenes de su señor: «don Aníbal se va con el Infante. Me dice que a usted le acomodará en un birlocho de los señores eclesiásticos, donde irán apretaditos, y a mí en una mula de los mismos, a la grupa del fraile de menos libras. Me dice que...

—¿Más todavía?

—Que recojamos del alojamiento sus pistolas, el abrigo de monte, la gorra de ídem, y las demás prendas que allí tienen los señores, y que con todas estas cosas y nuestras personas nos dejemos caer por el Ayuntamiento, donde él se encuentra con el señor Erro y otros principales de acá.»

No necesitó Calpena saber más para concebir con rápido pensamiento un plan y ponerlo en ejecución con voluntad decidida, en la cual no cabían dudas ni vacilaciones. «Aguárdame aquí: tardaré un cuarto de hora todo lo más. Si no te encuentro cuando vuelva, Sancho, te aseguro que me la pagas. Obedéceme, o sabrás quién soy. Aquí... No te muevas... te necesito. Un cuarto de hora...» Corrió a la calle; veinte minutos después hallábase de vuelta, trayendo las pistolas y dos capotones de viaje, uno de los cuales a Rapella pertenecía. El motivo de haber tardado un poco más de lo presupuesto fue que al salir de casa de Iriarte, recogidos los bártulos y pagado el hospedaje, encontró interceptado el paso por la comitiva del Rey. Iba Carlos V en su coche, tirado por tres poderosas mulas. Aun en tan desairada y triste ocasión, el pueblo le aclamaba, adorando más bien la idea que la persona, a la cual no veía. Con lentitud atravesó el carruaje la plaza, llena de tropa, y entró en la calle *Zarra*, seguido de otros coches y de innumerables jinetes, entre los cuales descollaba por su militar arrogancia la guardia de honor del estandarte de la generalísima. Lloviznaba otra vez, y las mujeres se echaban una enagua por la cabeza: los soldados aguantaban impávidos la lluvia como poco antes habían resistido las balas. El tambor sonaba en las calles lejanas, aproximándose por esta parte, alejándose y perdiéndose por la otra. En los corrillos que a su paso encontraba, oyó Calpena un alarmante rumor. Venían, venían los cristinos por San Adrián abajo... ya estaban cerca de Aránzazu... Antes de amanecer ocuparían la ciudad... ¡Pobre Oñate, pobres casas, infelices mujeres!

«¿Y la caja del señor y el estuche, afeites y pinturas del señor don Aníbal?... —preguntó Sancho, quedándose como en éxtasis.

—Sube conmigo, y cállate la boca —dijo Calpena entregándole todo lo que había traído, menos las pistolas—. El estuche se lo he mandado al Ayuntamiento con la criada de Iriarte. A nosotros no nos hace falta, porque no nos pintamos. Lo que pudiéramos necesitar, aquí lo tengo ya. Vamos, arriba pronto.»

Demetria le salió al encuentro gozosa, cruzando las manos como quien da gracias a Dios. Ya estaba medio muerta de ansiedad, sospechando que su protector no volvería.

«Me detuve, señora doña Demetria, viendo pasar al Rey, que ya va camino de San Prudencio y Vergara... Y dicen por ahí que vienen tropas de Oraa a ocupar el pueblo. ¿Esto nos favorece o nos perjudica?

—¡Nos favorece! —exclamó la joven volviendo a cruzar las manos y elevándolas al cielo—. ¡Dios mío, si fuera verdad...! Pero no perdamos tiempo, señor don Fernando... ¿Qué tal está de gente la calle?

—Por aquí escasea ya; en la plaza un gentío inmenso... Vea usted este abrigo largo. Se lo pondremos a su señor padre. Es de un amigo mío que se va con la Corte.

—¿Qué trae ahí? pistolas... ¡Ah! Parece que ha leído usted mis pensamientos, señor de Calpena, o que viene inspirado por Dios. Ya pensé yo que debía usted llevar armas por lo que pueda ocurrir.

—Nos defenderemos si es preciso. ¿Hay alguien aquí que nos estorbe la salida?

—Puede ser... No sé. En la confusión de este momento angustioso para el pueblo, saldremos, o intentaremos salir después de encomendarnos a Dios fervorosamente.»

Entró Calpena en la estancia precedido por Demetria y seguido de Sancho. En el suelo había un farol. Don Alonso se había puesto en pie; miraba con espantados ojos a los dos hombres. Era un señor de tipo militar, grave, hermoso, tan horriblemente demacrado, que representaba sesenta años no contando más que cuarenta y siete.

«Son amigos —le dijo Demetria acariciándole—, amigos de los buenos, que nos acompañarán fuera de aquí hasta donde queramos; hasta nuestra casa. ¿Verdad, señores, que nos acompañarán?

—Amigos —balbució el enfermo con torpísima voz, sin quitar de ellos sus atónitos ojos—. ¿De qué tierra...?

—De la nuestra, de allá... Vamos, vamos pronto. Póngase el abriguito que le ha traído este buen señor, y arrópese bien, y cálese la capucha, que hace mucho frío... Así, así... ¿Ve qué bien está?»

Calpena se ciñó el cinto de las pistolas. En aquel momento entró una vieja, que presurosa recogió del suelo el farol, diciendo en voz muy baja: «Ocasión como esta para salir, en toda la noche hallarán. ¡Ánimo y afuera! Abierto todo... Corpas y Berastegui han ido corriendo a la plaza.

—Este buen señor —indicó Calpena viendo que don Alonso se movía con notoria dificultad—, ¿está paralítico?

—Le llevaremos entre todos —dijo la niña mayor, angustiada.

—Sancho —ordenó don Fernando a su escudero en tono que no admitía réplica—, tú que eres fuerte, cógele en brazos. Afuera todo el mundo... Demetria, agárrese usted de mi abrigo por este lado... Gracia, por la izquierda. Déjenme los brazos libres... Buena mujer, haga el favor de llevar este lío de ropa, que es mucho peso para la niña. Yo, con mis dos mujeres, delante; sígueme tú, Sancho, con el señor a cuestas... Vamos. Derechos a la salida por la puerta principal. Y luego todo el mundo a la derecha lo más vivamente posible hasta coger el puente y ponernos al otro lado del río. ¡Dios sea con nosotros! Saldremos sin tropiezo, y al que quiera detenemos no le doy tiempo a respirar.»

Salieron en el orden dispuesto, con vivo paso, sin mirar a nadie. Por fortuna, en el patio había poca gente. Sentía Fernando el temblor de las dos muchachas, cada una por un lado, y su ardimiento varonil se centuplicaba entre aquellos dos miedos femeninos... Todo fue muy bien hasta que, franqueada la puerta y torciendo hacia el río, pasaban frente a la Universidad. Dos galeras paradas en medio de la calle obligáronles a un largo rodeo, y en esto se les plantaron delante dos hombres, con boina blanca (*chapelchuris*), que parecían servidores de alguna ambulancia: «Eh, ¿qué es eso, a dónde van estos pájaros?... Atrás —dijo uno de ellos revelando en la pureza del habla que no era vascongado. Sin contestarle, Calpena le dio un empujón, diciendo a su escudero: «¡Vivo, Sancho, vivo!»

—¡Atrás! ¿quién es usted? —gritó el otro *chapelchuri*, cortándole el paso.

Fernando le apuntó a la cara diciendo: «¿Que quién soy? Vas a verlo. Un hombre que te dejará seco ahora mismo, si le estorbas el paso...»

Y como los otros retrocedieron, más sorprendidos que atemorizados, añadió en el mismo tono: «Animales, ¿no veis que acompaño a dos señoras? ¿De qué tierra sois, que no respetáis a las damas?...

—*Semos* de Cascante. ¿Y qué?

—Pues yo soy de *Cascón*. ¡Paso! No somos ladrones... No nos llevamos nada que no sea nuestro.

—*Pensemos* que venían de la cárcel.

—Abur, amigos... —dijo Calpena avivando el paso, siempre con la impedimenta de las dos aterradas niñas a un lado y otro—. El que quiera media onza, venga por ella; el que quiera una bala, también...»

Y diciéndolo llegaron al puente, y pasáronlo a escape, sin mirar atrás. Las señoritas, adquiriendo por el miedo mismo súbita ligereza, no corrían, volaban, y Fernando con ellas. Sancho, con supremo esfuerzo de sus aceradas piernas, se puso prontamente a mayor distancia. La vieja que cargaba el lío de ropa fue la más rezagada; pero llegó la pobre, renqueando, sin tropiezo alguno.

«Si esos brutos —dijo Calpena cuando pudieron tomar aliento—, vienen acá, que escojan entre una buena recompensa por ayudarnos y un par de tiros bien certeros por perseguirnos.

—Señor, no hay que temer —dijo sofocado el escudero, dejando en el suelo a don Alonso—. Esos mostrencos son de Cascante, media legua de mi pueblo, que es Ablitas. Les conozco: están en la facción por compromiso. Son de los que llaman *pasados*, y sirven por los nueve cuartos. Si vienen, con una buena propina le servirán a usted de cabeza.

—No, no; más vale que no vengan. No quiero nada de Oñate, y menos de *chaquelchuris* o *chapeles* del infierno. Alejémonos un poco más, y luego tomaremos algún descanso. Ánimo, señoras, que ya estamos fuera. Y tú, Sancho, imita, hasta donde puedas, al bravo Esain, *el burro de don Carlos*. Solo que nuestro pobre don Alonso pesa menos que el Rey absoluto. Adelante. Esta buena señora hará el favor de llevar su carga un poquito mas lejos. Allí se ve una luz. ¿Qué es aquello? ¿Hacia dónde vamos?

—Es la ermita del Santo Ángel de la Guardia —indicó la vieja.

—Él nos favorezca y nos acompañe —dijo Demetria más animosa, haciendo la señal de la cruz.

—El señor Echevarría ha mandado que se alumbre la imagen toda la noche.

—¡Qué previsión la del señor confesor del Rey! esa luz piadosa nos guía en esta oscuridad —dijo Calpena—. Creo que nadie nos sigue... ¡Eh! Sancho, párate un poco. Cruzamos un camino. ¿Hacia dónde se va por aquí?

—Tirando a la izquierda, vamos a Lamiátegui.

—¿Es camino contrario al que lleva la Corte?

—Sí, señor; podremos, faldeando el monte Aloña, subirnos hacia Aránzazu...

—Eso, eso —dijo Demetria prontamente—. Aránzazu... Aránzazu es nuestro camino...»

XXIV

Dispuso el jefe de la expedición dirigirse al barrio de Lamiátegui, donde se procurarían medios para alejarse de la villa con más presteza y comodidad. Continuaron su marcha silenciosos, y llegado que hubieron cerca de las primeras casas de la anteiglesia, arrimáronse a un humilladero que les pareció lugar muy apropiado para descansar y orientarse. Puesto en pie don Alonso, sostenido por sus dos hijas, mirábales a todos uno por uno con ojos de sorpresa y terror. «¿Dónde está Oñate? —preguntó con ronca voz y mayor espanto en su mirada.»

Los cuatro a un tiempo señalaron hacia donde se veían las mortecinas luces de la villa entre montes y espesuras borrosas... y le hicieron notar el triste son de tambores que hacia aquella parte se oía. Encarose don Alonso, erguido y fiero, con el espacio oscuro salpicado de luces, y cual si estuviera delante de una persona, blandió su bastón, exclamando: «¡Ca... Nallas, lad...!» No pudo concluir: su lengua era como un trapo, y sus esfuerzos por hacerla funcionar no producían más que sordos mugidos. Volvió a gritar: «¡Ca... Nallas! y lo que no pudo decir con la boca, decíalo con el bastón, pues más de cinco minutos estuvo apaleando la atmósfera, hasta que sus hijas, haciéndole sentar en el sitio que escogieron como menos incómodo, trataron de sosegarle con palabras cariñosas

«Sí, sí —dijo Demetria mirando a la villa e increpándola con más amargura que furor—: te hemos maldecido, Oñate; hemos llorado sobre ti más de lo que pudieran llorar por sus pecados todas las generaciones que en ti han vivido. Si logramos perderte de vista para siempre, solo te decimos: Oñate, quédate con Dios.»

En tanto Calpena daba estas órdenes a Sancho, acompañadas del dinero preciso: «Necesitamos a todo trance víveres y un carro del país. Este pobre señor no puede moverse; ya lo ves. En caballería, si alguna se encontrara, tampoco podríamos llevarle. Busca por las casas de Lamiátegui un carro de bueyes, y lo tratas sin reparar en precio. De paso que haces esta diligencia, te traes la comida que encuentres, y un par de botellas de vino, todo bien acondicionado en una cesta. ¡Figúrate qué noche nos espera si nos lanzamos por esos caminos llevando a cuestas a don Alonso, con estas pobres niñas hambrientas y nosotros desfallecidos! Si tuviéramos la suerte de que bajaran tropas cristinas a ocupar a Oñate, menos mal. Pero me temo que no nos caerá esa breva... Anda, hijo, no perdamos tiempo. Toma más dinero si quieres, y tráeme lo que te digo.

—Un carro si lo hay, que no lo habrá... y víveres si los encuentro, que los encontraré... pero no querrán dármelos. Bueno.

—Anda, y no seas agorero... Ya oíste que las señoritas quieren llegar hasta Aránzazu. Tratas el carro; si te preguntan qué clase de pasajeros han de ocuparlo, dices que peregrinos... que un enfermo... que un monje... En fin, di lo que quieras. A tu talento y agudeza lo fío... Vete volando.»

Partió el escudero con más diligencia que confianza, desesperanzado de hallar lo que deseaban los fugitivos, y estos aguardaron su vuelta sentados al abrigo del humilladero. Don Alonso, arropado por la vieja, reclinó su cabeza sobre el hombro de Gracia, que le mimaba y arrullaba como a un niño. A la izquierda de este grupo, Demetria y Fernando permanecían en silencio, hasta que la joven lo rompió con estas o parecidas expresiones: «Aprovecho este descanso, señor mío, para dar a usted noticia de las infelices personas a quienes concede hidalgamente su protección sin conocerlas. Si en todo caso merecería usted nuestra gratitud, amparándonos sin conocernos merece reconocimiento más grande, de esos que nunca pueden extinguirse. Sabrá usted, ante todo, que somos de La Guardia, villa de Álava, tan famosa por su antigüedad como por la riqueza que le dan sus campos de viñedo y sembradura; sepa también que mi padre, a quien ve usted en estado tan lastimoso es uno de los señores de más ilustre abolengo en el país, y que a su nobleza corresponde un rico mayorazgo, que se extiende por las mejores tierras de Paganos y El Ciego. No estará de más decirle también que en nuestra familia no solo es tradicional la nobleza, sino la virtud, y que tuvimos y conservamos, y Dios quiera que siempre nos dure, el respeto y el amor de nuestros deudos y convecinos. Perdió mi padre a su esposa, nuestra querida madre, el año 33, y fue tan extremado nuestro duelo que no creíamos que el tiempo nos pudiera consolar de aquella desgracia, porque... ¡ay! no tiene usted idea de lo que valía mi madre, en quien la virtud y la suma discreción se juntaban, persona única, sin semejante, y tan hermosa además, para que nada le faltara, que a nosotras nos parecía tener en casa a la Virgen Santísima, así como veíamos en mi padre al primer caballero del mundo. Solo me falta decirle, para darle a conocer la familia, que mis padres no tuvieron hijos varones, y que su única descendencia son estas dos pobres niñas, mujer y niña más bien, que hoy tiene usted bajo su amparo.»

Fernando la oía con toda su alma, y ella, tomado aliento, prosiguió así: «La ocupación constante de mi padre, desde los tiempos que yo puedo recordar, fue siempre el gobierno de su casa y hacienda, la dirección de la labranza, en que empleaba, y empleamos aún, muchos caseros y servidores, el cuidado de los lagares y bodegas, de donde salen los más afamados, los más ricos vinos de aquella tierra. Distracción única o descanso de sus quehaceres era la caza, por la que tenía verdadero delirio. Su colección de escopetas y otros arreos era la envidia de todos los aficionados de la villa, y sus perros no conocían rivales. Salía mi buen padre con sus amigos, y se pasaba días enteros en aquel ejercicio saludable, del cual volvía siempre gozoso, pensando en nuevas campañas contra los pobres conejos o contra las perdices que en la Sonsierra tanto abundan. La vida, como usted ve, no podía ser más placentera en mi casa; los días se sucedían felices, empleados unos tras otros en el trabajo productivo y sin afanes, como de familia rica a quien todo le sobra, en socorrer a los necesitados, y en los deberes religiosos, que entre nosotros se han cumplido siempre con puntualidad y hasta con rigidez. Toda esta paz la trastornó la muerte de mi madre, ocurrida el 29 de septiembre del 33, de una enfermedad que empezó sin inspirar cuidado, hasta que hubo de complicarse con un fuerte mal de corazón; y acometida de síncopes, en uno de ellos se nos quedó, y la perdimos, y Dios se llevó ¡ay! en un momento toda la felicidad de mi casa. Fíjese usted, señor, en la coincidencia de que perdimos a mi madre el día mismo del fallecimiento del rey don Fernando VII, a quien tengo por causante de los males que nos ocurren, no solo a nosotras, sino a toda España; hombre funesto, del cual no puedo decir, por estar en el otro mundo, sino que le perdone Dios el mal que ha hecho... Si se cansa usted de oírme, callaré, señor don Fernando.

—No, hija mía, no; estoy encantado. Siga usted. Ya noté la coincidencia al oír la fecha. Con efecto: ese tiranuelo ha dejado a su patria una herencia lamentable, la espantosa guerra, estas discordias que hacen y harán de España por mucho tiempo un inmenso manicomio suelto. A ver: dígame ahora cómo pudo influir la muerte del Rey en las desventuras de su familia.

—Pues como ha influido en las de toda la Nación, no solo la muerte, sino la vida de aquel Rey que no supo gobernar en paz en sus Estados, teniendo, como tuvo, medios de sobra para hacerlo, solo con apoyarse en el cariño que le tenían los pueblos cuando vino de Francia. ¿Es esto un disparate?

—¿Qué ha de ser, Demetria? No es sino una observación muy atinada, que revela su buen juicio y superior talento. Adelante. La muerte del Rey desató el Infierno, y su padre de usted, que hasta entonces había sido un señor muy pacífico, atentó a sus intereses, se dejó tentar de uno de los partidos, de una de las banderías en que se dividió la Nación... ¿Es esto?

—Parece que me adivina usted. Es eso mismo, señor don Fernando. Mi padre, que jamás había parado mientes en la política, pues ni aun el año 20, según oí contar, tomó partido por nadie, en cuanto se quedó viudo, por influencia quizás de la soledad y tristeza, varió completamente de costumbres y aficiones, desviándose hasta de su placer favorito, la caza. En aquellos días, La Guardia era un torbellino de pasiones y entusiasmos por esta o la otra causa, por estos o los otros derechos malditos, y mi padre fue arrastrado en aquellos oleajes, alzando bandera por la reina niña con tanta fe, con tanto calor, que nos puso en gran desasosiego a mi hermana y a mí... porque ha de saber usted que en la villa andaban a tiros cada lunes y cada martes por un *Quítame allá un Carlos* o un *Ponme acá una Isabel*. ¡No puede usted figurarse qué alborotos, qué trapisondas, qué sustos...! Siempre había sido mi padre aficionado a las buenas lecturas, y por las noches, en las veladas de invierno, se recreaba en su escogida biblioteca, y a mi madre y a nosotras nos leía pasajes entretenidos de viajes, novelas, o de historias muy interesantes. Pero desde que le tocó la demencia política, ¿usted sabe los libros y papeles que entraban en casa? Tres veces por semana nos traía el bagajero de Vitoria un fajo así, de folletos y periódicos, todos echando chispas, vomitando veneno. Y con los papelotes chicos venían después carros cargados de Enciclopedias, de obras como misales, que trataban de libertad y cortes, de revoluciones y demonios coronados. En fin, que mi padre se pasaba los días y las noches devorando todo aquel fárrago, o discutiendo de política con los amigos que iban a darle tertulia, y de tanto leer y de tanto pensar en aquellos maldecidos negocios, se fue poniendo como Don Quijote con los libros de caballería, enteramente perdido de la cabeza, sin hablar de cosa alguna que no fuera aquel cansado tema, y llegando hasta creer que Dios le mandaba realizar no sé qué hazañas fabulosas, por las cuales reinaría en España y en todo el mundo la Dulcinea que adoraba... Advierta usted que la Dulcinea de mi buen padre era la Libertad, esa señora hermosísima, según dicen, pero que a mí me parece tan imaginaria como la del Toboso; vamos, que no existe más que en la voluntad de los caballeros que la han tomado por divisa y bandera de sus aventuras.

(Pausa. Fernando reía).

—Pero qué, ¿se ríe usted?

—Sí señora: tiene usted muchísima gracia. Adelante.

—Pues a tal extremo llegó su desatino, que abandonó por completo los asuntos de su casa, y la labranza, y las bodegas, y tuve yo que entrar a gobernarlo todo, lo que no me fue difícil, por los ejemplos que había visto en mi madre y en él. Me puse al frente de la casa; me entendí con los caseros, pastores y criados, y gracias a esto se pudo evitar el trastorno grande que se nos venía encima. Mi padre, erre que erre en su política, soñando despierto, inventando constituciones, leyes, y echando discursos de Cortes y embajadas. Mi hermana y yo, asistidas de un tío de mi madre, cura párroco del pueblo, ideamos quemarle un día todos los libros y papeles, y tapiarle la puerta de su librería; pero no nos atrevimos, temiendo que con esto se entristeciera demasiado y cayese en locuras más peligrosas. Estalló luego la guerra civil, y no quiero decirle a usted cómo se ponía cuando le contaban las batallas y encuentros de cristinos y facciosos... Nuestra pobre villa fue de las primeras que sufrieron la calamidad de la guerra. Un día se nos entraban allí los liberales, otro los carlistas. Tan pronto estábamos bajo el poder de Córdova o Rodil como bajo el de Zumalacárregui, y en uno y otro poder las bodegas y los graneros pagaban el gasto. ¡Qué días, señor, qué meses angustiosos! Felizmente, llevamos algún tiempo bajo la dominación cristina, y ojalá no tuviéramos allí más peripecias.

—Hasta ahora —dijo Fernando—, no veo en el buen don Alonso más que un entusiasmo platónico. Sin duda se lanzó después a empresas de acción...

—¡Ay, cómo lo acierta usted!... Pues sí, sin decirnos nada, antes bien, llevando sus propósitos con gran reserva, organizó una partida volante en la cual entraron algunos caseros de nuestras tierras, y dos o tres cabezas ligeras de la villa, gente toda muy al caso para cualquier barbaridad: valientes, cazadores que conocían palmo a palmo toda la Sonsierra. Una mañana, callandito, salieron por la puerta del corral, y ya tiene usted a mi padre dispuesto a romper una lanza por Isabel II, y a comerse crudos a todos los malandrines del otro bando.

—Ya... y le derrotaron, y...

¡Quia! Espérese un poco... Ahora no ha sido usted muy buen adivino. Lo que hizo fue dar un palizón tremendo a la partida de un guerrillero que llaman Lucus, matándole seis hombres y cogiéndole no sé cuántos prisioneros... A los dos días se batió con la vanguardia de no sé qué tropa carlista, y también les dio un revolcón muy grande...

—¡Vamos!

—¡Como que Oraa le felicitó delante de las tropas, y Córdova le dio una cruz! ¡Vaya! ¿Pues usted qué se creía? Siguió guerreando por esos montes, sacudiendo de firme a las partidas que encontraba, hasta que le hirieron en la cabeza y volvió a casa muy alicaído. Sus compañeros de hazañas se dispersaron, no quedándole más que dos: un tal Polación y José Díaz, que le llevaron a La Guardia. Desde entonces se nos volvió taciturno, desconfiado, de genio regañón; y aunque curó de su herida, quedó muy propenso a padecer desvaríos, a veces accesos de furor. Tomamos cuantas precauciones puede usted imaginar para retenerle y apartarle de aventuras tan peligrosas, hasta que llegó un día funestísimo en que se alborotó la villa por una cuestión entre alojados del general Oraa y algunos vecinos del pueblo. Hubo tiros, sustos, carreras, un infernal barullo. En esta confusión, mi desgraciado padre saltó por la ventana de la bodega; uniéronsele dos de su anterior partida, el tal José Díaz y otro muy pendenciero a quien llaman *Puche*, escaparon a la sierra los tres solitos, a caballo, y de allí se fueron al Cuartel general de Córdova. Sin duda esperaban encontrar otros desalmados que se les agregaran; tal vez soñaban que el jefe del ejército les daría soldados, para con ellos y el ardimiento que los tres llevaban en su alma, conquistar medio mundo. Ante esta nueva desdicha no pude contenerme; no vi más solución que correr yo misma en busca de mi padre, y traérmele. Mi genio es vivo, mis resoluciones prontas. Cuando se me ocurre una idea que creo salvadora, me persuado de que Dios la inspira. Pensado y hecho. Mandé preparar un coche... Mi hermana no quiso separarse de mí, y abrazándose a mi cuello, me pidió llorando que fuésemos juntas; cedí... Salimos una tarde acompañadas de dos criados de casa, de mi absoluta confianza, y a todo escape nos dirigimos a Vitoria. Mi pensamiento era suplicar al general que ordenase a mi padre la vuelta a La Guardia, negándole todo auxilio de guerra... No creía yo difícil obtener esto. En Vitoria contábamos con la

158

ayuda de familias que nos aprecian... Todo lo vi fácil, todo realizado prontamente, conforme a mi deseo... Iba, pues, alentada por el amor filial, por el
recuerdo de mi madre, por la satisfacción de ver representados en mí los
sentimientos de la familia, el honor y la respetabilidad de nuestro nombre, y
no bien llegamos a Vitoria...»

Aquí fue interrumpida la historia por la llegada de Sancho.

XXV

El cual con cara gozosa dio cuenta de haber reunido algunas vituallas, que
fue sacando ordenadamente de una cesta: «Cuatro quesitos, dos botellas
de vino, tres panes de a dos libras, docena y media de sardinas saladas,
que, si a usted les parece, las tiraremos, pues esta no es buena comida
para señores, y menos en viaje... Cuatro bizcochos de Oñate más viejos que
mi abuelo... pero, en fin, valen, y nueces. Ya ve usted cuántas. Las he probado, y más de la mitad salen fallidas. Del carro le diré que al fin encontré
uno pequeño; pero quieren, por la subida hasta Aránzazu, onza y media, y
además que el señor responda de la pareja, abonando su valor, si la secues-
tran carlistas o isabelinos. Esto es un abuso...

—Mayor abuso es que nos quedemos aquí toda la noche, o que tengamos
que subir a pie, llevando en brazos al señor don Alonso. Anda y cierra trato
enseguida, por lo que quieran, y venga pronto... Cuídate de que le unten bien
los ejes para que no chille, pues no tiene gracia ir cantando por esos valles...
y haces que pongan un buen fondo de yerba seca, para que podamos llevar
al enfermo acostado. Supongo que el carro tendrá toldo. Si no, que se lo
pongan, y si no quieren ponérselo, no por eso deje de venir, que a mal
tiempo, buena cara... Si de paso encuentras algo más de bucólica, venga,
cueste lo que cueste. Deja aquí la cesta, y llévate las sardinas para tirarlas, si
no quieres comértelas. No te entretengas, que es tarde.»

En el tiempo que duró la segunda ausencia del buen Sancho, siguió la
damisela su interesante relación. En Vitoria no hallaron a su padre; el general
en jefe, a quien se presentó Demetria, le dijo que èl señor de Castro campaba
por sus respetos sin sujeción a ninguna disciplina, y que le mandaría preso
y bien custodiado a su pueblo si se le traían. De las familias que en la ciudad
conocía solo encontró a dos señoras de Armendáriz, viejas, y a otro vejes-

torio incapaz, el conde de Samaniego, arqueólogo y numismático, por el cual supo que don Alonso había ido hacia Salvatierra, ganoso de gloria. Corrieron allá las dos muchachas, a quienes el cariño filial daba extraordinario valor y alientos. En Salvatierra les dijo persona bien informada que el incansable paladín cristino, con sus dos compañeros y otros tres que se le agregaron, había partido hacia Galarreta, lugar que se halla en la falda de una sierra muy áspera, y a la cual no podía subir el coche, por la ruindad de aquellos pedregosos caminos. Viéronse allí abandonadas de Dios y de los hombres; mas ni en tan terrible desamparo se abatió el corazón de la animosa doncella, que resolvió seguir adelante en su empresa nobilísima, desafiando todas las inclemencias y obstáculos que la Naturaleza y la Humanidad le ofrecían. Gracia, agobiada de cansancio, no hacía más que llorar; Demetria, ya que no acobardada, afligida de la tribulación de su hermanita, llegó a sentir vacilación y dudas: uno de los criados aconsejó la retirada, el otro, seguir adelante. Hallábanse en estas angustiosas deliberaciones, cuando unos soldados trajeron la noticia de que el señor don Alonso y su gente habían tenido un desgraciado encuentro con facciosos en el Puerto de Arrida, con pérdida de los dos tercios de su cuadrilla, o sea cuatro hombres, quedando el jefe desmontado y gravemente herido sobre el campo, mas no prisionero, porque pudo ir por su pie a una venta próxima, donde le ampararon, y allí le habían dejado ellos, tendido en un pajar, con la cabeza vendada, y hecho todo una lástima.

No necesitó saber más la temeraria joven para decidirse, y allá se fueron los cuatro monte arriba, encomendándose a Dios y a la Virgen, único amparo que podían esperar en aquellas soledades. Ni los temores de encontrar facciosos arredraban a Demetria, pues creía, juzgando la voluntad de los demás por la suya generosa, que con exponerles el objeto de su peregrinación, no solo no recibiría de ellos ningún daño, sino que quizás la favorecerían. Después de un fatigoso caminar toda la noche y parte de la mañana, llegaron a la venta de Arrida, donde les esperaban nuevo desengaño y tribulaciones mayores que las pasadas. A media noche había pasado por allí una avanzada carlista, y descubierto don Alonso, por los gritos que daba en su desbordada locura, se le llevaron prisionero a Oñate: de sus dos comilitones, el uno logró escapar saliéndose al tejado; el otro, prisionero iba también con su señor.

Ya en este punto las cosas, y presentando tan mal cariz la continuación del viaje, que exigía penetrar resueltamente en el terreno de la facción, los dos criados votaron por el retroceso. Gracia lloraba, asegurando que no se separaría de su hermanita, y esta declaró que aunque supiera que en ello se jugaba la vida, había de intentar rescatar a su padre de las autoridades facciosas, presentándose a cabecillas o generales, al Rey mismo si necesario fuese. Dijo a sus criados que se volvieran si tenían miedo, y ellos ¿qué habían de hacer más que seguirlas hasta el fin del mundo? Adelante, pues. No habían andado media legua, cuando encontraron al compañero de Don Alonso que había logrado escapar de la venta, el cual venía tan azorado y temeroso que daba compasión verle; además, herido, con un brazo atravesado por bala de fusil, desangrándose. Contó el infeliz peripecias que partían el corazón: el señor don Alonso estaba completamente ido del cerebro. Su tema no era ya combatir en el campo, donde creía haber alcanzado tantas victorias. Precisamente, cuando le sorprendió la avanzada que le deshizo, dejándole tendido en un zarzal, iba con una idea desatinada, que sus amigos no podían quitarle de la cabeza. Se proponía presentarse a Don Carlos y retarle a desafío para decidir en juicio de Dios, peleando con toda lealtad, la grave cuestión que motivaba la guerra. De este modo, según él discurría con su trastornado entendimiento, se pondrían en claro los disputados derechos al Trono de España. El duelo había de ser a muerte, en campo abierto, a caballo los dos paladines, delante de los testigos que una y otra parte designaran. Todo esto lo decía con gritos desaforados, y cuando se hallaba en el pajar, los facciosos que entraron en la venta no le habrían descubierto, a no ser por las tremendas voces que daba proponiendo a don Carlos, como si delante le tuviera, el singular combate en que había de decidirse la suerte de España. Terminó su relato *Puche*, que este era su nombre, diciendo que ya no podía resistir ni el dolor de sus heridas ni el hambre y sed que le devoraban, por lo cual no podía volverse en compañía de las señoritas. Buscaba una cabaña de pastores en que guarecerse, para sanar o morirse. Don Alonso, con José Díaz, que también iba prisionero, debía de estar ya más abajo de Aránzazu, camino de Oñate. Demetria socorrió al desgraciado *Puche* con dinero, y siguieron adelante, siempre con la idea consoladora de que Dios en trance tan terrible no les abandonaría.

En este punto de la historia, llegó Sancho con cuatro bizcochones más y unas ciruelas pasas, y tras él vino el carro, que Fernando y Demetria vieron con grande alegría, como si les mandara el cielo un barco encantado, o el mágico clavileño de Don Quijote. Sin perder tiempo acomodaron a don Alonso sobre la yerba olorosa y le cubrieron con el capote de Rapella, poniéndole por almohada el lío de ropa: el pobre señor dejábase tratar como cuerpo muerto; les miraba atónito y no profería una palabra. Tratose luego de si Sancho les acompañaba o no, y las razones que dio este a Fernando le convencieron de que debía volverse a Oñate y partir en pos de su amo. Urgía dar al siciliano alguna explicación de aquellos inesperados sucesos, y del secuestro de su gabán. Seguramente lo aprobaría, pues era hombre que se pirraba por las aventuras, por todo lo que fuera intervención de lo inesperado y sorprendente en las cosas de la vida. Entregó Fernando al escudero un bolsillo con onzas, propiedad de don Aníbal, cogiendo algunas para agregarlas a lo suyo, por si le hacían falta en aquella empresa, y le despidió con estas razones: «Le dices que yo, de hoy a mañana, en cuanto deje a esta desgraciada familia en lugar seguro, de donde pueda volver a su casa, no pararé hasta reunirme con él y con la Corte y séquito del señor Pretendiente.»

Saludó Sancho a las señoritas, deseándoles un buen viaje y el feliz cumplimiento de sus deseos, y despidiose también la vieja con expresiones de cariño; Demetria y Gracia subieron al carro, y este emprendió su marcha lenta y sin chillidos por las cuestas de Aloña. Lo primero que hizo Calpena fue invitar a las niñas a una frugal cena, y ellas, que con las esperanzas se veían ya menos agobiadas de su tristeza, no se hicieron de rogar; partido el pan, dieron a su libertador una rebanada y medio quesito, pues a él tampoco le venía mal hacer por la vida. Comiendo se arrimó al boyero para trabar conversación con él y sondearle, pues de su lealtad y buena disposición dependía el éxito del viaje. Era un vejete forzudo y de pocas palabras, que hablaba medianamente el castellano; llamábase Gainza y no parecía mal hombre; comentando la guerra, expresó la idea de que el país estaba ya harto de tanta trapisonda, esquilmado por las sacas continuas de mozos, forrajes, pan y contribuciones. Lo que el país ansiaba era: o que don Carlos se sentase en el *Trono de todo el Reino*, o que se entendiese con su cuñada para reinar los dos *apareados*. No desagradó a Fernando esta actitud, y sin mostrarse amigo ni enemigo de la Causa, le recomendó que llevase su carro por los caminos que creyera menos frecuentados de tropas, así facciosas como cristinas, añadiendo que le recompensaría con toda largueza si lograba llevar salvas hasta la sierra a las dos niñas y a su padre enfermo, el cual era un señor muy pudiente que había venido a Oñate enviado por el Rey de Francia para tratar con don Carlos de asuntos *católicos*, y habiendo cogido un aire de perlesía, iba en busca de unos afamados médicos de Vitoria que curaban este mal con aguas frías y calientes. A esto dijo Gainza, picando sus bueyes, que él había oído algo de curar el *paralís* con *chorros físicos y destemplados*.

«¿Querrá usted creer, don Fernando —dijo Demetria a su caballero de a pie, cuando este acomodó su paso al del carro, apoyando la mano en el tablón zaguero—; querrá usted creer que esto poquito que hemos cenado nos ha sabido a gloria? Hacía tiempo que no conocíamos lo que era apetito, sustancia ni sabor de nada. Comíamos amargura y bebíamos nuestras lágrimas.

—Los quesitos son muy buenos, ¿verdad, don Fernando? —dijo Gracia—. Y los bizcochos, aunque saben a viejo, no están mal... Lo peor es que las hormigas se me suben por la cara y quieren comerme a mí.

—Ahora que están ustedes tranquilas, todo les sabe bien...

—¡Ay! ¿Ya cree usted que no debemos temer nada? Muy pronto lo dice, don Fernando. Yo no estoy tranquila. Lo dice usted por animarnos, y nosotros se lo agradecemos mucho... Mi hermana y yo, mientras usted hablaba con el viejo del carro, decíamos que si no es por usted no salimos nunca de aquel infierno... Verdaderamente, señor, no vale con decirle que nuestra gratitud será eterna, pues ni con eternidades se paga este inmenso beneficio.

—¡Oh, por Dios, no dé usted valor a un acto tan sencillo, tan elemental...! El cumplimiento de un deber no merece alabanzas.

—Ahora se hace usted el chiquito... No, no, que bien grande se nos ha mostrado. ¡Sabe Dios lo que significa para usted el sacrificio de su tiempo; sabe Dios los perjuicios que le traerá su buena obra! ¿Y quién me asegura que no le llamaban a usted a otra parte, esta noche misma, afecciones, compromisos sagrados, qué sé yo...?

—¡Oh, para todo hay tiempo! Lo principal, que era sacarlas a ustedes de su cautiverio, ya está hecho. Pero aún falta un poquito, Demetria. Veremos si de aquí al día...

—No me asuste usted. ¿Nos abandonará Dios después de habernos amparado? No, no lo creo. El corazón me dice que triunfaremos, gracias a usted, a su firme voluntad y corazón valiente.

—¡Ay! —dijo Gracia temerosa, sacando la cabeza fuera del toldo para observar el país que atravesaban—. Me parece que fue aquí...

—No, mujer, fue más arriba, mucho más arriba... No me lo recuerdes, que pierdo otra vez los ánimos y se me renueva el terror de aquella noche...

—¿Qué...? ¿Les pasó algo en estas soledades cuando bajaban hacia Oñate?

—¡Ay, si aún no le he contado todo! ¡Si nos han pasado cosas terribles, señor don Fernando! Aún no sabe usted lo mejor, digo, lo peor de aquel tristísimo caminar en busca de mi padre... No, no fue por aquí Gracia; fue en un lugar muy feo y desolado, donde hay cavernas y abismos espantosos... ¿En qué quedamos de mi relación?

—Cuando se encontraron con *Puche*, y le socorrió usted...

XXVI

—Y seguimos, sí... Pues ahora es cuando empiezan los grandes desastres. Poco después de medio día, tuvimos un encuentro con soldados facciosos, que nos dieron el alto. Afortunadamente, el teniente que les mandaba, alto, delgadito, era todo un caballero; yo me arrodillé delante de él, y le pedí por Dios que no nos mataran, contándole después lo mejor que pude el objeto de nuestro viaje. El hombre se portó hidalgamente. Siento no recordar su nombre, pues si al fin nos salvamos, quisiera expresarle mi gratitud. Tratonos con miramiento; nos dio agua, pues ya estábamos muertas de sed, y no contento con esto, nos acompañó un buen trecho, diciéndonos palabras consoladoras... Pero ¡ay! algunas horas después, ya cerrada la noche, que era de las más oscuras, nos salen unos tíos, ¡ay, qué gente, señor don Fernando, qué modales, qué voces, qué aspecto más de bandoleros que de tropa regular! A lo primero que dije, tratando de interesarles en favor mío, contestaron con injurias soeces. Uno de mis criados no supo contener su coraje; pero antes de que pudiera hacer uso de las pistolas que llevaba, le dispararon un tiro de fusil, que por fortuna no le ocasionó más que una herida leve en el brazo. Nosotras nos pusimos a chillar pidiendo misericordia, y el jefe, o más bien capitán de ladrones, ordenó que no se nos hiciera daño alguno, siempre que los dos hombres entregaran sus armas y se dieran prisioneros. Ofuscada yo, vacilante, aturdida, creí que las mejores razones para convencer a aquellos cafres eran las onzas de oro, y saqué una culebrina que llevaba en el pecho. Nunca tal hiciera, pues sin aguardar a que yo les diese lo que me parecía sobrado para comprar su benevolencia y el paso franco que deseábamos, me quitaron todo el dinero, y nos llevaron presas... ¡Ay, qué paso, señor mío, qué horas de angustia por aquellos senderos pavorosos, entre bayonetas y trabucos, como criminales... las personas honradas y buenas conducidas ignominiosamente por los salteadores de caminos!... Mi hermana y yo, enlazaditas del brazo, obligadas a llevar el paso presuroso de aquellas bestias con humana figura, rezábamos; todo el camino lo pasamos rezando, hasta que al amanecer de Dios, amanecer más triste que la más negra noche, entrábamos por la plaza de Oñate, y caíamos muertas de cansancio en las baldosas de la casa de Ayuntamiento, en una cuadra lóbrega, donde nos encerraron como a fieras dañinas... ¡Ay, no puedo seguir contando, porque se me nubla la esperanza, la alegría de esta escapatoria!... Luego seguiré... ¿En dónde estamos? ¿Hemos avanzado mucho? ¿Traspasaremos la cordillera antes de rayar el día?... ¿No nos saldrá otra partidita de realistas salteadores?...»

Agotó Fernando los recursos de su palabra para darle alientos y desvanecer sus inquietudes, demostrándole, hasta donde esto demostrarse puede, que así como los males vienen siempre encadenados, tirando unos de otros, al iniciarse el bien vienen asimismo de reata y en creciente progresión los sucesos favorables. La ley de este fenómeno se esconde a nuestra penetración; pero su existencia misteriosa revélase a todo el que sabe vivir por duplicado, esto es: viviendo y observando la vida... En esto la pobre Gracia, rindiendo al cansancio su endeble naturaleza, se quedó dormidita, reclinada junto al cuerpo de su padre, que reposaba en un tranquilo sueño.

Manteníase Demetria muy despabilada, insensible a la fatiga, atenta a los accidentes del país agreste, a los ruidos próximos y luces lejanas, y por más que Fernando al descanso la incitaba, no pudo obtener que se reclinara para descabezar un sueñecito. Transcurrido un rato sin que ninguno de los dos hablase, dijo Demetria: «Voy completamente entumecida, y no puedo entrar en calor. Si a usted le parece, bajaré; necesito ejercicio.» Parado un momento el carro, se apeó de un brinco la viajera, y siguieron ella y Fernando a pie larguísimo trecho, a ratos delante de los bueyes, a ratos detrás.

«¿De modo que los cuatro quedaron presos en el Ayuntamiento? —preguntó Calpena deseando conocer todas las desventuras de sus protegidas.

—No señor; a mi hermana y a mí nos llevaron enseguida a la Caridad, por no haber en Oñate cárcel de mujeres, y nos pusieron en aquel cuartito donde usted nos ha visto. Los dos criados quedaron allá. El paso de nuestra separación fue por demás doloroso, como comprenderá usted; al vernos apartadas de nuestros leales servidores, el cielo se nos caía encima. Florencio y Sabas fueron conducidos al día siguiente a Tolosa, donde los carlistas organizan un batallón con los penados, prófugos y toda la gente advenediza que cae en su poder, así extranjeros como castellanos, sin diferencias de edades ni talla. Eso he podido averiguar, pues a mis dos servidores nos les he vuelto a ver ni he sabido nada de ellos... ¿Ve usted cuánta desdicha? ¿No era esto para desesperarse y desear la muerte? ¡Y con tantos golpes, nosotras siempre confiadas en Dios, sacando de nuestra propia tribulación energía para salvarnos y salvar a nuestro infeliz padre! Cualquiera se habría rendido a la adversidad, viéndose como yo me veía, presa y sin ningún amparo, en pueblo desconocido, donde todos eran enemigos, y nos habían tomado por mujeres malas, de esas que merodean en los ejércitos de uno otro bando. ¿Cómo disipar esta mala idea? ¿Cómo hacerles comprender quiénes éramos y quién era mi padre? ¿Creerá usted que pasaron dos días sin tener conocimiento de la suerte del infeliz prisionero, casi convencidas ya de que nos le habían fusilado?

—Es verdaderamente horrible —dijo Fernando con inmensa compasión—. ¿Pero no contaba usted con algún conocimiento, con relaciones en ese maldito pueblo?

—Verá usted: En aquel conflicto, teníamos puesta toda nuestra esperanza en un señor, que sabíamos ocupaba en la Corte de este Rey una elevada posición: don Fructuoso Arespacochaga... ¿Le conoce usted?

—No señora. Entre las personas que he visto aquí no recuerdo a ese sujeto.

—¡Cómo le había de ver, si no está! Pues mis carceleros, gente mala y suspicaz, después de un día de lucha, me permitieron escribir a don Fructuoso. Es el tal de Vergara, si mal no recuerdo; solía pasar temporadas en La Guardia, donde tenía intereses; mi padre y él se hicieron muy amigos, y juntos iban de caza. Creía yo que con decirle mi nombre y el de mi padre bastaba para que tuvieran término pronto y feliz las calamidades que nos afligían. La ansiedad con que esperábamos la vuelta del que llevó la carta ya puede usted figurársela. Cada vez que sentíamos pasos en la escalera creíamos que subía don Fructuoso. ¡Ay, qué dolor, qué abatimiento cuando nos llevaron la noticia de que le habían mandado a Viena o qué sé yo a dónde, con una misión diplomática!... ¿Le parece a usted?... ¡Misión diplomática! Hasta los gatos quieren zapatos.

—Pero, por Dios, ¿no quedaba en Oñate alguien de la familia de ese don Fructuoso?

—Sí, señor... por lo cual verá usted que no estábamos enteramente dejadas de la mano de Dios. Mi carta fue a parar a manos de un señor Ibarburu...

—¿Clérigo?...

—Y empleado en lo que llaman aquí el ramo de... No sé qué.

—De Gracia y Justicia... Le conozco: hemos sido compañeros de vivienda. Es un capellán joven, con gafas, hablador, bastante fatuo.

—El mismo, sí señor: muy redicho, de una amabilidad empalagosa, de estos que se oyen y se felicitan cuando hablan... Pues fue el capellán a vernos, y nos dijo que, encargado por don Fructuoso de todos los asuntos de este, deseaba servirnos en lo que de él dependiera, siempre que no le pidiésemos cosa alguna en detrimento de la santísima causa que defendía. Con todas estas rimbombancias y otras que no recuerdo nos hablaba el señor aquel, más fino que cariñoso, dejando entrever su egoísmo en sus actos de cortesía.

—No sé qué es peor, Demetria —dijo Fernando nervioso—, si tratar con bandidos o con fatuos, intrigantes, como ese clérigo.

—¡Ay! no diga usted eso, no: que el señor capellán, con toda su vanidad seca, nos sirvió. Gracias a él logramos ver a mi padre, tenerle a nuestro lado. Pudo hacer más de lo que hizo; pero hizo bastante: por mediación de él, Dios, si no puso fin a nuestras desgracias, las alivió, quitándoles crudeza. ¡Ay, sí! Mucho tenemos que agradecer al señor Ibarburu, por cuyo valimiento en la Corte alcancé la altísima honra ¡pásmese usted! de ser recibida en audiencia por Su Majestad el Rey don Carlos V... ¿Qué? ¿se ríe usted?... ¡Pero si las cosas que nos han pasado, todo en el breve término de dos semanas, pues no ha transcurrido más tiempo desde que salimos de casa, son tales, que con ellas se podría escribir un libro!... Sucesos tristes, tristísimos, enlazados y contrapuestos con lances graciosos; horrores y tragedias por un lado; mil ridiculeces por otro: todo esto ha sido mi vida en tan breve tiempo. A usted le habrá pasado, leyendo libros de entretenimiento, que todo le parece mentira, exageración de los que escriben tales obras; y recreándose en aquellos lances tan bien urdidos, no les da crédito... Yo he pensado lo mismo; pero ya no, ya no; creeré cuanto lea, y aún me parecerá pálido todo el cúmulo de desdichas y calamidades entretejidas que a veces nos ponen, para cautivar nuestra atención y hacernos sufrir y gozar, los autores de novelas. No, no: ya sé yo que la vida sabe más que los autores, y lo inventa mejor, y más doloroso, más intrincado, y con más sorpresas y novedades.

—Muy bien. La realidad tiene más talento que los poetas.

—Y más... ¿cómo dicen?

—Más inspiración.»

Oyeron voces, y la inquietud les cortó el sabroso diálogo. Pero los que venían eran gente de paz: dos muchachos y una vieja que bajaban con leña. Interrogados en vascuence por Gainza acerca del avance de las tropas de Córdova, respondieron los leñadores que no habían visto sombra de cristinos en aquellas cañadas. Por referencia de unos carboneros sabían que más arriba de Aránzazu, como a dos tiros de fusil, la partida carlista de *Basurde* se había tiroteado al anochecer con las avanzadas de Espartero, teniendo la partida que correrse hacia la sierra de Elguea. Y nada más. Buenas noches.

«Verá usted —dijo Demetria a Fernando—, cómo no nos amanece sin algún mal encuentro, que sería la segunda parte de aquel famoso que le he contado a usted. Si Dios dispone que cuando creemos tocar la salvación, perezcamos, cúmplase su santa voluntad.»

Para despejar de temores aquel noble espíritu, Calpena se mostró alegre, confiado, asegurando que el reciente triunfo de Córdova habría limpiado de facciosos el país que recorrían. Como soplaba un airecillo picante, y andado había ya más de un cuarto de legua a pie por suelo tan desigual, Demetria volvió al carro, encontrando a su hermana como un tronco, y a su padre despierto. Ocasión era, pues, de darle algún alimento. Fernando mandó parar. Incorporaron al enfermo; diéronle pedacitos de pan, queso y bizcocho, que comió con ansia, y encima traguitos de vino. Dejábase manejar don Alonso sin oponer resistencia a nada de lo que con él hacían, como hombre que ya hubiera entregado a la Muerte la mayor parte de su ser, y paladeando el vino que su hija en un vaso le ponía en los labios, decía cada vez que tomaba resuello: «¡A casa!

—Sí, padrecito querido, a casa... Me parece que ya es tiempo. ¡Ay, casa querida! Ahora... A dormir otro poquitín.»

Y tendido nuevamente en su lecho de yerba, zarandeado por los traqueteos del vehículo, siguió repitiendo: «¡A casa!...» No decía más, ni sabía decir otra cosa, porque la parálisis le iba quitando gradualmente, por zonas, sus energías y facultades, ideas, memoria, palabras; de estas quedábanle ya muy pocas. Observando que a cada instante ladeaba la cabeza a una parte y otra, y que se llevaba al pecho la única mano de que disponía, su hija, inquieta, le preguntó si sentía alguna molestia o dolor. Él denegó con la cabeza, respondiendo tan solo: «A casa...» Luego pareció más sosegado; cerró los ojos. «Duérmase, padrecito, descanse. Ya somos felices... ya hemos salido de aquel purgatorio.» Inmóvil, aletargado, aún dijo tres veces: «¡A casa!»

XXVII

Condolíase Demetria de que su caballero salvador tuviese que echarse a pechos, a pie, los empinados y ásperos vericuetos por donde iban, sin tomarse ningún descanso ni dormir siquiera un par de horas; pero Fernando le aseguró estar muy acostumbrado a pasar malos días y peores noches, encareciendo la urgencia de ganar tiempo y zafarse pronto de la peligrosa divisoria entre la España de don Carlos y la de Isabel. Reanudó entonces Demetria la historia de sus *dos semanas*, refiriendo que la causa de que el señor Ibarburu no pudiese resolver el conflicto de la familia de Castro fue una inesperada complicación, que parecía obra del mismo demonio. Por aquellos días fue descubierto un complot para matar a don Carlos. Un desalmado catalán que había pertenecido a la Compañía de Jesús, de la cual le expulsaron en 1819, que después sirvió en el ejército carlista, y fue condenado a muerte por intento de vender al enemigo una compañía, logrando salvar la pelleja con una audaz escapatoria, entró en Guipúzcoa por Alsasua, con dos mujeres jóvenes que vendían baratijas. Proponíase quitar de en medio a don Carlos. Delatado y cogido cerca de Oñate, le llevaron codo con codo a la cárcel de Vergara, y se empezó a formar una causa en que los señores del Consejo de Guerra quisieron sin duda lucirse, complicando en ella a toda persona desconocida que a la sazón aportara por allí. La coincidencia diabólica de que el presunto asesino se llamase Juan Díaz, y José Díaz el compañero de don Alonso; la también endiablada circunstancia de que este, en su triste locura, no hablase más que de resolver la cuestión dinástica, cuerpo a cuerpo, entre él y don Carlos, en el campo del honor, fue parte a que metieran al pobre don Alonso y al cuitado de Díaz en aquel embrollo, no pudiendo eximirse de culpabilidad las pobres niñas, como hijas del Castro, *según declaración propia*, y sobrinas, *según indicios*, del Díaz. Gracias que el señor Ibarburu, única persona que las amparaba, no creía en tal complicidad, y cediendo a los ruegos de la valerosa joven, gestionó que don Carlos la concediese el honor de recibirla en audiencia.

Dos días fueron empleados en este negocio, desplegando Ibarburu toda la solicitud que su egoísmo le permitía. Aconsejó a Demetria que tanto ella como su hermana confesasen y comulgasen en la capilla de la Caridad, pues les convenía dar público testimonio de su catolicismo y devoción, encomendándose además a la Virgen de los Dolores, abogada de los que sufren persecución de la justicia, patrona santísima de la Causa y generala de sus ejércitos. Insistía Ibarburu en recomendar esta demostración religiosa, porque Su Majestad, monarca muy atento a las conciencias de sus vasallos, se enteraba de quien cumplía y quién no cumplía con Dios en el naciente Reino. Gozosas se apresuraron las dos niñas a seguir el consejo del capellán, en lo cual satisfacían un deseo vivísimo de sus piadosos corazones, y al día siguiente fue Demetria a la audiencia, el alma llena de zozobra, avergonzada del deterioro en que se hallaba su traje, sin recursos para vestirse como le correspondía por su posición. A pesar de esto, rechazó la oferta que le hizo una señora presa de facilitarle un vestido de merino azul, pues prefería ir mal a ponerse ropa prestada. «¡Ay, qué cosas, qué incidentes, señor don Fernando! La pobre señora se empeñó en peinarme a la moda y en ponerme sus peinetas, y no sabe usted el trabajo que me costó evitarlo sin que se ofendiera.»

Recibió don Carlos a Demetria momentos antes de salir para Elorrio. Hallábanse junto a él en la Real Cámara (una sala destartalada, muy fea, con cortinas amarillas y unos cuadros grandes de pasajes de la Biblia), dos señores muy estirados, uno de los cuales entendió Demetria que era el señor Erro; el otro, eclesiástico rudo y agreste, como un tronco sin descortezar, debía de ser el señor Echevarría; mal gesto, ojos suspicaces. Más que su turbación pudo en el ánimo de Demetria el grave anhelo que llevaba a *las gradas del Trono*, el martirio de su padre inocente, y arrodillándose delante de la pretendida Realeza, expuso con claridad y modestia su cuita. Don Carlos, en pie, la mandó levantarse, dándole a besar su Real mano, y se mostró benigno, sin abandonar la tiesura y frialdad de rostro estatuario que le caracterizaban. Hombre de buenos sentimientos en lo que no tocara a sus derechos y pretensiones, los manifestaba con austeridad, parco en palabras cariñosas: «Ya se dispuso —dijo—, la suspensión de la sentencia, y hoy he mandado que el preso sea trasladado de la Cárcel a la Caridad, donde podrán cuidarle sus hijas. Su estado mental exige asistencia médica... Pero no estará libre de responsabilidad hasta que informen los facultativos acerca de si es o no fingida su locura, que todo puede ser...» Atreviose la joven a exponer tímidamente una opinión respecto al carácter de su padre, refractario a la mentira. Pero Carlos V, oyéndola con benevolencia, agregó que no insistiera sobre aquel punto, pues harto había conseguido, y, ante todo, él tenía que cuidar de que se cumplieran las leyes. En esto de cumplir las leyes puso un acento de convicción honrada, candorosa, señal de que estaba el buen señor con las leyes como chiquillo con zapatos nuevos, cosa muy natural en estos reinados de creación repentina. Y no hubo más: salió Demetria, si no enteramente satisfecha, consolada en su grande aflicción. Aquella misma tarde tuvieron las niñas de Castro el inmenso gozo de abrazar a su padre.

«Pero ¡ay! señor don Fernando: nuestro gozo fue muy incompleto, muy amargado por la realidad, pues aquel hombre que estrechábamos en nuestros brazos, que besábamos con delirio, no era ya más que una sombra de nuestro padre. Un ataque de perlesía que en la prisión le dio, no sabemos en qué fecha, le tenía como usted le ve, sin vida más que en la mitad de su cuerpo, y esa tan débil y mermada, que tememos llegue a extinguirse cuando menos se piense: la inteligencia limitada a un corto espacio de ideas; estas muy apagadas; la palabra balbuciente, reducida a unos cuantos términos que repite sin cesar. ¡Dios mío, qué lastimoso cuadro! ¿Y será posible que Dios nos conceda, siquiera como compensación de tan atroz martirio, que logremos con nuestros cuidados, ya que no volverle la salud y la vida, al menos mejorarle, conservarle algún tiempo para nosotras, para su familia y para sus amigos?

—Sí, Demetria —afirmó Fernando sin creer lo que decía—: el hogar propio, el ambiente doméstico, hacen prodigios en estas dolencias. Tenga usted esperanza, convénzase de que Dios le ha de conceder al fin muchos bienes en desquite de tantos males... que parecen injustos, arrojados sobre estas cabezas inocentes... Dígame usted otra cosa: ¿y Díaz?

—A ese infeliz no le han soltado. En la cárcel está, según dicen, *a las resultas*, y sabe Dios hasta cuándo durará su martirio.

—Con tiempo y buenas relaciones, créalo usted, gestionaremos para que le den libertad... Supongo, Demetria, que con el último pasaje de su historia ha puesto usted punto final a sus desdichas...

—¡Oh, no, todavía hay más, mucho más! No sigo por no cansarle, que esto ha de agobiar el espíritu del que lo oye, como agobia el de quien lo recuerda. No me pida usted más tristezas... Procuremos confortar nuestras almas con la esperanza; olvidemos... Miremos al mañana, pensando que el mañana será hermoso... ¿Qué hora es?

—La una.

—¡Oh!, pronto será de día... En esta temporada tristísima, he aprendido, con ayuda de los insomnios, a leer en el cielo la hora en que principia el día. A las tres y media ya clarea el horizonte; a las dos cantarán los gallitos, y luego de tres a cuatro. Por aquí no hay gallitos que le digan a una la hora.

—Más adelante los oiremos; descuide usted. Paréceme, Demetria, que tiene usted un sueño que no se lo merece. Recline la cabeza en el toldo, y duerma un poquito. Yo voy al cuidado de todo.

—Sí que intentaré descabezar un sueñecito; pero si canta algún gallo, despiérteme: quiero oírlo.

—Bueno, bueno; a dormir hasta que cante el gallo.»

Durmiose Demetria profundamente, y a la media hora despertó Gracia sobresaltada. Creyó Fernando que la oía llorar, que la oía quejarse. Acercose. «Gracia, ¿qué ocurre, qué le pasa a usted?

—¿Dónde está mi hermana? —dijo la pequeña con gran azoramiento y aflicción—. Padre está muy malo... ¿En dónde está mi padre?

—Pero si ahí le tiene usted dormidito, y tan sosegado.

—No... le toco y no le siento... Yo he visto a mi padre muy malo, yo le he sentido decirnos adiós.

—Vamos, un mal sueño, Gracia, una pesadilla. Dormía usted con una postura muy molesta.»

Despertó a las voces la otra hermana, y con aquel terror que la costumbre de sus desventuras solía dar a su acento en ocasiones críticas, preguntó qué ocurría: ¿Venían ladrones, partida volante, carceleros del Rey?

«Padre está muy malo —dijo Gracia llorando—. He visto que está muy malo... Yo me creía dormida; yo no sé si estaba despierta... pero padre no puede mirarnos ya...

—¿Cómo habías de ver en esta oscuridad? Por Dios, me pones en zozobra —dijo Demetria, acudiendo a examinar al enfermo y acariciándole el rostro. En esto don Alonso movió ligeramente la cabeza, y sin abrir los ojos pronunció bien claro y distinto su invariable tema: "¡A casa!".

—¿Ves, Gracia, cómo no hay ninguna novedad? Pero no estoy tranquila, no sé por qué... Paréceme que se enfría un poco. Arropémosle mejor. Quítate de ahí, Gracia, pásate a este lado... ¡Ay! con estos balances, no podemos. Fernando, hágame el favor de mandar parar un momento... Yo me paso ahí,

173

me siento en la delantera, de modo que pueda poner sobre mí la cabeza de padre... Pásate tú aquí... ¡Ay, canta un gallito!... Don Fernando, ¿lo ha oído usted?... ¡Que me gusta!... Son las dos.»

XXVIII

Colocáronse las dos señoritas en la disposición ordenada por Demetria, y emprendida de nuevo la marcha, no recobró la valerosa doncella su tranquilidad. Oía la respiración de su padre más bronca que de ordinario, como si sufriera presión muy fuerte o cerramiento de la garganta. «¡A casa, sí, a casita!» —le dijo, para animarle; y no obteniendo contestación, añadió: «Padrecito, le vamos a dar una sopita en vino; mandaré parar para que la tome con descanso... ¿Quiere que le incorporemos? Se aburre, ¿no es verdad? de tanto tiempo tendido a lo largo. ¿Se atrevería mi padrecito a fumarse un cigarro, que le encendería este caballero que nos acompaña, que nos guía, que nos ha sacado de la cautividad de Oñate?» Don Alonso no se movía ni daba acuerdo de sí. Esperó Demetria un ratito más, y de pronto se oyó como un gran suspiro, que al salir a los labios permitió la articulación tenue del invariable «a casa.»

En los breves ratos en que la atención de Calpena quedaba libre del cuidado de las simpáticas niñas y de su infeliz padre, se abstraía, metiéndose en la contemplación de sus propias tristezas. Veía la gallarda figura de Negretti; oía su palabra severa y franca; las calles y casas de Bermeo tomaban apariencias de realidad en su mente, y allá, en los cantiles batidos por el oleaje cantábrico, se le representaba de continuo la persona de Aura, melancólica, como imagen de la Poesía osiánica, que une sus lamentos al mugido de las tempestades. Guardada en su alma, como en el sagrario la custodia, la pasión de Aura, le tributaba culto respetuoso y mudo, anhelando acercarse pronto al objeto de su devoción, y verlo y adorarlo, aunque se interpusieran cristales tan opacos como el señor Negretti y su esposa Doña Prudencia. En esto pensaba, cuando sintió rebullicio en el carro. Gracia chillaba, Demetria dijo con voz angustiosa: «don Fernando, por Dios, venga usted...»

Parados los bueyes, Calpena subió; mas en la oscuridad no pudo hacerse cargo de nada. Demetria decía que el enfermo había perdido el habla en absoluto, pues notó en él esfuerzos inútiles para articular alguna palabra. Gracia, besando el frío rostro de don Alonso, decía: «Yo te aseguro que así, puestas cara con cara, le oí decir: "a casa"»; pero tan bajito lo dijo, que nadie más que yo pudo oírlo.

«Mi padre está muy malo, mi padre se muere —dijo Demetria con la entereza que le daba el hábito del infortunio—. Don Fernando, haga usted el favor, tómele el pulso; yo no se lo encuentro. ¡Dios mío, esta oscuridad! ¿En dónde estamos? ¿Hay cerca de aquí alguna casa donde puedan prestarnos socorro?»

Buscó Fernando inútilmente señales de vida en las dos manos del señor de Castro, y no las encontró. En sus sienes no percibió ni un vago latido. «¿Y el corazón? —dijo ansiosa la hija mayor.» —Pensó el joven engañarla; pero ¿a qué tales supercherías en situación como aquella, excepcional, de las que reclaman verdad y valor? Los consuelos caritativos habían de ser tan poco duraderos, que valía más afrontar la dolorosa certidumbre. «Pues... El corazón... la verdad, no lo siento... ¡Carretero! ¿Dónde estamos? ¿Hemos pasado de Aránzazu?»

Dijo el guipuzcoano que el Monasterio quedaba allá, a la izquierda, pues había tomado por un atajo para cortar camino y evitar el paso por lugares poblados...

—¿No hay allí monjes?

—¡Qué ha de haber, señor! No hay más que ruinas. Hace dos años, el general Rodil, cuando vino a Oñate con tantos miles de hombres, cogió presos a los frailes y mandó pegar fuego al convento. Yo le vi arder por los cuatro costados.»

Diciendo esto, oyose el canto de un gallo hacia la parte donde el carretero señalaba las ruinas.

«Pero ahí vive gente... Oiga usted... Canta un gallo... y otro.

—Sí señor, gente hay: pastores y carboneros miserables de estos montes, que en las ruinas han hecho sus albergues al amparo de los muros que quedan, y aprovechando las bóvedas que no se han caído.»

Como añadiese que en un par de leguas a la redonda no había pueblo, ni aldea, ni más viviendas que las de los infelices que se aposentaban en Aránzazu, mandó Calpena guiar hasta el destruido convento. La noche cerrada, el húmedo frío, la aflictiva situación de los viajeros, con la inmensidad oscura delante de sí y la muerte entre sus brazos, eran para humillar los ánimos más valerosos. Acertado fue dirigirse en busca de seres humanos, aunque estos fueran los más pobres y humildes: alguna puerta hospitalaria se les abriría; verían rostros compasivos... En aquel trayecto, más que ninguno lento y fatigante, pues el carro no pudo descender sino dando un largo rodeo por sendas inverosímiles, las niñas lloraban silenciosas, encalmadas en la hondura de su pena con resignación sublime. Si Gracia manifestó esperanzas, Demetria no, afirmándose en la seguridad de que Dios les mandaba apurar hasta el fin las amargas heces del cáliz. Fernando no les decía nada. ¡Ni qué había de decirles! Aseguró Gainza, cuando ya estaban cerca, que los habitantes de las ruinas abandonaban sus madrigueras antes del día para ir al trabajo. Por fin detúvose el carro ante la masa negra del incendiado monasterio: no se sentía ruido alguno que anunciase la proximidad de seres vivos, como no fuese el cantar de gallo, que resonaba dentro de los muros. El único consuelo que Calpena pudo dar a las pobres niñas fue anunciarles el día, y como si quisiera apresurar el amanecer con su deseo, aseguro que se iniciaba por Oriente la dulce claridad del alba.

Gainza y don Fernando dieron fuertísimos golpes en el portalón que delante tenían, sin que nadie respondiera, ni se oyese rumor alguno. La parada junto a las ruinas en espera de alma cristiana a quien pedir socorro, fue un siglo para el caballero y las dos damitas. Estas rezaban atribuladas, y con más dolor que miedo contemplaban el misterio inmenso de la muerte, explorando con los ojos del espíritu los espacios que tras ese misterio señala la convicción... Por fin, al apremiante llamar de los viajeros, respondió una voz cascada y lúgubre. Poco después se abrió la puerta. Dirigiose Calpena al que abría, anciano de alta estatura, venerable, hermoso, vestido con pobreza, pero sin andrajos, y en pocas palabras elocuentes le informó del doloroso caso que motivaba la petición de auxilio tan a deshora. El viejo entendía el castellano, pero no lo hablaba. Ayudado por el carretero, logró que se enterara Fernando de estas sinceras manifestaciones: él era muy pobre, y no podía ofrecer a los viajeros más que un rincón del claustro en que con vigas medio quemadas y pedazos de cascote se había compuesto un humildísimo albergue donde vivía con su mujer. Pero en el mismo claustro había viviendas mejores, y hasta cómodas, habitadas por familias menos pobres que el que hablaba, y allí seguramente podrían encontrar los señores su remedio. En esto apareció una mujer con un farol, que no fue poca suerte para Calpena, pues no sabía por dónde andaba en aquella lobreguez, y tras la mujer presentose un hombre, no tan viejo como el anterior, con un capote por la cabeza, figura que al pronto imponía miedo. Lo mismo que había dicho antes, repitiolo el joven con mayor vehemencia, y no tardó en oír palabras de consuelo. Ofreciéronle aquellos desdichados cuanto tenían, y le mostraron su casita, hábilmente construida en el coro bajo de la iglesia, la única parte del edificio totalmente respetada por la catástrofe. Al punto salió Fernando a comunicar a las pobres viajeras su hallazgo y el plan que imaginó rápidamente ante los apuros de aquel caso inaudito. «Demetria, lo más urgente es que ustedes entren, y descansen y se repongan·de tanta ansiedad y pena tan grande. Hay aquí gentes bondadosas, caritativas, que no desean mas que amparar a los desgraciados. Adentro pues, y mientras ustedes se tranquilizan, estos buenos amigos y yo veremos qué remedios debemos aplicar a don Alonso.»

Oyó esto Demetria con el respeto que su favorecedor le merecía; mas no hizo ademán de moverse del lado de don Alonso, pues aunque tenía el convencimiento de que era cadáver, hay lazos que ni en las ocasiones de necesidad suma pueden romperse fácilmente. «No quisiéramos separarnos de nuestro pobre padre; pero pues usted lo cree preciso, y así nos lo manda, obedecemos, que aquí no hay más voluntad que la de nuestro salvador.» A pesar de esta demostración, costó trabajo sacarlas del carro. Abrazadas al inanimado cuerpo, no se hartaban de besarle. «Vamos. Yo acompaño a ustedes, y luego me vuelvo aquí» —dijo Fernando por decir algo; que en tal situación no hay frase que sea oportuna, ni consuelo que no resulte una tontería. Gracia se desmayó al bajar, y en brazos hubo de llevarla Gainza; Demetria, agarrándose con mano convulsa al abrigo de su libertador, y apretándose el pañuelo contra la boca, le seguía con paso lento. De este modo entraron en el claustro, y precedidos de la mujer que alumbraba, llegaron a la vivienda labrada en el coro, la cual en su pobreza, no carecía de acomodo. Los vetustos muebles revelaban en sus remiendos y composturas una mano habilidosa.

Lo primero que hizo Demetria al entrar en aquel tugurio, fue ponerse a rezar de rodillas sobre un ruedo de estera, y lo mismo hizo Gracia, cuando volvió de su desvanecimiento. «Sí, sí —les dijo Calpena—, recen un ratito. Aunque no lo parece, aquí están en la iglesia. Vean estos machones de sillería gótica. Por allí aparecen los pies de un santo, y en aquella otra parte asoma una cabeza con nimbo.» En esto salieron de un cuchitril próximo dos preciosas chicuelas que se brindaron a servir a las señoritas en todo lo que se les mandase. Llegaron luego otros vecinos, un matrimonio joven, dos viejas muy despabiladas, y todos se mostraron sinceramente caritativos, misericordiosos.

Cuando ya aclaraba el día, salió Fernando acompañado del dueño de la covacha, hombre obsequioso, alavés fronterizo de Burgos, que hablaba perfectamente el castellano, y mostraba conocimiento práctico de mil cosas diversas. Examinaron el cuerpo del infeliz don Alonso; reuniose allí todo el vecindario con el propio objeto; de la inspección de unos y otros resultó la tristísima verdad de que el señor estaba muerto, y la opinión de que el fallecimiento había ocurrido dos o tres horas antes. Sin ninguna duda respecto a la muerte, lo primero en que pensó Fernando fue en disponer que se diese a las niñas algún alimento, y ofreciendo recompensar con largueza los servicios que en tan crítica situación se les prestaran, mandó a sus aposentadores encender lumbre y preparar lo que tuviesen, con la mayor prontitud posible. Entró de nuevo en la casucha, donde pensaba que era indispensable su presencia. Aunque Demetria, perdida toda esperanza, se abrazaba a la resignación, le miró a la cara, atenta a las impresiones de él para modificar o sostener las suyas. Pero el rostro del caballero solo expresaba un dolor calmoso. «No necesita usted decirnos que somos huérfanas... Ya lo sabemos... Pero aunque lo sepamos y usted nos lo diga, yo lo dudo... No puedo creerlo... No, no es verdad: mi padre vive.» Y se lanzó como una loca fuera del cuarto, antes que pudieran sujetarla. Juzgó Calpena inconveniente que por sí misma se cerciorase de la tremenda verdad, y corrió tras ella; no quería llevarla, y la llevó, sintiéndose sin autoridad para impedir escena tan aflictiva. Tuvo ánimo Demetria para examinar el rostro del que fue don Alonso, para besarle una y mil veces cara y manos, y no perdió el conocimiento ni la firmeza de su alma, hecha sin duda para los grandes empeños de la vida. Con dificultad apartáronla del carro, que había venido a ser lecho fúnebre, y volvió por su pie al mísero albergue donde había dejado a su hermana, vencida del dolor... «Somos huérfanas —le dijo, abrazándose las dos estrechamente—; somos huérfanas, Dios no ha querido que entremos en casa con nuestro padre.»

Ninguno de los presentes dejó de poner de su parte cuanto le inspiraba la compasión para calmar tanta pena. Palabras tiernas, ofrecimientos de proporcionar a las señoritas descanso, comodidad, alguna distracción, todo lo agotaron aquellos infelices. Reunido lo mejor de cada casa, arreglaron dos camas bastante bien apañaditas para que las huérfanas descansen. «Al entrar aquí —le dijo Fernando a Demetria—, aseguró usted que me obedecería. ¿No fue así? Pues bien, empiezo a usar la autoridad que se ha dignado darme, y con ella dispongo que no se ocupen ustedes más que de reparar sus fuerzas en la medida que sea posible. Yo me encargo de todo, y sabré cumplir cuanto me ordenan la ley de Dios y la conciencia de mi deber.

—Sé que mejor que nosotras mismas sabrá usted disponer lo que aún falta. No es fácil que descansemos; sí lo es que tengamos confianza plena en la disposición, en la inagotable caridad de nuestro salvador.

—No merezco ese nombre. Soy su criado: en esta ocasión me glorío de serlo, y en ello tengo mucha honra.

—Criado, nunca. Mirándole como amigo, como protector de mi familia en tan terrible ocasión, estas pobres huérfanas ruegan a usted que se sirva dar cumplimiento a las resoluciones que voy a manifestarle. Dios ha querido afligirnos hasta el extremo de arrebatarnos la vida de nuestro padre en lugar tan desamparado. Ni hemos podido disponer de un médico que le asistiera moribundo, ni, muerto, podemos tributar a sus pobres restos la asistencia religiosa. No hay aquí, ni en los contornos, sacerdote alguno, y mi buen padre ha de ser sepultado sin las oraciones de la Iglesia, que no faltan al último de los mendigos. Imposible también llevarle con nosotras, por la larga distancia y por dificultades materiales superiores a nuestro deseo. Por tanto, es nuestra voluntad que se dé tierra a mi padre a la hora que usted disponga y en el lugar que designe, que bien podrá ser la cripta o panteón de los frailes de este monasterio. Bien señalado por usted el lugar de la sepultura, nosotras nos cuidaremos, en el plazo consentido por las leyes, de trasladar estos queridos restos al enterramiento de la familia en La Guardia. Asimismo hacemos voto solemne de socorrer a las humildes personas que nos han dado asilo y amparo en trance tan horrible. Dios ha querido que nuestro padre, en vida poderoso y rico, haya terminado sus días en medio de los seres más pobres, entre los pequeños, entre los desgraciados; que en su muerte no reciba honores mundanos ni religiosos; que su sepultura sea la misma humildad, la suma pobreza. Así acaban las grandezas humanas, y con estas lecciones nos dice el Señor que no somos nada. Pues bien: no por vanidad, sino por efusión de nuestras almas, mi hermana y yo ofrecemos que si llegamos a La Guardia con vida y salud, estos pobres, a cuya cristiandad confiamos el cuerpo de nuestro padre, serán socorridos en lo que les reste de vida. El que hoy viva de limosna, no tendrá que pedirla más. Nosotras les agregamos a nuestra familia, y cuidaremos de que tengan pan y vivienda segura. Estos son los honores fúnebres que las pobres huérfanas tributan al noble caballero cristiano don Alonso de Castro-Amézaga.»

XXIX

Oyeron todos los presentes con emoción muy viva las sentidas demostraciones de la infeliz doncella, y don Fernando se cuidó de rodear a las que llamaba sus amas de las comodidades posibles en la morada de los *Peciñas*, que este era el nombre de los carboneros dueños de aquel escondrijo. Confinándolas dentro de él, sin permitirles salir, para obligarlas más al reposo, se ocupó en disponer, de acuerdo con los habitantes de las ruinas, el sepelio de don Alonso, el cual se efectuó por la tarde en la cripta que bajo la iglesia servía de enterramiento a los franciscanos. En espíritu asistieron Demetria y Gracia a estos actos, tan penetrados de ellos como si los vieran con sus ojos, y tan confiadas en Don Fernando para tan tristes diligencias como en persona de la familia. Por la noche les fue servida una pobre cena; tratando de la continuación del viaje, manifestó Demetria que por su gusto se detendría un día más en las ruinas, como un tributo de presencia a las caras cenizas de don Alonso, y el caballero lo aprobó sin reparo, pues así era mayor el descanso de las huérfanas. Dos días pasaron allí, y a la segunda noche se dispuso todo para continuar de madrugada. Gainza recibió de Calpena aumento de lo estipulado, comprometiéndose a llevarles hasta el primer puesto de tropas cristinas. La despedida fue tiernísima, y los pobres habitantes de los tugurios les vieron partir con duelo y emoción. A Gracia la venció la pena; a Demetria no, porque los repetidos sufrimientos habíanla enseñado a soportar con cristiana entereza los males que humanamente no tenían remedio.

Despejose el cielo a poco de amanecer, anunciándoles un buen día de viaje. Instaba Demetria a su caballero libertador a que entrase también en el carro; pero él no quiso, por ser más propio y galante ir fuera, y por no mermar el espacio que las niñas necesitaban para su comodidad. Suponiendo que toda la cordillera estaría ocupada por soldados de Isabel II, deliberaron acerca del camino más corto para ponerse en salvo, y como opinase el boyero que debían picar hacia la venta de Arrida, se acordó tomar aquella dirección, aunque el nombre de la maldita venta fue un mal presagio para las huérfanas, que no podían olvidar las tristísimas ocurrencias de su viaje de ida. Transcurrió toda la mañana sin ninguna novedad. Admiraban los grandiosos espectáculos que a una parte y otra les ofrecía la ingente cordillera, los inaccesibles picachos, los abismos insondables. El sendero se escurría tímidamente al pie de las eminencias y al borde de las simas, evitando el caer en estas, deslizándose como reptil por las angosturas. Gracias al conocimiento de Gainza y a la pausa cautelosa con que andaban los bueyes, pudieron franquear los peligros de la montaña sin perecer en ellos.

Hacia el mediodía hicieron alto en un abrigo para comer del repuesto que les habían dado los pobres, y emprendida la marcha charlaron de diferentes cosas. No queriendo Demetria volver sobre las desdichas pasadas, por no entristecer su espíritu más de lo que estaba, dijo a su libertador: «Cuando nos hallemos completamente tranquilas contaré a usted la última parte de nuestro cautiverio, que es la peor y más dolorosa. Bástele ahora saber que, cuando mi padre fue conducido desde su prisión a la Caridad, quisieron matarle en medio de la calle. Pueblo y soldadesca le acosaban maldiciéndole... Y después, en la Caridad, ¡ay!... Los dos últimos días fueron terribles. En la propia sala de los enfermos, un herido gravísimo, delirante, saltó furioso de su lecho para lanzarse sobre mi padre... No teniendo armas para herirle, le mordió... ¡Dios mío, qué terrible escena!... Un señor Corpas, guardián o administrador de la casa, nos trataba con grosería y crueldad. Decíanos a cada instante que a mi padre no le valdría su fingida locura para librarse de un tremendo castigo por desafiar al Rey, y qué sé yo... No, no quiero recordarlo. Hay penas que con gozo conservamos en nuestra memoria; otras piden olvido, olvido.»

En estas y otras conversaciones llegaron a un punto desde donde divisaban inmenso horizonte. Comenzaba el descenso, y a las plantas de los viajeros se desarrollaban en inmenso paisaje los rápidos declives, las corrientes y barranqueras que caían hacia el Sur en busca del cauce del Zadorra. De pronto paró el carro, y Gainza dijo a Calpena: «Señor, por aquella loma... Mire, por aquí, enfilando estas encinas... vienen hombres armados.

—¿Distingue usted desde aquí si son cristinos o facciosos?»

Mientras las dos niñas, muertas de miedo, se encomendaban a la Misericordia Divina, Fernando y el boyero se apartaron un poco para explorar el peligro, y, en efecto, vieron unos seis hombres, con escopetas, que avanzaban subiendo, como a distancia de tiro de fusil. «Parécenme facciosos —dijo Calpena—. Sean lo que fueren, adelante, y no entiendan que les tenemos miedo.» Tranquilizó como pudo a las damas, y siguieron. En las revueltas del camino, los escopeteros desaparecían y volvían a presentarse, cada vez más cerca. Por último, cuando estuvieron al habla se adelantó Fernando, viendo que también del grupo se destacaba uno, al modo de parlamentario.

Las primeras palabras fueron: «¡Alto. Viva Carlos V!» Y Fernando respondió: «Viva quien usted quiera; pero no nos estorbe el paso, que nosotros somòs gente de paz... Vean ustedes: dos señoras y yo que las acompaño. Vamos a Salvatierra para asuntos de familia. Si cobra usted peaje, porque así se lo ordenan, estoy dispuesto a pagarlo. Pero no me pida que detenga mi viaje, porque esto no puede ser.

—Ya, ya veo las mujeres —dijo el escopetero, un mocetón guapo, de marcial apostura, que por el habla parecía vasco—. No estorbo el viaje, no molestaré a las señoras ni tampoco al caballero. Pero necesitamos los bueyes. Vengan pronto los bueyes.»

Puso el grito en el cielo el dueño de los pacíficos animales, soltando una retahíla en vascuence, colérico y fuera de sí, y el otro le contestó lo mismo. El *gurri gurri* llegó a tomar tonos tan violentos, que poco faltó para que vinieran a las manos. Y mientras Gracia y Demetria chillaban: «sí, sí, que se lleven los bueyes... Seguiremos a pie; don Fernando, diga usted que sí.» Calpena contestó a la intimación que no podía dar la pareja porque no era suya; que daría, en todo caso, una cantidad por peaje, siempre que no se les molestara más, y se retirara la *fuerza* que a corta distancia permanecía arma al brazo, en actitud no muy tranquilizadora. Y el bárbaro insistía: «Los bueyes, vengan pronto los bueyes», haciendo ademán de desuncirlos para llevárselos. En esto se oyeron disparos a la parte de una profunda encañada que desde allí no se veía, por interponerse formidables peñas, y lo mismo fue oírlos, que se demudó el que parecía capitán de aquellos desalmados. Miró hacia donde estaban los suyos; les gritó en vascuence; los de abajo, antes de contestarle, apretaron a correr, no sin dirigir miradas de zozobra hacia la encañada por donde sonaron los tiros. Uno de ellos, más valeroso que sus compañeros, les abandonó en la veloz fuga y subió como en ayuda del jefe. Este vociferaba, incitándole a correr más ligero, y luego se volvía para repetir nervioso y hostil su intimación: «¡Los bueyes, pronto, los bueyes!» Ciego de coraje ya, Calpena requirió su pistola y le soltó un tiro a boca de jarro, sin darle tiempo a hacer uso del fusil; vaciló el escopetero, braceando y echando maldiciones por aquella boca, y Gainza, más pronto que el rayo, le quitó el arma, y empuñándola vigorosamente por el cañón le estampó la culata sobre el cráneo con tan rápido acierto, que el hombre cayó como tronco al borde del camino. Y mientras el boyero con ferocidad trataba de rematarle, Fernando gritaba al otro: «Ven, ven pronto tú también, canalla; aquí te espero.»

Debió el segundo escopetero comprender con seguro instinto que venían mal dadas, y que estaba expuesto a caer en peores peligros si no escurría el bulto, porque apretó a correr como un gamo en demanda de sus compañeros. Estos se detuvieron en un cerro frontero al camino, separado de este por profundo barranco, y al amparo de las peñas hicieron una descarga cerrada, último escarceo de su frustrada escaramuza. El boyero seguía machacando al otro con la escopeta y con piedras de gran calibre. Hasta que corrió don Fernando a comunicar su victoria a las dos niñas, que de rodillas en el carro llamaban en su ayuda a todas las Vírgenes y Santos de la corte celestial, no se hizo cargo de que estaba herido. En la descarga que hicieron aquellos tunantes, le habían metido una bala en la pierna derecha.

«Ya no hay miedo; nos hemos salvado... Gracias a Dios y a que está próximo un destacamento de tropas, hemos puesto en fuga a esos bribones. Si nos cogen solos, nos quedamos sin bueyes... Gainza, adelante... vámonos. Por aquí, a la revuelta, vienen cristinos... ¡Viva Isabel II!... Avancemos un poco para encontrarles pronto... ¡Ay! me han herido esos perros...

—¡Herido! ¡Jesús me valga! —exclamó Gracia.

—¡Herido! ¡Santo Dios, qué desdicha!...»

Y las dos quisieron echarse del carro.

«¡Si no ha sido nada!... ¿A ver?... Aquí, más abajo de la rodilla. Me duele y no me duele... No, no bajen ustedes que seguimos... No es nada; ya ven, puedo andar...»

Y antes de que el armatoste anduviera veinte varas, cojeaba Fernando horriblemente.

«No puedo, no puedo andar —dijo—. Pero no es nada, nada; no hay que asustarse, niñas... Para, para, que voy a subir.»

XXX

A los cinco minutos encontraron la tropa isabelina, mandada por un capitán, que fue como ver abiertas las puertas del Cielo. En un instante, cambiadas rápidamente las informaciones de unos y otros, tuvieron todos noticia exacta de lo ocurrido, y el capitán felicitó a don Fernando por su comportamiento en el lance con el jefe de la partida. «Ha sido terrible —dijo Demetria—; nuestro caballero se portó como un héroe.

—No haga usted caso; salimos del conflicto como pudimos, por pura chiripa... Hay cuartos de hora felices, como los hay desgraciados, y este mío no ha sido de los mejores, porque me atizaron una bala... Aquí... En esta pierna.

—No hay que apurarse —dijo el capitán—; le curaremos para que continúe su viaje sin molestia. Aquí tengo un muchacho que le hará a usted la primera cura.»

Era el capitán un mozo de lo más vivo y simpático que se pudiera imaginar, mediana estatura, rostro agraciadísimo y sonriente, edad poco más o menos la de Calpena. Este no cesaba de mirarle queriendo reconocerle: «Sí, sí —dijo acudiendo a la memoria del otro para avivar la suya—; yo le conozco a usted, mi capitán, yo le he visto, yo le he hablado, pero no puedo recordar...

—Eso mismo pensaba yo en este momento.

—Usted es...

—Francisco Serrano Domínguez, para servir a usted y a estas señoritas... Nos hemos visto no hace mucho, allá por febrero debió de ser, en casa de mi madre, en Madrid. Mi madre tiene una tertulia a que concurren personas muy distinguidas, y usted fue una noche llevado por Miguel de los Santos.

—¡Oh, sí, ya!... ¡Pues poco que hablamos aquella noche! Fernando Calpena, para servirle. Deme usted esos cinco, señor Serrano, y hágame el favor de mandar a su médico, o al albéitar si lo trae, que me mire esta pierna y me ponga algo que aplaque los dolores que empiezo a sentir.

—Al momento. Esperad un poco.»

Y cuando le vieron alejarse, las dos niñas, consternadas, trataron de curar a su libertador. Mientras Gracia cortaba el pantalón hasta descubrir el sitio del balazo, Demetria reunía todos los pañuelos que llevaban para improvisar un vendaje conveniente. Volvió a la sazón Serrano muy satisfecho: venía de ver el cadáver del escopetero, y dijo a Calpena: «No sabe usted bien el servicio que nos ha hecho librándonos de ese bandido, el más malo, el más sagaz de cuantos andan por aquí. Merece usted que se le proponga para una cruz.

—Pues si buena cruz hemos ganado, buen balazo nos cuesta.

—Eso no vale nada. Yo llevo ya cinco en diferentes partes de mi cuerpo, y ya ve usted... Con suerte, siempre con suerte. A ver, Roldán, ven acá; examina esta herida y dinos que no es de cuidado. ¡Ay de ti si te equivocas! Luego le curas de primera intención para que pueda llegar a Salvatierra, donde hallará médicos de sobra.»

El llamado Roldán, que era un sargento practicante, dijo que estaba dentro la bala, y que no le parecía la herida peligrosa, por no *interesar* la rodilla. Si el señor no sentía dolores muy vivos, era que la bala no había tocado el hueso. No cuadraba más tratamiento que vendarle, aplicada una unturilla que ellos traían, y después que cuidara el herido de evitar todo movimiento.

«Pues me divierto —dijo Fernando—. Ya no puedo andar. Pero, en fin, sea lo que Dios quiera, y cúmplase el destino que está marcado a cada criatura.»

Y mientras Roldán, asistido de las dos doncellas, le curaba, Serrano le informó de la gran victoria que habían alcanzado días antes con la ocupación de San Adrián, añadiendo que no bajaron a Oñate porque el general no lo estimaba práctico ni provechoso, y prefería conservar aquellas posiciones y tener asegurada la comunicación con Vitoria y Alsasua. Hablando de sus propios servicios en la campaña, declaró Serrano que se sentía con alientos para tomar parte en mil y un combates y avanzar en su carrera. No conocía el miedo; confiaba salir salvo de todos los encuentros; le enardecía el ruido de los combates, le embriagaba el olor de la pólvora. Había venido días antes del ejército de Aragón, donde servía a las órdenes de Palarea, y aunque sus deseos eran permanecer en el Norte, porque allí se presentaban más ocasiones de lucimiento militar que en ningún otro campo, pronto tendría que marchar a Barcelona, donde le reclamaba por ayudante su padre, el Mariscal de Campo Serrano y Cuenca. Allá no faltarían quizás ocasiones de entrar en fuego, que era su delicia; y bien seguro de que las balas no le tocaban, permitíase jugar al heroísmo, en lo que no había ningún mérito.

«¡Qué gracioso es este capitán, y qué buen genio el suyo para la guerra! —dijo Demetria cuando se quedaron solos.

—¡Y qué guapo es, y qué ojos tan pillines los suyos! —observó Gracia.»

Convencido el jefe de la fuerza cristina de que no podía dar alcance a la partida facciosa, resolvió volver a Salvatierra. Los soldados se entretuvieron en arrojar al fondo del barranco el cadáver del jefe de los escopeteros, al cual llamaban *Basurde*, que es *Jabalí* en lengua eúskara. Para los viajeros fue motivo de alegría que Serrano no continuase la persecución, porque así tendrían custodia militar hasta Salvatierra, con lo que podían darse por definitivamente salvados y libres de todo peligro. Marcharon, pues, hacia abajo, precedidos de un coro de soldados que alegremente cantaban, llevando *al estribo* al capitán, que obsequioso daba conversación a las damas. La tristeza de éstas era honda, no solo por haberse dejado en Aránzazu la mitad de su alma, sino por aquel funesto accidente de la herida de Calpena, que les aguaba el contento de su salvación. Toda aquella tarde la pasaron bien: a Fernando le molestaba poco la pierna agujereada; los tres comieron algo de los fiambres exquisitos que Serrano les dio, y bebieron en vaso de metal un poquito de ron, mezclado con agua de los cristalinos manantiales que encontraban al paso.

Sobre las diez de la noche llegaron a Salvatierra: Calpena iba intranquilo, un poco febril, empezando a sentir molestia en su herida. No quisieron las niñas aceptar el estrecho alojamiento que Serrano les ofreció, prefiriendo aguardar dentro del carro el próximo día. Ya Demetria no temía nada: en Salvatierra encontraría conocimientos, recursos para trasladarse a su casa con toda comodidad. Su mayor pena era la incertidumbre respecto al estado de su libertador, que no le parecía favorable, a pesar de los esfuerzos con que él disimulaba los agudos dolores que hacia media noche le atormentaron. Apenas despuntó el día, partió la joven, acompañada de Gainza, en busca de los señores que allí conocía, y no tardó en volver gozosa con un séquito de cuatro personas, que no deseaban más que ocasiones de servirla. Supo entonces que dos días antes habían pasado por allí, camino de San Adrián, tres criados de la casa y varios deudos y amigos, desalados, buscando a las señoritas y al señor don Alonso. Habíanse repartido por diferentes senderos, y alguno de ellos no pensaba parar hasta Oñate.

No quiso la valerosa y avisada joven perder el tiempo en inútiles referencias, y dada cuenta de la pérdida lastimosa de su buen padre, requirió a los señores de Guinea (que tal era el nombre de aquellos sujetos, acomodado labrador el uno, el otro extractor de maderas), para que le proporcionasen inmediatamente: primero, el mejor médico que hubiese en la villa; después un buen coche, y si no lo había, una cómoda galera para continuar el viaje; todo ello acompañado del dinero que las ricas huérfanas necesitaban hasta llegar a La Guardia. Esta última petición fue prontamente y con creces satisfecha. Facilísimo estimaron también lo del médico, pues había físicos de tropa excelentes, y en cuanto a vehículo, que era lo difícil, ofrecieron revolver el pueblo y sus alrededores hasta lograr lo que la señorita deseaba.

«Oiga usted, Demetria —dijo Fernando cuando los tres se quedaron nuevamente solos—. De mí no hay para qué ocuparse ya. Puesto que se encuentran ustedes en lugar seguro, donde les sobran medios para volver a su casa sin ningún peligro, deben ustedes partir sin pérdida de tiempo, y dejarme aquí, que ya me arreglaré yo con mis amigos del ejército, para que me proporcionen un alojamiento donde me cure de este maldito balazo que ha venido a trastornar todos mis planes.

—Al pedirme que le abandonemos —replicó Demetria con gravedad—, hallándose enfermo, y enfermo por nosotras, pues recibió la herida en nuestra defensa, me pide usted la cosa más contraria a los sentimientos de mi hermana y míos... ¡Abandonarle, habiendo recibido de usted la salvación, la vida!... porque allí nos habríamos muerto de terror, si usted no nos saca... No, don Fernando, lo que usted propone no puede ser: o lo ha dicho por probarnos, o le trastorna el delirio, en cuyo caso, estando usted peor, no seríamos quien somos si le abandonásemos. Quiero demostrarle que en mi raza no existe ni puede existir la ingratitud.

—Nada de lo que usted dice me sorprende, pues en el corto tiempo de nuestro trato, he podido conocer cuánta bondad y nobleza atesora su alma. Pero yo debo advertirle que me precisa seguir rumbo distinto del que usted lleva. Me llaman a otra parte deberes sagrados, afecciones tan hondas, tan estimulantes como las que la llaman a usted a su casa. Póngase en lo razonable y...

—Me pongo en la razón misma, y le contesto que cuando esté bueno tomará el rumbo que quiera; pero ¿a dónde va en tal estado el pobrecito don Fernando, cojo, sin poderse valer? Si le dejamos a usted, de aquí no podrá moverse en algún tiempo, que esa cura es lenta, si ha de hacerse bien y sin complicaciones... Y no hablemos más por ahora, que ya viene el buen Guinea con un señor que debe de ser el médico militar. De lo que diga depende lo que resolvamos, lo que yo resuelva, pues ahora se han trocado los papeles, amiguito. Ya no es usted el jefe de la expedición. Yo he tomado el mando, y a usted toca obedecerme.»

Minucioso fue el examen facultativo. Demetria y el físico sostuvieron breve diálogo:

«¿La bala?

—Evidentemente no está dentro. En la región superior de la pantorrilla se ve el rasgón de la salida.

—¿Es grave la herida?

—No, no. La gravedad resultaría si el señor no se sometiese a un absoluto reposo.

—¿Cuánto tiempo?

—Un mes.

—Bien. ¿Y qué hay que hacer ahora?

—Aplicarle un vendaje que yo prepararé; renovar cada seis horas la planchuela de Bálsamo Samaritano. Permanecer acostado y con buen abrigo en todo el cuerpo.

—Perfectamente. ¿Puede el herido hacer un viaje, en coche, con toda comodidad?

—Sin duda, observando lo que prescribo: la renovación de la planchuela, el abrigo y la quietud posible dentro de un coche o galera bien acondicionada, que vaya al paso.»

No se habló más. Hizo el médico la cura, y proveyó a Demetria de bálsamo para tres días. Al ver partir al físico, Gracia rompió en joviales demostraciones de afecto hacia su libertador, diciéndole: «Ahora, señor don Fernandito, se ha fastidiado usted, y no tiene más remedio que ser nuestro prisionero.

—Nos le llevamos encantado —dijo Demetria, que en aquel punto recibió la noticia de tener dispuesta una hermosa galera—; encantadito en una jaula, como llevaron a don Quijote a su pueblo.

—¿Pero de veras —dijo Fernando con extrañeza matizada de susto—, me llevan ustedes a La Guardia?

—¡Pues estaría bueno que no! ¿Al hombre que nos ha salvado la vida, habíamos de dejarle en manos mercenarias, en un pueblo como este, donde los accidentes de la guerra podrían ponerle en la necesidad de huir con su patita coja? No señor; por ley de Dios estamos obligadas a pagar a usted sus beneficios, si no en la misma moneda, porque no la tenemos, en otra de un valor aproximado. A nuestra casa se viene usted calladito, y no se moverá de ella hasta que recobre la salud. Sano y bueno nos envió Dios el caballero que le pedíamos; sano y bueno deseamos devolvérselo. Y no hay más que hablar ni que discutir. Yo sé lo que dispongo; ya que no otras cualidades, tengo la de hacerme cargo fácilmente de mis obligaciones. Ahora el señor don Fernando calla y obedece, que bien sumisas y obedientes hemos sido nosotras cuando era él quien mandaba.»

Algo contestó Calpena; pero sus razonamientos resultaban débiles ante la poderosa dialéctica de la huérfana de Castro. ¿A dónde iba, herido y expuesto a una inflamación de consecuencias mortales? Obligado al reposo, ¿dónde estaría como bajo la tutela y cuidado de las personas que le debían eterna gratitud? El destino, Dios, mejor dicho, le presentaba su abrumadora sentencia revestida de una lógica soberana, y torciéndole sus caminos, mientras él lanzaba todo su espíritu con irresistible querencia hacia el Norte, le decía: «¿Al Norte? pues yo mando que al Sur, y al Sur has de ir por el derecho carril que te trazo.» Conformábase el hombre, no sin interiores refunfuños, y pensaba que, si no el corazón, la pierna derecha había de agradecer aquel mandato inflexible de la Divina Voluntad.

Mientras Demetria, con actividad prodigiosa en que revelaba sus dotes de gobierno, preparaba el viaje, arreglando el interior de la galera con los mayores refinamientos de comodidad, el pobre cojo, viéndola ir y venir tan dispuesta, no pudo menos de admirar en ella un raro prodigio de la voluntad humana. Al propio tiempo creía que si la discreción se encarnara en algún ser de los que andan por la tierra, no podía tomar otro cuerpo que el de la doncella mayor de Castro. Desde que llegó a Salvatierra se había transformado; ya su mirada no expresaba el sobresalto y la fatiga; ya despedían sus ojos el rayo que determina la acción; ya no era la mujercita encogida y trémula de la Caridad de Oñate; era la señora que campaba y disponía, con medios para ello, en su terreno propio; su mal vestir no desvirtuaba la gallardía de su cuerpo, reflejo de la resolución y aplomo de su alma. Más agraciada que bella, sin ser una hermosura lo parecía casi siempre, sobre todo cuando daba órdenes a los inferiores, cuando expresaba su pensamiento con aquella sencillez persuasiva que no admitía controversia. Su frente serena y pura, su boca un poco grande, pero fresca y llena de gracias, componían admirablemente su rostro. El cabello advirtió Calpena que era castaño, abundantísimo; no pudiendo en aquel trajín peinarse a su gusto, se lo arreglaba de cualquier modo, cruzándose en derredor de la cabeza, a la buena de Dios, las apretadas trenzas. Gracia era más bonita; temple delicado, de esos que son infantiles aun después de pasada la tierna edad; quejumbrosa, paliducha, un poco lánguida, las manos no pequeñas, el cuerpo escueto, el cabello del propio color castaño, mas no tan fuerte como el de su hermana, blanca la dentadura, pero de un conjunto menos simétrico, la mirada dulce, amorosa, pasiva...

XXXI

«Por lo que veo —se decía Fernando haciendo análisis de su propia existencia—, mi destino es sucumbir siempre a las *tiranías cariñosas*. Quiero tener acción propia y no puedo... Pero ya la tendré, que esto no ha de durar. Un mes ha dicho el físico. Pues no está mal que me cure y recobre el uso de mis dos piernas... Porque, lo que dice Demetria: ¿a dónde demonios voy así? Estoy inútil, estoy inválido... ¡Pícaro destino!... ¡Imposibilitarme cuando más necesito de toda mi energía, de mi fuerza corporal!... A estas horas el señor Negretti habrá escrito a Aura diciéndole que me ha visto... ¿Y qué pensará Aura de mí si transcurre mucho tiempo sin noticias...? En la primera parada que hagamos escribiré a don Ildefonso... Pero sabe Dios si recibirá la carta... Dudo que haya correos regulares entre este país y la Corte trashumante... Veremos, me informaré. Y adelante, cúmplase el destino... Nuestras pobres vidas obedecen a un gobierno superior y como dice Miguel de los Santos, nada podemos contra la soberana disposición que nos arroja al Sur como pelota cuando queremos ir al Norte... ¡Felices los pájaros, que van a donde quieren...!»

No eran aún las diez, cuando ya Demetria había dispuesto con primor minucioso la galera destinada a Fernando. Excelentes colchones y almohadas, mantas de abrigo, cortinas que por ambas bocas del toldo resguardaran del frío el interior, nada faltaba. Mirando también a la decencia, determinó que el herido fuese solo en la galera mayor, arreglándose las dos hermanas en otra más pequeña, tampoco desprovista de comodidades. En la pequeña metieron varias cestas con víveres y bebidas, lo mejor que se pudo encontrar en el pueblo. Como tenía la mayorazga barro a mano, de nada quiso privarse, y el viaje había de ser como a personas tan principales correspondía. Pensó tomar dos mozos de la servidumbre del señor Guinea, que les acompañarían en todo el camino: uno para que fuese al cuidado de don Fernando en el primer vehículo, y otro al de ellas en el segundo; pero poco antes de partir presentose uno de los criados de Castro que habían salido a buscarlas, de lo que se alegraron y se entristecieron las dos niñas, porque el gozo de verle se amargaba con la pena de notificarle la pérdida del amo y señor de todos, don Alonso. Lloraron un poquito las huérfanas y su servidor, que se llamaba Bernardo, mozo muy despierto que valía por dos, y no faltando ya nada, dio la señora orden de partir. Despidiose el carretero de Lamiátegui, no sin que mediara una breve querella entre Fernando y Demetria sobre cuál de los dos le pagaba. Pero la de Castro cedió sin mostrarse obstinada, dejando al caballero todo el goce de su delicadeza. Bueyes tiraban de las galeras, por no haber animales de paso más vivo, lo que en realidad no era desventajoso, porque con el lento andar de los rumiantes iba más reposado el herido, y lo que perdían en tiempo ganaríanlo en comodidad. Salió Serrano a despedirles, acompañado de otro oficial, como él guapín, simpático, con ricitos sobre la blanca frente, y al presentarle añadió: «Dice Alaminos (tal era el nombre del camarada) que han venido al Cuartel general cartas para usted, señor Calpena.

—Venían dirigidas a Fernando de Córdova, el hermano del general en jefe. Pero ha salido para Madrid, y las ha dejado no sé si a Echagüe o a Pepe Concha, para que las entregaran a usted si venía por aquí. Ayer hablaban de esto.

—¿Es cierto que el general ha ido a Madrid?

—Sí señor; ayer ha salido de Vitoria con su hermano y sus ayudantes, Casasola, Mariano Girón y el príncipe de Anglona. Pero volverá pronto. Ya digo: Fernando Córdova habló delante de mí a Pepe Concha de dejarle las cartas que recibió para usted; pero como luego se trató de si Concha iba también a Madrid o se quedaba, me parece que debe de tenerlas Echagüe, porque le oí que se ofreció a desempeñar este encargo.

—Echagüe manda los *chapelgorris*.

—Justamente; y hoy está en la división de Espartero. Ayer le vi en Vitoria, donde permanecerá unos días restableciéndose de sus heridas.

—Pues tanto al señor Serrano como al señor Alaminos —dijo Demetria—, les suplico yo que cuiden de que esas cartas no se extravíen.

—¡Oh! sí, yo averiguaré quién las tiene...

—Y yo.

—Y lo demás es muy fácil. Que envíen las cartas a La Guardia, a casa de esta servidora de ustedes.

—Allá irán. Queda de nuestra cuenta. Cumpliremos, señora.

—Y nos reiteramos *humildes súbditos..., a los reales pies de Vuestra Majestad...*»

Con esto apretáronse todos las manos, picaron los mayorales, y las galeras emprendieron su marcha pausada por la calle principal del pueblo, hasta salir al camino que atraviesa el ameno valle del Zadorra. No habían traspasado aún las últimas casas, cuando se les agregaron otra vez Serrano y Alaminos a caballo, y fueron dando parola a las niñas larguísimo trecho. Nada les ocurrió en el resto del día, transcurrido felizmente, ni en el curso del viaje sobrevino ningún accidente desgraciado. Todo era, pues, bonanza, y por añadidura, el tiempo primaveral les favorecía grandemente. Sin detenerse en Vitoria más que para dar corto descanso a los bueyes, continuaron en dirección del Condado de Treviño, y cuanto más avanzaban hacia el Sur, más risueño se les presentaba el paisaje y más lisonjero todo. Al aproximarse a Peñacerrada, empezaron a encontrar las huérfanas personas conocidas: aquí pastores de la casa de Castro; allá, campesinas y labriegos, algún cura; de todos recibían noticias de la ansiedad que reinaba por la ausencia de las niñas, y a todos las daban de sus trabajos y penalidades, así como de la muerte de don Alonso. Menos de dos días duró el plácido viaje, pues habiendo salido de Salvatierra un sábado antes de mediodía, pasaban la sierra de Toloño al amanecer del lunes, y entraban en la feraz campiña de Paganos a punto de las ocho. Allí fueron tantos los encuentros de amigos y deudos, servidores, aldeanos, diversa gente del pueblo campestre, que hubieron de parar las galeras para dar espacio y tiempo a tanto saludo, a tantos plácemes y pésames, al incansable besuqueo en las manos de las dos señoritas, que lloraban de gratitud y emoción.

El mozo que iba al servicio de don Fernando, sin apartarse de su lado, le dijo: «¿Ve usted este término con *tantisma* viña, que parece la gloria de Dios? ¿Ve usted aquellos trigos en que ahora juega el viento, y ya los pone verdes, ya amarillos? ¿Ve usted aquel prado y aquel monte con tantas ovejas? Pues todo es de las señoritas... Sí, señor; son más ricas que el *Putosín*, y a cuenta que ahora no han de faltarles novios.»

Admiró Fernando la belleza de los campos feraces, inundados de Sol, y celebró mucho, en su mente, que todo aquello perteneciese a quien por sus altas prendas merecía cuantos bienes hay en la tierra. Y no pudieron recrearse sus ojos en tanta belleza, porque sentía en su pierna herida tirantez horrible, y de rato en rato punzadas acerbas, que acrecían con el afán de disimularlas para que no se alarmasen sus bienhechoras. Con esto y con la pena de verse extraviado de su natural camino, su alma sobrenadaba en ondas melancólicas. Verdaderamente, era un prisionero que ya podía dar gracias a Dios por haber caído en tales manos: admiraba a sus tiranas; teníalas por hermosa hechura de Dios; pero no concluía de conformarse con aquel giro que a sus planes daba el destino... ¡Todo por una bala miserable! Si él estuviera bueno, ya habría revuelto toda Guipúzcoa, Vizcaya entera, en busca del bien de su vida... Pero ¿qué había de hacer? Paciencia. Dios manda, y en su nombre, en tal ocasión, las niñas de Castro-Amézaga. Contrariado y triste ¡ay! no podía menos de bendecirlas.

A la salida de Paganos llegose al convoy un anciano cura, que venía por la carretera adelante con balandrán y gorro negro, bastoneando fuerte. Era un gozo verle dar abrazos y besos a Demetria y Gracia, como si quisiera comérselas: tan grande cariño les tenía el pobre viejo. Ya se sabía en La Guardia, por un propio que mandaron de Peñacerrada, el gran acontecimiento de la vuelta de las niñas, salvadas milagrosamente por un cristiano, noble y animoso caballero; sabíase también el desgraciado fin de don Alonso a mitad del camino de salvación, y uno y otro suceso fue motivo para que el bendito cura estuviera unos diez minutos empapando en lágrimas su luengo pañuelo de yerbas. «¡Ay, hijas, qué días hemos pasado, sin saber de vosotras, maldiciendo la hora en que tuvisteis la temeridad increíble de lanzaros por esos mundos en busca del pobre Alonso; pidiendo a Dios que no os perdierais, que no os mataran, que volvieseis sanas y salvas a vuestra casita, y a los brazos amantes de este viejo que os adora, y al pueblo que también os quiere y os estima como a hijas predilectas!... Pero ya estáis aquí. ¡La Virgen Santísima, a quien después de vuestra partida rezamos todas las tardes Salve solemne, no nos ha concedido todo lo que le pedíamos, puesto que no traéis a vuestro padre; pero nos ha concedido mucho, sí, re-mucho (vuelta a los besos y a la emisión de lágrimas y babas), porque os ha traído a vosotras, cielos míos, perlas de la casa y del mundo!»

Informado por las niñas de que su generoso salvador, instrumento en aquel caso de la Divina Voluntad, era el viajero ocupante del otro carro;

sabedor asimismo de que la herida que le postraba había sido alcanzada en terrible lid por defenderlas, corrió allá entusiasmado el buen cura, y quitándose el gorro, húmedo aún el rostro del llanto que vertía, le dijo: «Señor mío, este pobre viejo desea el honor de estrechar la mano del noble caballero a quien debemos el rescate de estos ángeles. No sabe usted el bien que ha hecho, señor. Dios se lo premiará como mejor le convenga... Aquí me tiene usted a su servicio, aunque nada valgo... José María de Navarridas, cura párroco de Santa María... tío carnal de la madre de estas dos perlas... ¡Bendito sea mil veces el que nos ha devuelto nuestro tesoro, y corónele Dios de gloria, rodéele de bienaventuranzas por su obra hermosísima!»

Respondió Calpena mostrándose avergonzado de tales elogios, a lo que dijo el párroco con muy buen juicio que la modestia siempre ha sido inseparable del verdadero mérito. Cuando se ponían de nuevo en marcha, llegaron dos mujeres que hartaron también de besos a las niñas, y don José María, por no recargar la segunda galera, se subió a la de don Fernando, diciendo a voces: «Chicas, yo me subo aquí a dar palique a este caballero, que parece va un poco triste. Seguid vosotras con esas.»

Y después de informarse de las circunstancias y proceso de la herida, y de aventurar un favorable pronóstico, asegurando que solo con el buen trato, la dulce quietud y el rico vinito de la tierra se curaría en un periquete, repitió la cantilena del criado: «¿Ve usted esta inmensa campiña?... ¡Qué hermoso viñedo, qué gloria de Dios! ¿Ve usted aquellos trigos que parecen un mar con sus olas y su vaivén? Pues todo es de estos ángeles... ¡Pobre Alonso! Ya venía el infeliz tan trastornado, que no podía parar en bien... ¿Le parece a usted? ¡Desafiar a Carlos V!... Luego la temeridad de estas muchachas... ¡Lo que bregué con Demetria para quitarle de la cabeza la idea de ese viaje! "Pero, tío, si no vamos más que hasta Salvatierra, donde de fijo le encontraremos". Y ya ve usted... Lo que pasa... que un poquito más allá, que otro poquito... y a Oñate. ¡Jesús mío, nada menos que a Oñate se fueron, como unas bobas!... Pues si Dios no les depara esta buena alma, este brazo valeroso, no sé qué habría sido de mis pobres ángeles... ¡Ay, chiquillas, de buena habéis escapado! Bien os lo dije cuando salisteis: "Demetria, mira lo que haces". Pero ya habrá usted conocido que esta niña mayor es una voluntad de hierro, dispuesta como ella sola, tenaz en sus empeños, y cuando dice "por aquí voy", ya pueden todos echarse a temblar.»

No habían andado quince minutos, cuando aparecieron nuevos amigos, el cirujano don Segundo Crispijana, dos señores de capa, mujeres, y detrás medio pueblo. Omítense por fastidiosas las escenas de besuqueo y lágrimas. El don Segundo, señorete de rebajada estatura, cara redonda con sotabarba, la nariz decorada con dos verrugas, los ojuelos muy perspicaces, edad como de sesenta años bien llevados, se llegó a la galera de Fernando, después del saludo a las señoras, y empezó a funcionar facultativamente a la primera insinuación. «Eso no es nada. En cuanto lleguemos se dará un vistazo... Cuestión de un poco de reposo... ¿Y qué, duele? Tirantez de la piel, afectando hasta los músculos del tobillo... Perfectamente. ¿Qué médico le vio a usted en Salvatierra? ¿Aseguró que había salido la bala?... Eso lo veremos... Calma... lo veremos... ¿Con que... Duele?

—Sí, señor; no puedo ocultarlo ya... Me duele ¡ay! horrorosamente.

—Pues no lo disimule, caray... Chille todo lo que le salga de dentro.

—No señor, no chillo... le aseguro a usted que no chillo... Sé sufrir; sé comerme mis dolores... No quiero que las señoritas se alarmen... Se disgusten.

—Ya estamos en casa. Vea usted la ilustre villa de La Guardia.»

Mirando por la delantera, vio Fernando una ciudad medieval, en lo alto de una escueta colina elíptica, rodeada de almenados muros con gallardos torreones. De entre aquella cintura de piedra se destacaba el caserío en agrupación cónica, con el remate de un castillo, torres, esbeltos campanarios, techumbres de peregrina forma. La vista de la ciudad fantástica, que surgía del suelo más bien como un hermoso embuste de la Leyenda o del Teatro que como una verdad de la Historia, embelesó los sentidos del pobre viajero, amortiguando por un instante sus dolores.»

XXXII

Entraron por la puerta de Paganos, al Oeste de la población, con lento andar por causa de la pendiente y del gentío que en torno a las galeras se agolpaba, y dieron fondo, no lejos de la puerta, en la señorial casa de Castro-Amézaga, la cual con sus anejos le pareció a Fernando tan grande como una mediana ciudad. Al gran patio principal, en cuyo fondo arrancaba la escalera, acudieron diferentes personas, muchedumbre de criadas, familias pobres, familias ricas, que aguardaban a las viajeras: los unos, para darles el parabién y el pésame, las otras, para besuquearlas; y en medio del tumulto salieron también tres, cuatro, seis o más perros de diferentes castas, cazadores los más, que armaron terrible algazara de ladridos, brincos y demostraciones de alegría. Para todos tuvieron caricias las huérfanas llorosas, principalmente para dos magníficos galgos, favoritos de don Alonso, los cuales no las dejaban dar un paso, echándoles sus patas al pecho y lamiéndoles las manos.

Todo esto lo vio Fernando, mientras le bajaban en volandas de la galera, pues él no podía moverse, y le subían cuidadosamente dos robustos criados, bajo la inspección del señor cura, que puso sus cinco sentidos en tan delicada operación. Sin duda porque su estado febril le agrandaba los objetos, a Calpena se le representaba la casa con dimensiones colosales, como de castillo o alcázar de reyes; los corredores que daban vuelta al primer patio, en forma claustral, no se acababan nunca; las habitaciones por donde le pasaron eran inmensas cuadras de elevado techo; todo grandísimo, todo limpio y respirando bienestar y opulencia; mucho nogal oscuro y brillante; los pisos de baldosines rojos bien bruñidos; las paredes, o blancas como la pura cal, o pintadas con festones y guirnaldas al temple; aquí cortinas de damasco; allá muselinas tiesas; severa elegancia, riqueza de pueblo y acumulación de cosas pasadas, con escasas novedades y desprecio de las modas.

Lo primero de que se ocupó la familia fue de preparar el lecho en que debía descansar el herido, en uno de los más claros y hermosos aposentos de la casa. Era el tal mueble imitación de un navío de tres puentes, el *Santísima Trinidad*de los lechos, con cabeceras de nogal, popa y proa, en las cuales el tallado adorno de patos o cisnes completaba la semejanza con los artefactos destinados a la navegación. Bien abarrotada de mullidos colchones y con su cobertor de damasco rojo, era una cama olímpica. No bien acostaron a don Fernando y repararon sus fuerzas con caldo y vino, le tomó de su cuenta el señor Crispijana, que por orden expresa de las señoritas querían proceder sin pérdida de tiempo al examen y cura de la herida. Poseía don Segundo gran conocimiento y práctica en achaques de traumatismo, y no tardó en dominar con ojo certero el caso que allí se le presentaba. Positivamente, la bala no había quedado dentro: en el lado interno de la pierna se veía el punto de salida más grande que el de entrada, mediando un conducto bastante extenso, sin tocar el hueso. La articulación estaba completamente indemne. Las molestias que sentía don Fernando y las que sentirían después, eran motivadas por el flemón que se le formaba, complicación harto frecuente en esta clase de heridas. El caso, sencillísimo, no ofrecía peligro alguno, y don Segundo lo había tratado mil veces con feliz éxito en su vida profesional. El tratamiento que comúnmente practicaba era el de las incisiones o desbridamientos, si el flemón venía difuso, sistema que le había enseñado su maestro el afanado cirujano de Torrecilla don Ángel Asuero. Por de pronto, quietud y cataplasmas.

Descansó Calpena sus huesos en aquel lecho magnífico, mas no pudo conciliar un sueño reparador, porque la agudeza de sus dolores no le dejaba dormir sino a ratitos; por la noche tuvo fiebre intensa; su turbado cerebro se atormentaba con la idea de reposar en un panteón de damasco encarnado. La profusión de esta rica tela en colcha, almohadones y cortinas le colmaba de inquietud y ansiedad. En la estancia había dos o tres arcas de nogal, sillones de vaqueta claveteados, y un cuadro de San Francisco en éxtasis que le infundía pavor... Reinaba en la casa silencio sepulcral, turbado tan solo por lejanos ladridos de perros. Por la mañana, el criado que entró a llevarle el desayuno le enteró de que allí se comía cinco veces al día, empezando por el chocolate, acompañado de bollitos hechos en casa y de fruta de sartén. No tardó en presentarse Gracia, a quien Calpena encontró completamente transformada, vestidita según su clase, muy graciosa y elegante dentro de la modestia campesina y de los rigores del luto. Iba la niña dispuesta a estar en su compañía todo el tiempo que fuese menester, sin molestarle: le daría conversación si esta le agradaba, y le leería si la lectura no le causaba enojos. En la casa había muchos y buenos libros.

Agradecido a tantas bondades, Fernando preguntó por Demetria, de la cual dijo su hermana que vendría a visitar al enfermo cuando le diesen respiro las distintas tareas que embargaban absolutamente su persona durante la mañana, pues todo el trajín de casa tan grande estaba debajo de su jurisdicción y cuidado. Entretanto, Gracia abrió las maderas de la ventana que caía frente al lecho por la fachada Sur de la casa, y Don Fernando pudo admirar el grandioso paisaje de la sierra de Cameros por aquella parte. El Sol, que inundaba montes y llanuras, penetró también en la estancia, rehaciendo el abatido ánimo del enfermo, quien no pudo menos de ver en Gracia un ángel que le llevaba la luz y la vida.

Entre la lectura y la conversación, Fernando optó por esta, gozando extraordinariamente con lo que la niña le contaba del pueblo y de la familia. Como durante la ausencia de las huérfanas no iban los trabajos de labranza y gobierno doméstico con la debida regularidad, y estaban las cuentas atrasadas y muchas cosas sin hacer, Demetria daba ejemplo con su diligencia y actividad al escuadrón de servidores de ambos sexos. En planta desde antes de amanecer, y consagrada la primera hora de la mañana al aseo de su persona, recorrió luego las varias dependencias de la casa, dando sus disposiciones y previniendo las diversas faenas del día. Esto lo hacía la niña mayor desde que, por muerte de su madre, se hizo cargo de las llaves y tomó el mando doméstico, en el cual no mostraba menos desenvoltura y facultades que aquella. La dolencia del padre la obligó a dar extensión a su autoridad; no tuvo más remedio que encargarse de dirigir y administrar la labranza, de atender a los ganados, al laboreo de montes, explotación de leñas, y todas las demás faenas que abarcaba la extensa propiedad del opulento mayorazgo. La cooperación de servidores y mayordomos antiguos le facilitó los conocimientos necesarios para el manejo de tan grandes intereses, y a los pocos meses de tener bajo su mano la cuantiosa hacienda de Castro-Amézaga, ya sabía más que todos. Habíala dotado Dios de un sentido práctico que ya lo quisieran muchos hombres para sí, y de la facultad de ver claro y pronto en los asuntos más complejos. Era un portento Demetria, y a todo atender sabía sin embarullarse, siendo tal su método, que siempre le sobraba algún ratito para labores y cuidados que más pertenecían a la presunción que a la utilidad. Todo esto lo explicaba Gracia con ingenua admiración de su hermanita, declarándose incapaz de imitarla, y desprovista de aquel saber práctico hasta cierto punto vulgar. Fernando se deleitaba oyéndola, pues aunque había estimado a Demetria como una hembra superior, nunca pensó que sus méritos y aptitudes llegaran a un grado tan excelso.

«Mi hermana —prosiguió la niña en su relato—, tiene el don de hacerlo todo bien y pronto, sin ruido. A sus órdenes, los mozos y criadas parece que tienen cuatro manos en vez de dos, y entre tanto trajín, no oirá usted una voz más alta que otra. Grandes y chicos en su obligación, y adelante. Hoy es día de los de más faena: tenemos amasijo y horno, porque en casa se hace todas las semanas el pan para los pastores y para los trabajadores del campo. Se les reparte en hogazas de cinco libras... En el patio grande, donde está el horno, había usted de ver a mi hermana al amanecer de Dios, mirando si miden bien las cantidades de harina y moyuelo, inspeccionando a los amasadores, y vigilando las cochuras. Luego viene el reparto de hogazas: primero los pastores; siguen los peones de Paganos, y después los de Samaniego. Mi hermana les lleva sus cuentas de pan, y de las ollas de habas que se les van entregando. Y al mismo tiempo que hace todo esto, la tiene usted disponiendo lo de cocina y despensa, dando las órdenes para lo que hemos de comer cada día, y para el sustento del sinnúmero de criados de esta casa. Más tarde la verá usted atareada con lo de bodegas: el vino que sale, el que hay que mandar a los alambiques porque se ha torcido; ordenar las cuentas de los marchantes, que unos pagan al contado, otros conforme van cobrando por los pueblos; ver si se necesitan cubas nuevas o adobar las antiguas; oír a los campesinos que calculan si la cosecha del año será tanto más cuanto, y si se necesitarán más o menos cubas... Pues las cuentas del trigo que sale de nuestros graneros, por ventas, del que se lleva al molino para el gasto de casa, de la cebada que consumen nuestras mulas y del sobrante que vendemos, la obliga a llenar de números unos grandes librotes. Por la noche vienen los arrendatarios, los caseros, y la enteran de cómo está el campo. Se decide entre ellos y el ama si es conveniente un riego más en las huertas, si tal o cual tierra necesita otra cava, si se dejan descansar estos tableros o los otros, si sembramos garbanzos o habas, o si metemos o no metemos el ganado en tal pieza para que estercole... Pues no le quiero decir a usted cuando vienen las grandes labores, la siega, la vendimia, o la trasquila de las ovejas... Entonces mi hermana se multiplica; tan engolfada la ve usted en su trabajo, que de nadie hace caso, y no hay que hablarle más que de fanegas de trigo, de cubas de mosto o de vellones de lana...»

Interrumpió en este punto el poema doméstico trazado por Gracia la entrada de la heroína, en quien vio Fernando una transformación radical. Entre la muchacha encogidita, de dudosa hermosura, desfigurada por el miedo, la angustia y el mal vestir, a la mujer gallardísima, en quien la serenidad era una gracia más y la confianza en sí misma una real belleza, belleza y gracia que a las de su rostro se añadían para darle una armonía seductora, había tanta diferencia como de la oscura noche al día claro. Vestía Demetria de luto, sin afectación de elegancia, sencillísimo traje casero, y con el blanco delantal, que al modo de escapulario le caía desde el pecho hasta los pies, habría parecido una guapa monjita si no tuviera lo que es raro ver en monjas: talle, cintura y formas corporales superiores. Reparó Calpena en el donaire con que se peinaba, recogiendo sus trenzas copiosas en copete de tres potencias; reparó también su limpieza ideal, su aire señoril, la gravedad y el reposo que se pintaban en su frente marmórea, la penetración de su mirada, al propio tiempo dulce y picaresca sin malicia, la frescura de su boca grande; todo, Señor, todo lo reparó, y porque nada se le quedara, fijose en los manojos de llaves de diversos tamaños que pendían de su cintura.

«Aquí estábamos hablando horrores de usted, Demetria —le dijo Fernando, mientras observaba lo que se indica—. Ya sé que está usted muy atareada, que no tiene un momento de reposo.

—¡Ay, don Fernando!... lo corriente, lo de todos los días, y nada más. Parece que no, y cuando falto de aquí no van las cosas como debieran. Por esto ha de dispensarme que no le acompañe. Gracia, que no tiene nada que hacer, se encarga de entretenerle para que no se aburra. ¡Ay, si supiera usted qué pena me da verle así!... ¡Y que eso le haya pasado por nosotras!... ¡Que se vea usted privado de acudir a sus negocios! En fin, Dios lo ha querido así... No hay más remedio que conformarse... Pero me ha dicho don Segundo que la herida es leve; que todo se reduce a que se resigne usted a ser nuestro prisionero unos cuantos días, quizás mes y medio.

—¡Bendita cárcel y benditas carceleras! —exclamó Fernando con tanta admiración hacia las niñas como agradecimiento a sus bondades—. Lo que usted dice: Dios lo ha querido así. Sea lo que Dios quiere.

—Pensemos en que lo bueno y lo malo que nos envía es lo que nos conviene.

—Justo... Y vivamos siempre contentos, sin incomodarnos por nada de lo que nos pasa.

—Salvo alguna vez que otra. Mire usted: aquí donde usted me ve, hoy tengo mal humor, estoy enojada...

—¿Por qué, Demetria? ¿qué le pasa a usted?

—Que en el tiempo que hemos estado fuera se me han muerto tres gallinas... ¡Mire usted qué contratiempo!...

—Sí que lo es... Pues mire usted, lo siento yo también.

—Las tres más bonitas, las más ponedoras que tenía.

—¡Qué lástima!

—No, no se ría... A pesar de estas bajas comerá usted huevos bien frescos. No hay que apurarse... Pero me estoy entreteniendo aquí como una tonta. Dispénseme, don Fernando. Hasta ahora.»

Viéndola salir tan dispuesta, tan dueña de sí y en pleno dominio de su misión doméstica y social, cayó Fernando en tristes meditaciones, y después de reconocer cuán grandes prodigios hace la Naturaleza, dio en considerar los contrastes que la fecundidad de esa universal madre nos ofrece. «¡Espantosa desigualdad! —se dijo—. Veo a esta mujer tan útil, tan activa, repartiendo alegrías en torno suyo y aumentando el bienestar humano. Luego miro para dentro de mí y observo mi inutilidad, mi insuficiencia. Necesito de estos ejemplos para cerciorarme de que no sirvo para nada, de que no soy nada, de que mi existencia es absolutamente estéril... Al menos hasta ahora... He aquí un hombre sin carrera, sin profesión, que no sabe cómo vive hoy ni cómo vivirá mañana... un hombre que todo lo espera del acaso, que apoya sus cálculos en lo desconocido... un hombre que desconoce el trabajo, y que no da señales de vida en la sociedad más que para perturbarla.»

XXXIII

Acrecieron las molestias del herido en los días subsiguientes, manifestándose fiebre intensa y aumento de la hinchazón, que hacia la región femoral se corría. Noches malísimas pasó, y sus ánimos se abatieron grandemente. A la semana de estar allí, habiéndose iniciado la supuración, practicó el cirujano los desbridamientos con tanta habilidad y destreza, que el enfermo no tardó en sentir alivio. Como entonces no se usaban anestésicos, hubo de soportar Fernando el acerbo dolor que con sus cuchilladas le producía don Segundo; pero trincaba bien los dientes y no exhalaba una queja, como varón cristiano y animoso.

Durante aquella semana tristísima, tuvo horas de verdadero aniquilamiento, en las cuales no era un ser de este mundo, sino un soñador, un delirante que moraba en negros y lejanos espacios. Apenas podía fijar la atención en lo que su ángel guardián, la encantadora Gracia, le contaba. Demetria subía todos los días a verle; pero solo permanecía breves instantes, por causa de sus quehaceres. En cambio le acompañaba el buen don José María de Navarridas, que se había instalado en la casa de Castro con su hermana Doña María Tirgo. El motivo de este traslado de vivienda lo supo Fernando cuando se serenaron sus espíritus con la mejoría de la pierna. Fue que al llegar las niñas con su caballero libertador, surgieron en la familia dudas acerca de la conveniencia de aposentarle en la propia casa. Al discutirse punto tan delicado, los tíos plantearon la cuestión en estos términos: dos niñas solas, solteras, hospedan en su morada a un caballero joven, soltero también... Esto podía dar lugar a necias interpretaciones en el pueblo, aunque la fama de discreción, pureza y honestidad de las huérfanas sería de fijo un valladar contra la suspicacia maliciosa. La respetabilidad de la casa era reconocida y acatada por todo el vecindario; mas no convenía exponerla a menoscabo, siquiera este fuese por una inocente contravención de las reglas sociales. Demetria manifestó con firmeza que la gratitud exigía que las dos hermanas cuidasen por sí mismas al que había contraído tan grave dolencia por defenderlas y salvarlas; que ella, firme en su conciencia, tan segura de su honradez como de que la opinión del pueblo ni un momento se pronunciaría en contra suya, no estimaba indecoroso alojar al herido en su propia casa; pero si sus buenos tíos opinaban de otro modo, ella se sometería gustosa a lo que resolviesen. La hermana del párroco, Doña María Navarridas, viuda, designada comúnmente con el apellido de su difunto esposo (Tirgo), señora excelente, bondadosa, discreta, algo cominera, bonita en su vejez como una Santa Ana, opinó que no desmerecía la demostración de agradecimiento llevándose a don Fernando a la casa del cura, donde estaría como en la gloria. Reconociendo lo acertado de estas razones, en principio, Demetria les opuso un argumento que echó por tierra la firme dialéctica de los tíos venerables. «Efectivamente —dijo—, don Fernando estará muy bien en la rectoral, asistido con esmero, ¿quién lo duda? pero como tendrá tan cerca las campanas de la parroquia, y estas no cesan de tocar a todas las horas del día y de echar al viento repiques estrepitosos, el pobrecito no podrá descansar ni un momento. ¡Buena le espera con aquel toca-que-toca continuo en los mismos oídos!

—Tiene razón la chica —dijo don José María, dándose una fuerte palmada en la rodilla y levantándose airoso—. Ea, ya tengo la solución... Puesto que Demetria, con su raro entendimiento, nos ha hecho ver esa gravísima contra de las campanas, no irá, no, el enfermo a donde carecería de la tranquilidad y silencio que exige su estado, y para obviar el inconveniente de que se trata, yo y tú, María, nos venimos a vivir aquí, mientras aquí more el caballero a quien todos debemos eterna gratitud. De este modo, con nuestra garantía ante el pueblo, no hay, no puede haber ni asomos de duda en lo que toca al buen parecer, al decoro de las niñas.» Pareciole muy bien a Doña María Tirgo esta fórmula, que ponía en salvo las conveniencias sociales, y aquella misma tarde se mudaron, con grandísima complacencia de las huérfanas, que así gozaban de la continua presencia de sus amados tíos.

A la guardia que hacía Gracia en el cuarto del enfermo, se agregó desde el segundo día el bondadoso párroco, que sabía distraer a Calpena sin molestarle con habladurías importunas. ¡Y con qué esmero, con qué solicitud y cariño le cuidaban todos! No harían más por un hermano querido ni por su propio padre. ¡Vaya unos calditos sustanciosos que le daban! ¡Y qué vinitos puros, confortativos, de antiguas cosechas, elegidos con esmero por el propio don José María en las ricas bodegas de Castro! Como durante las dos semanas primeras de su encantamiento la inapetencia de Fernando era absoluta, Demetria y Doña María Tirgo, maestra en artes culinarias, no hacían más que discurrir platitos sustanciosos, agradables y que no cargasen el estómago, a ver si así le devolvían las ganas de comer. La impresión del joven era estar encantado en el más bello alcázar de Jauja y servido por hadas o serafines. A la hermana mayor la veía poco, mejor dicho, no la veía lo bastante para darle gracias por tan delicadas atenciones, y como se quejara de ello un día, Navarridas le dijo: «A Demetria hemos de dejarla en sus ocupaciones de gobierno. Es una niña esa que tiene dentro de sí todos los dones del Espíritu santo. Para mí está de non en el mundo: yo no he visto otro caso, ni creo que lo haya. Por más que usted discurra no hallará una virtud que ella no posea ni un mérito que no sea suyo.»

Así lo reconoció Calpena, y no habían pasado diez minutos, cuando entraba Demetria con un pliego en la mano, el cual mostró al enfermo desde la puerta, diciéndole: «¿Se acuerda, don Fernando, de que los oficiales Serrano y Alaminos nos dijeron que habían llegado al Cuartel general cartas para usted? Pues temiéndome yo que aquellos loquinarios no se cuidarían del encargo que les hicimos, mandé un propio a Vitoria por las cartas, y aquí las tiene usted.»

Algo se afectó Fernando al ver las cartas, que seguramente eran de Madrid: el sobrescrito era letra de Hillo. «Gracia, si me hiciera el favor de abrirlas... O usted, señor don José María, y decirme dónde están fechadas y quién las firma. Supongo que serán largas, y no tengo ahora la cabeza en disposición de leer mucho.»

Abiertas las cartas por el señor cura, este leyó en una: *La Granja, 30 de mayo*; y en otra: *La Granja, 8 de junio*. La firma en ambas decía: «Tu cariñoso amigo y capellán— *Pedro Hillo.*»

Guardó el enfermo bajo su almohada las cartas con intención de irlas leyendo a ratos, y no cesaba de pensar a qué habría ido a La Granja el bueno de Hillo. Un parrafito ahora, otro después, llegó al total conocimiento del contenido de ambas epístolas. La síntesis de ello era que la señora incógnita, a la sazón residente en San Ildefonso, había llamado al clérigo para conferenciar con él. No decía claramente si la dama se había descubierto o no; pero de algunas expresiones de don Pedro se desprendía que entre el Mentor y la deidad no había ya ningún velo. Lo que mayormente sorprendió a Calpena, causándole alegría, era que la incógnita tirana se inclinaba a la transacción. Por conducto de Hillo incitábale a declarar su paradero, ofreciéndole respetarle en sus amores, y repitiendo una de las fórmulas de avenencia empleadas por la misteriosa entidad en sus cartas de Madrid: «Tus amores no me gustan; pero acato los hechos consumados.» Ignorante de su residencia, dirigía las cartas a los amigos de él en el Cuartel general, con la esperanza de que a sus manos llegasen, y por duplicado las enviaba también a personas conocidas del interior de Guipúzcoa y Vizcaya, entre ellas, al propio don Juan Bautista Erro, ministro universal de don Carlos. Por uno u otro conducto esperaba establecer la comunicación. Insistía don Pedro con verdadera pesadez en que Fernando, si recibía las cartas, le escribiese al punto a La Granja, declarando su residencia (con señas bien explícitas), a fin de poder remitirle con toda prontitud el dinero que necesitase y nuevas expresiones de la tolerancia de la incógnita en la delicada cuestión de amores. Por un lado, se alegraba Calpena de estas noticias; por otro, se entristecía, pues continuaba bajo el despótico poder de persona desconocida, y aunque algo se iba transparentando el carácter de tal despotismo, quería el joven mayor esclarecimiento de aquella oscura faz de su vida. Por de pronto, era gran ventaja que no existiese ya la formidable oposición al inquebrantable propósito de recobrar a Aura y hacerla suya, el cual llenaba su corazón y su voluntad, sin que lo amenguara lo más mínimo su encantamento en la dorada Jauja.

Cuando pudo manejar la pluma sirviole Gracia los avíos necesarios, y escribió a Hillo notificándole simplemente dónde se encontraba, sin más explicaciones. Al propio tiempo escribió también a Negretti, dándole conocimiento del accidente que le imposibilitaba de ir a tratar con él de sus honrados fines, y dirigió la carta a Durango, donde le dijeron que a la sazón residían don Carlos y don Sebastián.

Aunque la mejoría era franca a fines de junio, todavía tenía para un rato, pues persistía algo de inflamación, que exigió nuevo desbridamiento. A principios de julio empezó a recobrar el apetito y a reponerse de su grande extenuación. El pobrecillo, con tan larga inmovilidad, y con las intensas fiebres y dolorosos insomnios que sufrido había, estaba en los puros huesos: su cara era toda ojos, y en estos todo espíritu. Al recobrar las ganitas de comer, extremaron Demetria y Doña María Tirgo sus habilidades culinarias para ofrecerle sabrosos manjares en cantidad discreta. En cada una de las cinco comidas que se hacían en aquella Jauja, preparaba Demetria alguna sorpresa para su enfermo. No hay que hablar de la abundancia, que en tal casa era como un continuo chorro vivificante de los múltiples dones de la Naturaleza. Allí, las carnes suculentas de cabrito y carnero; allí, la caza de monte y la pesca de río; allí, las riquísimas verduras y las frutas tempranas; allí, los sabrosos esquilmos del cerdo; allí, la miel, la monjil repostería, formaban como una caudalosa corriente entre la Naturaleza y el estómago, entre el divino crear y el humano digerir, corriente que por la variedad de sus dones no permitía el cansancio. Bien decía don José María, paladeando su vinito: «En esta tierra de bendición, señor don Fernando, el que se muere es porque quiere.» Empezaban a hacer por la vida a las siete de la mañana, con el rico soconusco de la tarea que labraba en casa el mejor chocolatero de la villa, y lo acompañaban de unos bollos en que lucían su primor Doña María Tirgo y las cocineras de ambas familias. A las nueve se servía la sopita de ajo con chorizo, infalible tentempié en aquella hora, y ya estaban todos como un reloj hasta las doce en punto, en que se servía la comida con todo el ceremonial de rúbrica. Rompía plaza la sopa dorada, de pan, bastante a matar el hambre de los menos favorecidos por la fortuna, y luego entraba el cocido... ¡Compadre, vaya un cocido! La carne de cebón y los aditamentos cerdosos dábanle poder para resucitar un muerto; tras él llegaba la verdura exquisita, con su indispensable oreja, y *ainda mais*, morcilla. De principio, entraban los pollos asados bien doraditos, tiernos, o los barbos del río, o la enroscada anguila; y de postre, el dulce de cabello (también hecho en casa o mandado por las monjas), el mostillo, las nueces, el queso (también de casa), la miel, el sinfín de frutas espléndidas que recreaban el gusto, la vista y el olfato... y, por último, la indispensable copita de anís. A las cuatro sentíanse ya desfallecidos, y por vía de sostén tomaban otra vez chocolate con los correspondientes bollitos. Gracias a esto podían tirar hasta la cena, a las ocho en punto, empezando por la ensalada cruda, como aperitivo, siguiendo las sopas de ajo con chorizo, los huevos pasados; luego la chuletilla de cordero, la trucha frita, el plato de guisantes, judías verdes o tirabeques, y, por fin, la compota... Esta no podía faltar, como tampoco un plato de leche, sin contar la interminable tanda de golosinas... y otra vez la copita de anís, que tan bien ayuda la digestión...

A Fernando servíanle en su cuarto, en una mesita con mantelería limpia como el oro, que junto a su cama ponían, y así estuvo comiendo hasta muy avanzado julio, en que don Segundo le permitía levantarse algunos ratos; pero sin andar ni moverse del aposento. Con el trato continuo, Gracia, que le acompañaba y le servía gozosa, tomó la confianza de tutearle. Comúnmente le llevaba noticias de las cositas buenas que su hermana y la tía estaban haciendo para él. «Hoy te van a poner unos pescaditos al horno, que te vas a chupar los dedos.» Otra vez entraba con un par de palomos muertos: «¿Ves esto? —le decía—: pues te los van a poner con arroz. Toca, mira qué pechugas...» O bien entraba con cestas de frutas riquísimas, acabadas de traer de las huertas de Paganos, peras de a cuarterón, manzanas fragantes, cerezas gordas, y se las mostraba, enardeciendo su abundancia y hermosura. «De todo has de probar hoy, Fernandito. Demetria ha dicho que te haga comer un poquito de cada cosa, para que veas todo lo bueno que crían nuestras tierras.

—Sí, hija mía, sí —respondía Fernando, no tan alegre como debiera—: ya veo, ya veo que Dios os ha dado muchos, muchísimos bienes; pero con ser tantos, no llegan a lo que vosotras merecéis.»

XXXIV

Un mes largo tardó en llegar nueva carta de Hillo, sin duda porque los correos en tiempo tan desdichado no iban y venían con la debida regularidad. Manifestaba el buen capellán inquietud por no haber dado Fernando en su breve carta las explicaciones que se le pidieron. ¿Qué casa era aquella donde moraba? ¿Por qué decía que no podría salir en dos meses? ¿Acaso estaba enfermo, herido? ¿Entre qué gentes o con qué familia vivía? De todo esto se esperaban pronto informes detallados. Por el pronto se le remitían 20 onzas por un oficial de Ingenieros que iba a Vitoria. Cuidárase él de recogerlas en dicho pueblo por persona de confianza. Aguardó Fernando a recibir el dinero para contestar, y en esto se pasaron otros quince días, pues el propio que se envió tras el oficial portador de las onzas, no dio con él sino después de muchas vueltas de una parte a otra. En agosto se recibió nueva epístola de Hillo, en ocasión que Fernando, convaleciente ya, había dejado el lecho y podía pasearse por la habitación agarrado al brazo de Gracia o al de don José María. Continuaba el buen Mentor en la Granja, y hablando en nombre y por encargo de la próvida divinidad, anunciaba a Telémaco que esta le escribiría directamente de asuntos interesantísimos. De quien Fernando no tuvo carta ni noticia, fue de Negretti, lo que le causaba grande zozobra. ¡Qué habría ocurrido, Santo Dios! No veía las santas horas de recobrar su salud para correr hacia el país vasco, pues tanto tiempo sin saber de Aura en extremo le afligía. Su encantamiento le pesaba, era ya una monótona esclavitud; deseaba que el día último de su prisión llegase, sin dejar por esto de rendir a la gran Demetria, su nueva tirana, los homenajes que por su virtud, su gracia y adorables prendas merecía.

Avanzado agosto, llegó carta de la incógnita, que no contenía revelación alguna de lo que Fernando quería saber. Era el mismo estilo de antes, la misma voz dulce y un tanto burlona debajo de la careta. Le expresaba cariñosamente la idea de transacción; le permitía encenderse y achicharrarse en el amor de Aura; llevaba con paciencia hasta que la hiciera su esposa; rogábale que no dilatase su vuelta a Madrid, donde se le arreglaría una posición en armonía con sus méritos, abriéndole camino brillante en la política; para hacerle el paladar a los sainetes (en el doble sentido de esta palabra) de la vida pública, le refería sucesos graves ocurridos en la Villa y Corte por aquellos días, y presagiaba que en San Ildefonso no irían las cosas por los caminos derechos. Una carta de Hillo, dos o tres días después, terminaba con un alarmante párrafo: «En este momento me dicen que se ha sublevado la Guardia Real, de guarnición en este Real Sitio, y que los sargentos se dirigen a Palacio a pedir a Su Majestad que restablezca, proclame y jure la Constitución del 12... ¡Dios nos tenga de su mano!»

El mismo día en que tales nuevas recibía don Fernando, y más aún al siguiente, corrieron por el pueblo rumores de serios trastornos políticos en Madrid y en la Granja. Los amigos de la casa de Castro, sabedores de que el huésped de ella se carteaba con personajes del Real Sitio, acudieron allá por noticias frescas. ¡Válgame Dios, qué especiotas corrían de boca en boca entre el vecindario! Al coronel que allí mandaba la fuerza cristina dijéronle que los sargentos habían atropellado a la reina, llevándola presa al cuartel, porque se negaba a jurar la Niña bonita. En Madrid, los milicianos sublevados habían cometido mil tropelías, asesinando generales y ministros. Total: que se venía encima una revolución tan terrible y sangrienta como la francesa.

Mostroles don Fernando el conciso párrafo del clérigo; pero bien pronto pudo satisfacer la curiosidad de sus convecinos, porque recibió segunda carta de la incógnita, en que le refería con preciosos pormenores la inaudita trapisonda de la Granja, como persona que todo lo presenciara. Era, pues, aquel relato la misma verdad, una página histórica, fresca, real, viva. «Nada, señores —dijo Don Fernando a los notables del pueblo que invadieron su cuarto en busca de noticias—, no ha ocurrido nada: ello ha sido un nuevo trámite de la revolución española que venimos elaborando entre todos desde el año 12. El caso es sencillísimo, propiamente español, producto de casos anteriores, engendro de nuestro carácter. La novedad bien a la vista está: lo que otras veces han hecho los oficiales de mediana y alta graduación, lo han hecho ahora los sargentos de la Guardia Real. Es la obra del pueblo, el cual, entre nosotros, no sabe actuar por sí, y se infiltra en las clases militares para dar forma, realidad tangible a sus ideas. Cómo ha podido suceder que el espíritu popular, encarnado en la humanidad de cuatro sargentos, haya sabido burlar la vigilancia de los guardianes de la Corte y sobreponerse a toda disciplina hasta llegar a la reina; cómo han tenido los tales sargentos energía y discreción bastantes, pues todo se necesita, para imponer a la gobernadora nada menos que el cambio de Constitución, es cosa muy compleja, de la cual no he podido aún hacerme cargo. La carta que he recibido es extensísima; ya ven: seis pliegos de letra menuda. He pasado la vista rápidamente por algunos párrafos; cuando despacio la lea y la relea, daré a ustedes noticia circunstanciada del suceso tal como me lo cuenta, con pelos y señales, un testigo presencial.»

Los comentarios que hicieron el coronel, el alcalde y otras personas de viso que visitaban al huésped de Castro, eran muy pesimistas. Vista la trifulca de la Granja desde tan lejos, resultaba la impresión de que el mundo se venía abajo; de que España se acababa, con aquel vilipendio de la autoridad real, pisoteada por cuatro sargentos que probablemente estarían borrachos. A esto dijo Calpena que no traería el tal suceso revolucionario más catástrofes que las usuales y corrientes: el cambio de empleados, el desconcierto de todo, la continuación de la guerra. Era la enfermedad general, ya crónica, que se agravaba. Mas no por ello moría el enfermo: España tenía fibra y agallas para resistir tanta calamidad; su sobriedad de mendigo le garantizaba la existencia; su pasividad fatalista le permitía seguir arrastrándose y dando tumbos, hasta que vinieran hombres y tiempos mejores, los cuales...

¡ay! también podría suceder que no vinieran. En esto llegaban diariamente a La Guardia pormenores de lo ocurrido y papeles que lo traían todo muy bien parlado. Pero nada era tan sincero, tan profundamente humano y vivo como el cuadro descrito con femenino análisis y observación exquisita por la señora incógnita, el cual no cabe en estas páginas por su excesiva extensión. Podrá leerlo en otras quien tenga en igual grado la curiosidad y la paciencia.

Entró Demetria a ver a don Fernando, aplaudiendo la gallardía con que se determinaba a dar solito algunos pasos con la ayuda de su bastón, y le dijo gozosa: «Por dos motivos estoy alegre hoy: el primero es que me ha dicho don Segundo que pronto será usted dado de alta. ¡Cuánto ha pasado, pobrecito, en esta esclavitud! Ya sé lo que me dirá: que le hemos tratado muy bien. ¡Pues no faltaba otra cosa! Eso del buen trato no hay que decirlo, porque es verdad y porque no tiene ningún mérito: el cumplimiento de un deber, sin hacer nada extraordinario, no merece elogios.

—¿Y el otro motivo de alegría se puede saber?

—Que han vuelto los dos criados que fueron con nosotras a Oñate, y quedaron presos en la cárcel cuando a nosotras nos llevaron a la Caridad. ¡Pobrecillos, qué gozo he tenido al verles! Les llevaron a Vergara; después a Tolosa; de allí pudieron escaparse a Francia, donde se embarcaron para Santoña... Ya no pueden tardar los que fueron a llevar nuestra ofrenda a los infelices que nos dieron socorro en las ruinas de Aránzazu... De quien no hemos tenido noticia es del pobre Díaz. ¿Qué habrá sido de él? ¿Le habrán matado; estará preso aún?

—Escribiremos a mi amigo el señor Rapella, para que gestione la libertad de Díaz mientras llega la ocasión de que pueda hacerlo yo mismo. En cuanto me asegure en la convalecencia, señora castellana de este noble castillo, me voy a Guipúzcoa y Vizcaya.

—Ya sé, ya sé que en Bermeo está su novia. Me lo ha contado el tío, con quien tiene usted sus confianzas —dijo Demetria con toda la serenidad del mundo—. Permita Dios que se le allanen a usted todos los caminos; que llegue a donde quiere llegar... y encuentre a su novia buena de salud, firme de voluntad, siempre amante y fiel... Quiera Dios que esa señora nos perdone este secuestro de su galán; que no haya sufrido con harta crudeza el mal de impaciencia; que sepa ser constante en los afectos fuerte en la adversidad... Porque fíjese usted bien, fuerte en las bienandanzas lo es cualquiera; pero fuerte en el infortunio, en las largas ausencias, eso ya es harina de otro costal, eso sí que es mérito, señor don Fernando... Ea, no quiero cansarle; me llaman abajo para medir la hornada de mañana. Hasta ahora...»

Y dio media vuelta para marcharse.

«Eh... Señora castellana, no sea usted tan ejecutiva. Con sus hornadas y sus continuos quehaceres, ha olvidado usted mis encargos. Le he pedido que mande venir sastre o costurera que me haga la ropa que necesito... ¿O es que he de marcharme así, como un triste estudiante que no lleva más que lo puesto?

—Ya he mandado recado a quien le hará la ropita... El ejecutivo es usted, que no quiere más sino que le sirvan geniecillos, hadas y qué sé yo... Eso; lo de los cuentos de niños: dar una patadita, y ya está aquí el duende que dice: «Pide por esa boca.»

—Aquí no hay más hada, ni más duende, ni más genio que usted... Genio, sí, y noto que lo va echando malo. De ayer a hoy me ha reñido usted tres veces.

—Sí, señor, y le riño la cuarta... por impaciente... No parece sino que le tratamos tan mal aquí. Pues sepa usted, señor fuguilla, que la opinión de don Segundo es que aún debe estarse quietecito otro mes, pues si se lanza por esos caminos a caballo o en una carreta, está muy expuesto a una recaída, sí señor, y a que empeore la pierna, sí señor, y la otra pierna, y la cabeza... Sí señor... Ea, ya no riño más; y aunque usted no quiera, me voy.»

Quedose Calpena meditabundo, pensando en su partida, que con ardor deseaba, aunque presumía que no podría efectuarla sin pesadumbre. Por su mente fecundísima pasó una idea. ¡Vaya una idea! La formulaba de este modo: «Quisiera tener un amigo muy íntimo, uno de esos amigos que son como hermanos, uno de esos amigos a quienes amamos entrañablemente... Y mi mayor gozo sería que este amigo se hiciera amar de Demetria y que él la amase a ella, cosa en verdad facilísima. ¡Qué gusto verles casados, ver a mi amigo compartiendo con ella el gobierno de esta gran casa!... ¡Ah, se me olvidaba! es preciso, indispensable, que el amigo tenga patrimonio para poder realizar decorosamente la feliz coyunda... ¿Pero dónde voy yo a buscar este amigo, dónde? Si al menos tuviera yo familia, quizás lo encontraría entre mis parientes... ¡Vaya con el tesoro que se llevaba el tal!... Pues he de buscarlo en cuanto me vea libre, he de buscarlo, sí... Feliz yo que ya tengo resuelto el problema de amor; que no sé, ni quiero, ni puedo desviarme de la línea trazada por mi destino. Al extremo de acá de esta línea, estoy yo; al otro extremo la verdadera castellana de los alcázares del Cielo, Aura divina, Aura humana, Aura total. Hacia ella me voy pronto, y por el camino, por todos mis caminos, buscaré el amigo, el hermano que necesito para Demetria...

Esto pensó, y solicitado luego de la curiosidad, se puso a leer la extensísima carta, que contenía una prolija narración política, páginas llenas de vida y color. Atenta a la variedad, como grande artista, entreveraba los relatos de motines y trastornos con párrafos cariñosos, íntimos, o apreciaciones burlescas de la corte y de la sociedad que la rodeaba... Volvía luego a la pintura de escenas, ora cuartelescas, ora palatinas, conjunción absurda de la grosería popular y del regio orgullo, en aquel caso desvirtuado por el miedo y la debilidad. Por transiciones bruscas, la emprendía después con su protegido, riñéndole amorosa, señalándole los caminos para recobrar su gracia; consintiéndole sus locuras, siempre que no rebasaran de cierta medida prudencial; y, entre otros conceptos tan delicados como ingeniosos, le decía: «Esa casa donde estás, ¿qué casa es?... ¿Con quién vives? ¿Has encontrado a tu Aura? ¿La tienes contigo?... No; si no te riño. Quiérela: te lo permito... ¡Viva don Fernando y viva con su *pepita*, digo, con su Aurita!... Pero has de contármelo todo; no me ocultes por modestia lo bueno que haces, ni por miedo a mi severidad me ocultes lo malo... ¡Dichosa severidad! Cansada del sinnúmero de medicinas que he tomado para calmar mis penas, probé la indulgencia, y no me va mal con esta droga... Tontín, ¿no sabes? Entre el bueno de Hillo y yo hemos descubierto à una pobre señora que te quiere con delirio, sin haberte tratado nunca, y esto es lo más raro. ¡Lo que te pierdes! Pues te diré: esa tu enamorada no te ha visto de cerca más que una vez, ¡y tan de cerca! De esto hace hoy, fíjate en la fecha de mi carta, veintitrés años justos y cabales... Rabia, que no te digo más.»

Fin de Oñate a la Granja
Santander (San Quintín), octubre-noviembre de 1898.

Libros a la carta

A la carta es un servicio especializado para

empresas,

librerías,

bibliotecas,

editoriales

y centros de enseñanza;

y permite confeccionar libros que, por su formato y concepción, sirven a los propósitos más específicos de estas instituciones.

Las empresas nos encargan ediciones personalizadas para marketing editorial o para regalos institucionales. Y los interesados solicitan, a título personal, ediciones antiguas, o no disponibles en el mercado; y las acompañan con notas y comentarios críticos.

Las ediciones tienen como apoyo un libro de estilo con todo tipo de referencias sobre los criterios de tratamiento tipográfico aplicados a nuestros libros que puede ser consultado en Linkgua-ediciones.com.

Linkgua edita por encargo diferentes versiones de una misma obra con distintos tratamientos ortotipográficos (actualizaciones de carácter divulgativo de un clásico, o versiones estrictamente fieles a la edición original de referencia).

Este servicio de ediciones a la carta le permitirá, si usted se dedica a la enseñanza, tener una forma de hacer pública su interpretación de un texto y, sobre una versión digitalizada «base», usted podrá introducir interpretaciones del texto fuente. Es un tópico que los profesores denuncien en clase los desmanes de una edición, o vayan comentando errores de interpretación de un texto y esta es una solución útil a esa necesidad del mundo académico.

Asimismo publicamos de manera sistemática, en un mismo catálogo, tesis doctorales y actas de congresos académicos, que son distribuidas a través de nuestra Web.

El servicio de «libros a la carta» funciona de dos formas.

1. Tenemos un fondo de libros digitalizados que usted puede personalizar en tiradas de al menos cinco ejemplares. Estas personalizaciones pueden ser de todo tipo: añadir notas de clase para uso de un grupo de estudiantes,

introducir logos corporativos para uso con fines de marketing empresarial, etc. etc.

2. Buscamos libros descatalogados de otras editoriales y los reeditamos en tiradas cortas a petición de un cliente.